파하의 안개

소설 르네상스 편집위원

김진수
손정수

호영송 소설집

파하의 안개

책세상

● 이 책은 《파하의 안개》(문학과지성사, 1978)를 저본으로 삼았다.

작가의 말 | 새로 펴내며
소설(小說) 활기 일으킨 억압 상황

1

30년 만에 나의 첫 소설책이 새롭게 재간행된다.

인류 문화의 흐름에서 30년 세월이란 것은 옛날부터 중요한 의미를 가진다. 흔히 한 세대(世代)를 가리키는 30년 세월은, 한 사람이 다음 세대를 이어갈 자손을 낳게 되는 기본적 주기(週期)를 이른다. 나의 첫 소설집 《파하의 안개》가 대략 한 세대 만에 재간행의 복을 누린다. 나는 먼저 이 단편소설들이 씌어지고 책으로 출판된 과정에서 나를 지지해준 일반 독자나 전문적 영역에 있는 문학 이론가(이 시리즈의 기획자들을 포함해서) 들에게 감사드린다.

2

나의 처녀작인 〈파하의 안개〉와, 이 책에 함께 수록된 다른 소설들은 1970년대의 언어로 되어 있다. 이 말은 이 소설들이 아주 특별한 시대 상황에서 나왔다는 뜻이다.

정치적으로, 아니 정신적으로 암담한 유신 시대의 언어가 여기 있다. 정치적 자유만이 아니라 창작과 상상력의 자유가 근본적으로 봉쇄된 상황에서의 꿈이었다. 현실의 큰 권력자(대통령을 포함해서)를 얼마든지 희화화시킬 수 있는 21세기의 새 세대는 소설의 대화 한두 줄 때문에 작가들이 음산한 곳에 잡혀가서 수모를 당하던 이야기를 해봐야 실감을 못 한다.

바로 그런 상황은 작가들에게 투지를 단단히 하고, 창작 기술을 확대시키기를 요청하기도 했다. 잡혀가거나 피해 다니는 작가도 있었고, 알레고리 기법에 의존하는 작가들도 늘어났다. 작가들 사이에 동지의식도 조금 있었던 것 같다. 이런 부수입들이, 역설적이게도, 유신 시대가 가져다준 보너스일까?

한국 현대 문학에서 1970년대는 한국 소설 문학의 융성기였다. 주로 한글세대의 작가들이 활동한 이 시기에 작가들은 테크닉에서 앞 세대 작가들보다 세련되었고, 주제 면으로도 존재 의미의 심화와 산문 정신의 폭을 넓히는 긍정적인 면이 있었다. 마치 스위프트 시대의 억압적 상황이 《걸리버 여행기》를 태어나게 한 것 같은 효과라 할까.

T. S. 엘리엇의 저 유명한 말, "시인이 25세 이후에도 계속 시를 쓰려 한다면, 시인은 역사에 대한 감수성historical sense을 가져야 한다"는 말이 아니라도 1970년대 한국의 상황에서 작가는 역사의식에 대해서 마땅히 고민해야 했다. 이 점은 문학사가나 이론가들이 그 앞뒤 세대와의 차별적인 각도에서 관찰해볼 필요가 있으리라.

3
그러나 나의 초기 소설들이 단순히 한 시대의 고뇌와 사정을 반영했던 것으로만 생각되지는 않는다. 작가는 그의 시대에 대해 얼마간 채무 관계에 있기 마련이다. T. S. 엘리엇이 말한 역사적 감수성도 필요하지만 그게 전부는 아니다. 그래서 나는 70년대에만 묶이지 않을 작품을 써보려고 끊임없이 고뇌했다. 장미 동산(rose garden : 이 용어도 T. S. 엘리엇이 사용한 말이다)에 대한 센스, 바꾸어 말해서 '영원(永遠)에 대한 센스'를 가질 필요가 있는 것 아닐까? (이 위대한 시인이 진지한 가톨릭 시인이라는 것도 함께 상기할 필요가 있다.)

4

구질구질한 얘기가 되지 않기 바라지만, 내가 70년대에 소설을 쓰던 때, 나는 가장으로서 생업을 가지고 한 문학 월간지의 편집자로 일하고 있었다. 그런데 이게 사람 환장시키는 면이 있었다. 그 시절, 나는 불시에 어딘가로 잡혀갈지 모른다는 위기감을 갖고 있었다. 70년대는 종종 잡지 편집자나 작가들이 잡혀가서 수모를 당하는 일이 벌어지고 있었으니까, 나만의 공연한 피해망상은 아니었다. 작품이 문제가 되면 그 작품의 깊은 가치와 상관없이 소위 항간의 문제작이 되기도 하고 수군수군 소문의 샘이 되었다.

우리와 항상(!) 이웃인 일본에서는 한국의 문제작들을 번역 소개하여 대대적으로 떠들어댔다. 미묘하게도 그곳은 좌익적 엘리트들과 상업적 저널리즘, 출판사의 상업주의가 공동의 이익을 추구하는 일도 더러 있었다. 일본의 진보적 지식인들은 한국의 장래를 진정으로 걱정하여 심려원모(心慮遠謀)하기보다는 당장의 센세이셔널한 성과를 보려 했던 듯하다. 그리고 우리의 문인 중에는 그러한 일본인들의 덕을 보는 이도 있는 듯했다.

나로 말하면, 동료 문인들과 입으로는 폭력적 정권을 비방하면서도, 막상 작가들이 내게 보낸 작품 원고를 앞에 놓고는 소심하게도, 문제가 생기면 어쩌나 하고, 한 줄 한 줄 사전 검열하는 식의 이율배반적 입장에 있었다. 실지로 문제가 일어난 일도 있었으니, 실무자의 입장에서 잔뜩 쫄아들었으리라. 의구심 나는 글을 가져온 작가에게 원고를 돌려주거나(당시에는 으레 2백자 원고지에 육필로 쓴 원고를 받았다) 조금씩 살살 고쳐 쓴 뒤 잡지에 게재하는 일도 더러 있었다. 드문 일이지만, 끝내 잡지에 못 실은 경우도 있었다. 그러다 보면 이 지겨운 짓 때려치우고, '이놈의 땅(!)' 떠나서 망명(추방을 포함)을 할 수 있다면 좋겠다고 심중으로 소망하였다.

내 첫 소설 〈파하의 안개〉가 발표(《문학과 지성》 1973년 가을호)된 그 이듬해 봄, 《이반 데니소비치의 하루》의 작가 솔제니친이 자기의 조국 러시아(당시는 소비에트)로부터 강제 추방되는 쇼킹한 일이 일어났다. 그때 차라리 솔제니친이 부럽기도 했다.

10·26이 나자, 드디어 유신 시대가 지났나 하여 설렘을 느낀 것도 잠깐, 오히려 그 이상으로, 가슴이 납덩이에 눌리는 듯 답답한 신군부의 '5공 시절'이 닥쳐왔다. 한국 문학의 상황은 더 나빠졌다. 70년대에 성숙해가던 한국의 소설 문학은 80년대부터는 이상한 광장으로 들어섰다. 이 무렵부터 희한하게도 소설이든, 시집이든, 또는 무슨 논픽션 유(類)든 간에 재수 좋으면 밀리언셀러가 되어버렸다. 거기에 맛 들려서 편집자, 저자, 언론인 등이 이제 잘 팔리는 전략과 기술을 신나서 추구해나갔다. (한국 소설 문학은 이런 통에 본질적으로 퇴보한 측면조차 있었다.)

5

유신 시대로부터 대략 한 세대가 지난 오늘날 한국의 문학적 조건은 그 어느 때보다 자유를 만끽하게 되었지만, 이상하게 변질하고 본질적 성숙과는 다른 형태의 야릇한 변화들이 주류를 이루고 있는 듯하다.

문학은 이상한 파워 게임 양상에 말려들고 심약한 사람들은 인터넷의 위세 앞에서 번민한다. 한국 문단에는 메이저리그, 마이너리그 식의 구분법도 있다고 한다. 희한한 일이다. 생물학적 적자생존의 법칙일 수도 있다. 장타력이 있느냐, 교타자냐? 3할대 타자냐? 도루 실력은? ──그럼 누가 메이저리거로 들 수 있는가? 세계문학의 광장에서 통하는, 존 스타인벡이나 솔제니친, 또는 가브리엘 마르케스나 솔 벨로, 보르헤스 같은 대가가 한국 문단에서도 배출되었단 것인가?

독자를 현혹시키는 수법은 날로 다양해진다.

30년 만에 책의 서문을 쓰면서 착잡한 심정이다. 당시에 나는 서문이 아닌 후기를 썼다. 그게 겸손한 모습으로 보였다. 지금도 서문을 쓰기는 쑥스러우나, 소설 강의실에 선 기분으로 말하려 했다. 이것이 나의 70년대에 대한 간증이다.

2007년 어느 무더운 여름날

호영송 소설집 파하의 안개

차례

작가의 말 | 새로 펴내며   5

파하의 안개   13
돌아온 병장   39
코   66
뿔   85
저쪽 세계   103
미궁   121
응시   146
존재의 덫   197

작가 후기(1978)   281

해설
삶의 존재론적 의미에 관한 보고서 | 정영훈(2007)   284

파하의 안개

　말(言)은 고작 엉성한 그물에 불과합니다. 그 그물로 행위 또는 행위의 진실을 건지려고 했을 때 잡으려는 고기(魚)는 그물 사이로 빠져나가버리고 마는 것입니다. 손을 그릇 삼아 샘물을 떠 마셔본 적이 있으시죠? 물은 이미 손가락 틈으로 다 새어나가고 아주 조금의 물이 입술과 혀를 축여줄 뿐 아닙니까. 네? 말의 유희(遊戲)라고요? 그럴지도 모르겠습니다. 그 점은 부인하지 않겠습니다. 혓바닥과 입술을 나불대고 또는 종잇장 위에 펜으로 뭘 좀 끄적끄적해보았자, 고트프리트 벤이 그의 시행(詩行)을 재주껏 전개시켜보았자 그의 시행들은 그의 독자들에 의해서 말장난이라고 걸어차이고 마는 일도 나는 잘 알고 있으니까요.
　그럼 고트프리트 벤의 정신의 진실은 어디 있겠으며, 그의 행위와 삶의 궁극적 가치는 어떻게 확인할 수 있겠습니까. 절망적이지요. 말의 유희에 떨어지지 않고 혹은 말려들지 않고 행위의 진실, 사실의 사실됨을 선생께 전달한다는 일은 불가능할 것만 같습니다.

여하튼 계속하라구요. 그리고 내 말은 어떻든 간에 선생이 나의 행위의 진실을 파악하는 데 도움이 된다구요. 아, 술요? 그 술을 조금 주시렵니까. 아, 혀를 쏘는 맛이 그럴듯하군요. 많이는 못합니다. 그만하면 됐습니다. 네? 뱀을 진에 담갔던 것이라구요? 그거 묘한 콤비네이션이군요. 그런데, 저 창문을 좀 더 열어주실 수 없겠습니까.

지금 나는 말의 허망한 유희적 숙명, 말과 진실과의 상대적 갈등에 대해 지껄이고 있습니다만 나의 싸움이란 것이 실은 다름 아닌 말과의 싸움이기도 했습니다. 그렇습니다. 나는 소문과 싸웠습니다. 그 소문 또는 풍문이라는 괴물은 사실의 사실됨, 사실의 진실됨을 배반하고 제 나름대로의 영향력을 행사하는 겁니다. 소문은 거기 있었으며 그것은 가만히 거기 있지만 않고 부패한 시체를 빨아먹는 파리 떼처럼 들러붙어 끈덕지게 웅웅거리고, 또 곪은 상처에 입 맞추고 그것의 냄새를 즐기고 그것의 썩어 문드러짐을 축하하고 그리고 보다 많은 파리들을 불러모아 보다 썩어 문드러짐을 즐기는 그런 꼴로 기승을 부렸습니다. 혹은 여름밤의 어둠을 온통 채우는 개구리 울음소리 같은, 또는 수만 개의 자갈들이 서로 마찰하며 다시 마찰하는 그 소리 같은 기승을 떨면서 소문은 불어나고 저희끼리 부딪치고 교합(交合)하면서 지친 듯하다가 다시 커지고 불어나고 했던 것입니다.

내가 오토레 수상(首相)의 부름을 받은 것은 어느 따사로운 봄날의 오후였습니다. 숲은 천성(天性)의 초록으로 번쩍이기 시작하고 바람은 땅속에 묶여 있던 정령(精靈)들까지도 불러내려는 듯한, 그런 계절이었지요. 수상의 부름은 전혀 의외의 것이었으나 나는 그것을 거절할 만한 이유도 따로 생각해낼 수 없었으므로 결국 수상의 명을 받들어 온 중년의 사나이——호리호리한 몸에 민첩한 몸매였는데 수상의 비서진의 일원이었습니다——를 따라나섰습니다. 그는 내게 매우 정중하고 친절한 태도로 예우했기 때문에 나는 마음 한쪽에서 솟는 긴장감을 좀 누그러뜨릴 수가 있었습니다. 그러나 내 곰곰 생각에 수상이 나를 불러야 할 만한 일은 쉬 짐작되질 않는 것이었습니다. 다만 부름을 받을 실마리가 뵐 듯 말 듯하게라도 있었다면 연전(年前), 나의 시집(詩集) 한 권을 수상께 증정한 적이 있었다는 것, 그것을 증정한 까닭은 수상의 야인(野人) 시절에 어떤 동기로 몇 차례 대면이 있었다는 것, 나는 그 대면을 통하여 그의 파격적인 행동 방식과 열정적인 성품에 매력을 느꼈으며 그의 예술에 대한 식견은 시나 연극 따위를 연연해하는 한 소년(나)에 대해서도 풍부한 포용력을 지니고 있었던 것, 그리하여 우리는 상호 호의적인 느낌을 서로의 모습과 이름에 첨가시키고 있었다는 점이 떠오를 뿐——그러나 이런 평범한 일들이 한 나라의 대권을 잡고 있는 그에게 있어 자질구레한 일 이상의 그 무엇일까 하고 나는 생각했습니다. 오토레 씨의 성격적 매력, 그 이름의 그리움을 떠나서 수상이라는 어휘가 주는 것은 위압감, 거리감뿐이었습니다.

그 호리호리하고 민첩한 비서관은 내 궁금해하는 심정을 엿보기라도 했는지 아니면 수상의 뜻에 의한 것이었는지 이렇게 말하는 것이었습니다.

"수상 각하께서는 근년에 줄곧 모종의 문제를 두고 고심해오셨던 것 같습니다. 그 문제에 대해서는 제가 말씀드릴 입장이 아니올시다마는 …… 우리 사회에 만연되고 있는 어떤 우울한 양상에 대한 문제로 바아몽 선생께 조력을 청하시려는 것 같습니다."

나는 수상부(首相府) 청사의 중앙부에 자리한 수상 집무실의 부속실로 안내되었습니다.

　잠시 뒤에 오토레 수상은 작은 키에 비해 비대한 몸집을 몰아 부속실로 들어섰습니다. 그는 두 팔을 활짝 열고 둥근 얼굴에 가득 웃음을 실어 보이면서

　"아, 바아몽 씨가 와주셨군, 고맙소."

하고 소리쳤습니다. 그의 음성은 굵은 저음이었으나 다소 탁했습니다. 수상은 작고 두툼한 손을 내밀어 악수를 청했습니다.

　"우리 오늘 옛 지기(知己)들이 만난 것을 기념하여 좋은 술을 한잔합시다. 그리고 오랜만에 좀 시적이고 철학적인 화제를 찾아봅시다. 어떻소, 바아몽 씨."

　수상은 호쾌한 웃음을 섞어가며 다소 들뜬 듯이 말했습니다. 수상은 웅변가였습니다. 그의 표정은 희로애락의 감정을 자유롭고 솔직하게 노출시킬 줄 알았으며, 그의 말씨는 경쾌하고 재빠르다가 갑자기 거칠어지고 더듬거리는 듯하다가 다시 또박또박해지고 때로는 병든 사자처럼 으르렁거리고 신음하는 듯한——말투의 기교와 표정의 예민한 변화는 배우의 그것에 앞서는 감이 있었습니다. 나는 오토레 수상과 오랜만에 대화를 나누면서 그의 화술을 다시 즐겨보고 있었습니다. 나 자신은 되도록 간결하게 얘기를 끝내고서는 다시 그의 변화무쌍한 언변에 귀 기울이는 것이었습니다.

　"나는 요즘 '우리'란 말을 새삼스럽게 생각해보고 있소. 지금 바아몽 씨와 나, 두 사람도 우리이며 우리 파하의 모든 시민을 통틀어서도 우리라고 할 수 있지. 우리란 곧 집합체를 뜻하는 것이고 이 우리라는 집합체, 또는 집단은 공동의 운명을 이끌어나갈 공동의 지혜를 통하여 어떤 이상에

도달해야 할 것이오. 그렇다면 '우리' 속에서는 대화가 양성적으로 활발히 교환되어야 할 것이오. 곧 공론(公論)이 형성되어야 할 것이 아니겠소."

수상의 어조는 갑자기 거친 파도처럼 출렁거리기 시작했습니다.

"그런데 지금 우리 파하 나라에선 그 공론이 이루어지지 않고 있단 말예요!"

나는 비로소 수상이 무엇을 말하려는가 짐작하기 시작했습니다.

"파하 나라엔 언제부터인지 비방과 비난과 비꼼, 즉 허튼 소문만 들끓고 있단 말이야. 이 너절한 것들을 끊임없이 빚어내고 제 나라의 건강을 세균처럼 좀먹는 게 대체 어떤 자들인가도 나는 대충 알고 있지. 우리 파하의 건강을 해치려는 자들, 우리의 적들은 나라 안팎으로 많소. 우리 파하를 둘러싸고 있는 강대국들의 식민주의적 정책이 그렇고, 파하 속에 가득 차 있는 사대적 정신이 그렇고, 겉으로는 대아를 찾되 속으로는 소아만 움켜잡고 있는 비겁한 정신들이 그렇소. 이들 파하의 적은 교묘한 방법으로 파하를 괴롭히고 있어요. 정면에서는 우호적인 제스처를 쓰면서 속셈으로는 파하의 간을 갉아먹고 있단 말이오. 무서운 일이야. 파하는 지금 허약해져 있소. 나는 파하를 적들로부터 보호하지 않을 수 없소. 이는 내 의무요, 내 사명이오."

수상의 어조는 비장해져 있었습니다.

"나는 바아몽 씨에게 호소하고 있습니다. 아니 파하의 진정한 번영을 원하는 모든 시민에게 나는 내 호소를 들려주는 것이오. 우리는 싸워야 됩니다. 그래서 나는 오래전부터 여러 가지 노력을 해왔소. 소문으로부터, 소문이라는 적으로부터 파하를 지키기 위하여 우리 시민들에게 나는 침묵을 요구했소. 우선은 소문에 휩쓸리지 말도록 하기 위한 생각에서였지요. 저 바다는 말이 없습니다. 그러나 바다는 건강합니다. 바다는 썩지 않는 법이죠. 그러나 바다의 침묵은 위대하기만 하오. 칠대양(七大洋)을 돌아보아도 바다가 썩는 일은 볼 수 없소이다. 그러나 땅은 어떻소. 땅은 끊임없는 비난, 비방, 중상과 모략, 책략의 말, 거짓의 말, 탐욕의 말로 만연되어 있소. 나는 바아몽 씨의 도움을 청하겠습니다. 자 어떻소? 바아몽 씨, 당신은 파하의 선량한 시민으로서, 내 지기의 한 분으로서, 그리고 말의 본질에 정통하는 시인으로서 나를 도와주시기 바라오."

"각하의 말씀은 잘 알겠습니다. 그리고 각하의 노력에 경의를 표하겠습니다. 그러나 저로서는 아무런 기량도 갖추질 못했습니다. 송구스럽습니다."

"아니, 지금 나는 겸양의 미덕을 받아들일 여유는 없소. 즉각적인 도움이 필요하오. 내일부터라도 나를 도와 일해주시길 부탁해요."

"그러나 수상 각하. 저는 평범한 시민일 뿐이며 언어에 대해서도 무력한데다 회의만 큰 무능한 시인일 뿐입니다……."

수상은 그때 돌연 부르짖듯이 말했습니다.

"아직도 귀하는 나의 간절한 뜻을 모르겠소? 그렇다면 유감이오."

"……."

"나는 지금 이 나라의 시정(市井)에 이 나라 사람들의 입마다에서 살아서 펄떡거리는 소문과 싸우자고 얘기하고 있는 것이오. 그 소문이란 놈은 밑도 끝도 없소. 다만 부피만 가지고 있소. 얼굴은 없으되 오셀로를 괴롭히는 이아고같이 교활한 표정을 가지고 있는 괴물이오."

"소문에 대해서, 적어도 그것이 끼치고 사회 전반에 미치는 무서운 영향력에 대해서는 소생도 잘 알고 있습니다. 하지만 제 능력이……."

"알겠소. 그렇다면 나도 좀 들어봅시다. 좀 아까 귀하는 말에 대한 회의에 몰리고 있다고 얘기했는데……."

 나는 침착하게 그가 궁금해하는 점을, ──실은 나 자신의 번민의 내용을── 이야기했습니다.

 "요즘은 새삼스럽게도 말이 시인을 배반하고 있음을 느낍니다. 시인이 말을 다루고 있다고 여기고 있었는데 실은 말이 시인을 다루고 있음을 깨닫게 됩니다. 곧 말이 제 나름의 힘을 행사하고 있는 것입니다. ──그렇다면 말이 나를 선행(先行)하는 것인가, 내가 말에 선행하는 것인가── 하는 소박한 질문을 반복하게 됩니다. 즉 시인은 그의 시적 진리를 성취하기 위하여 시적 감동을 창조하려 듭니다. 그러나 말은 자기 자신의 감동을 창조하려고 자기 자신의 비밀을 느닷없이 털어놓기도 하고, 제 기분에 따라 입을 다물기도 합니다. 말은 자기 자신이 힘을 가지고 있음을 과시하고 싶어 하고 게다가 자기 자신이 너그럽기도 하다는 것을 내세우고 싶어 합니다. 어떤 시인은 말의 이러한 교묘한 기능을 알아채고서 자기 자신의 결여된 힘을 보충하기 위하여 말에다가 아첨을 하기도 합니다. 결국 그 시인의 시는 이중의 배반에 의해서 왜곡되고 우롱마저 당하는 것입니다만, 시인은 말의 장난기로부터 헤어나야 될 것입니다. 물론 어떤 시인은 자신의 약점을 교묘히 위장할 요량으로 이렇게 소리 지릅니다. '말에다가 최상의 자유를!' 반면에 어떤 시인은 말의 장난기에 대한 노여움을 터뜨리고 말을 마구잡이로 다루면서 학대를 하는 것입니다. 이 경우에는 말의 비명 소리 때문에 시는커녕 살벌한 회오리바람 소리만이 거기 있게 됩니다.

 시인은 말과의 싸움〔통정(通情)이라고 해도 좋겠습니다〕을 다시 생각해보지 않을 수 없습니다.

아, 시가 있기도 전에 그리고 사람이 있기도 전에 말이 있습니다. 또 말이 흘리는 피가 있습니다. 시에 대해서, 말에 대해서 다시 생각해보아야겠습니다. 그것은 명상도 반성도 아닙니다. 말은 지금 희생을 요청하고 있습니다. 말, 말, 말…… 과연 희생을 어떻게 치러야 할까, 어떤 희생을 선택하여야 할 것인가. 비단 시인의 말만이 아닙니다. 세상에 가득 찬 말 모두가 지금 우리에게 희생을 요청하고 있는 것으로 보입니다. 말, 말, 말…… 머릿속에 가득 차 있는 형형색색의 내용물들의 형형색색을 대변하고 있는 것이 이 말입니다. 화사하게 분장한 말, 찡그린 말, 울부짖는 말, 차갑게 건축처럼 굳어 있는 말, 칼날처럼 팽팽한 긴장의 말, 늙수그레한 말, 새벽에 떠오르는 해처럼 신선하고 강력한 말, 그리고 태어나기를 기다리는 아직 태어나지 않은 말 등등…….

그러나 우리는 염치를 차려야 할 것 같습니다. 말에 대하여 우리의 사람됨, 사람의 사람됨을 밝혀야 하리라고 믿습니다. 말은 강합니다. 말이 강한 만큼은 우리도 견고해야겠고 사람으로서의 자각과 사람으로서의 양식을 건강하게 키워야겠습니다. 말 앞에서 우리가 허물어져서는 안 되겠다는 것이지요. 말이 사람을 낳도록 또는 사람을 죽이도록 방관해서는 안 되겠습니다. 또 사람이 말을 비틀어 죽이려 해서도 안 되겠습니다. 그것은 말의 반격을 유도해선 안 되기 때문입니다. 말과의 평화를 얻어야겠습니다. 말과 사람이 서로 평화를 얻도록 해야겠습니다. 말이 우리에게 무엇인가 호소하도록 만들어야겠습니다. 말과 사람, 말과 사람의 사회와의 관계──이런 관계에서도 말이 외람된 욕심을, 외람된 희생을 강요해오도록 좌시해서는 안 되겠습니다. 먼저 사람이 말에 대해서 겸허해야 하고 여유를 갖도록 해야겠지요. 시인은 말을 사랑할수록 말 앞에서 무수히 절망

합니다. 그 절망을 극복하는 방도가 있을는지, 있다면 겸허하게 말을, 말의 진실을 들여다보아야겠다고 생각하는 터입니다."

수상은 내 말이 끝나자 내 어깨를 그 두툼한 손으로 툭 쳐주었습니다.

"고맙소, 훌륭한 말씀이었소. 역시 바아몽 씨를 모셔오기를 잘했소."

오토레 수상의 뜻은 간곡하였습니다.

"나는 귀하가 행정부에서 일한 경험이 없다는 것도 잘 알고 있소. 그러나 나는 귀하의 시인적 통찰력과 창의성을 존중해요. 그리고 그것을 필요로 하는 것이오. 나는 귀하가 불편 없이 일할 수 있도록 이미 모든 준비를 끝냈소. 귀하는 나의 공보 보좌관으로서 내일부터라도 일을 시작해주오. 그리고 앞으로 공보 장관 마토 씨는 바아몽 씨를 위해서 많은 도움이 될 거요. 그는 풍부한 경험을 가진 노련한 각료입니다. 귀하는 앞으로 이 나라의 운명을 뒤죽박죽으로 만들고 나라의 밝음을 흐리게 하는 소문을 무찔러주시오. 그 일에 관한 한 독립 부대의 사령관이 되도록 하시오."

나 자신이 수상의 공보 보좌관으로서 착수한 첫 번째 일은 파하에 파다하게 퍼져 있는 숱한 소문의 수집과 그것의 분류 및 분석 작업이었습니다. 소문의 양상을 파악하는 일이었지요. 소문이란 참으로 걷잡을 수 없는 것이었습니다.

일테면 우리 파하의 변경 지역에는 무당의 세력이 그 어느 지방보다도 번성하고 있었는데 지난달부터 이들에게 무서운 수난이 닥쳐왔습니다. '무당 사냥'이라고까지 불리는 이 소동은 지난달 어느 날 푸르나 군(郡)에서 세 명의 어린이가 유괴되고 이어 며칠 뒤 그 아이들이 시체로 발견되면서부터 시작되었습니다. 이 사실은 곧 무당의 소행이라는 소문이 나돌기 시작하면서 그 지방에선 무당에 대한 박해와 사형(私刑)이 가해졌습니다. 이런 경향은 인근 지역까지 번졌으며 노한 군중은 조금이라도 혐의가 가면 공격을 가했던 것입니다. 이 때문에 푸르나 군 일대는 마치 유령의 나라 같은 느낌마저 주게끔 되어버렸지요. 이곳 시민들은 어둑어둑해지기가 무섭게 대문을 잠그고 들어앉는 것이었습니다. 폭도들에게 무당으로 오인받아 살해될까봐 그러는 것이죠.

그런데 또 이해할 수 없이 해괴한 노릇은――경찰 당국도 그 원인을 정확히 규명하질 못하고 있었는데――이러한 소동은 오토레 수상의 정부가 샤머니즘에 대한 탄압의 방법으로 획책한 것이라는 소문이 꾸준히 나돌고 있는 일이었습니다. 그런가 하면 파쿰(우리 파하와는 혈통적으로 가장 가까운 나라이기도 합니다. 파쿰 정부는 우리 파하에 파르나 군의 영유권을 주장해오고 있었는데) 정부의 첩자들이 파르나 군을 혼란에 몰아넣기 위한 술책이라는 소문도 나돌았습니다. 이밖에도 파르나 군 자치단체 내부의 갈등이 노출된 것이라는 둥, 또는 모국(某國)의 정보기관이 배후에서 조종하고 있다는 설도 있었습니다. 이 소동은 연일 의회에서 주요 의제로 거론되었으며 유력한 의원들은 자기들대로의 암시와 추측을 공언하였으며 결국 소문의 양상을 더욱 복잡하게 이끌고 나갔습니다.

덕분에 오토레 수상의 입장은――그는 이 문제로 의회에서 성난 곰처럼 흥분하고 또 노성을 터뜨리면서 정부의 결백함을 주장하였습니다만――몹시 난처해졌습니다. 여하튼 소문은 국가적인 대사로부터 한낱 개인의 스캔들에 이르기까지 다양했으며 그것은 매일 새로운 모습으로 파하의 골목골목을 누볐습니다.

나는 파하를 위협하고 있는 많은 소문들의 성격과 내용을 대별하여 그것들의 원인별 분석 및 영향력에 대한 평가, 또 A라는 패턴에서 B라는 패턴으로의 이행(移行) 또는 변질 과정, 그리고 소문을 형성하는 요인에 대한 고찰, 발설자에 대한 추정 등을 조사하고 정리하였습니다.

그 소문들은 그러나 막상 손을 대면 바삭바삭 부서져버리고 기껏 조각이나 남기 일쑤였습니다. 그러나 이 조각들이 곧 귀중한 단서가 되는 것입니다.

미국의 FBI가 한 비행기의 공중 폭파 사건의 수사에 착수하여 수천 조각의 비행기 잔해를 모아 복원시킴으로써 범행의 양상, 성격, 동기를 파악하고 범인을 잡아냈다는 실화는 내게도 큰 교훈이 되었습니다. 그러나 조각을 수집하는 일은 결코 쉽지 않았습니다. 또 이보다 어려운 일은 소문을 막는 일, 또는 소문을 예방하는 일이었습니다. 어떤 시인은 '이야기는 죽지 않는다. 이야기는 새로 태어난다. 도처에 입이 있기 때문에'라고 쓴 적이 있었습니다만 도처의 많은 입들은 무엇인가를 끊임없이 말하지 않고는 못 배기는 것이었습니다. 그리고 그 입들은 그들의 귀를 가지고 있으며 또한 이야기를 꾸며낼 줄 아는 상상력을 가지고 있었으니 호랑이가 날개를 달고 있는 격이라고나 할까요. 수사학적으로 말하자면 일천만의 인구는 곧 일천만 종의 상상력이며 일천만 가지의 소문이라 할 만했습니다.

나는 여러 날을 걸려서——나는 취임 후 한 달 가까운 동안을 거의 사무실에서 잠을 자다시피 하며 일에 열중했습니다. 수상에 대한 충성보다는 일 자체, 소문과의 싸움을 시작한 이상 승리해야겠다는 고집에서였지요——소문에 관한 양상을 대체로 파악하고 그것에 대한 대책을 궁리하고 있었습니다. 나는 어떤 날은 거의 잠을 자지 못하는 경우도 있었습니다.

하루는 그날로 예정된 수상에 대한 브리핑을 준비하기 위하여 새벽부터 머릿속에 그 소문의 파리떼들의 숫자와 유형을 정리하고 있었습니다.

나는 그때 문득 숫자에 자꾸 착오를 일으키고 있음을 깨달았습니다. 아마도 잠이 부족했거나 여러 날 계속된 과로 때문인 것 같았습니다. 그래서 나는 새벽 산책에 나서기로 했지요.

그러나 그 새벽의 산보는 오히려 나를 더욱 혼란시키기 시작했습니다.

내가 새벽의 파하 공원을 거닐고 있을 때는 안개가 많이 끼어 있었습니다. 안개는 동심일 때나 성년의 주름살을 가지고 있을 때나 얼마간은 신비감을 주고 또 시적인 감흥도 불러일으키는 것이었습니다. 나는 안개 속에 묻혀 안개의 촉감, 그리고 안개의 냄새 같은 것을 즐기면서 거닐고 있었죠.

나는 공원의 어느 모퉁이를 돌아서고 있었는데 문득 어떤 이상한 소리를 들었습니다. 그 소리는 끈끈한 느낌을 주었고 의미도 알 수 없는 중얼거림 같은 것이었습니다. 그것만으로는 환청이라고 할 수밖에 없었겠죠.

그런데 나는 분명히 어떤 입을 보았습니다. 그것은 안개의 입이었습니다. 그것은 아주 커다란 입이었지요. 그래서 문득 나는 거대한 샤먼이 안개의 몸을 빌려 내 앞에 나타난 것이나 아닐까 의심했습니다. 네, 샤먼 말입니다. 샤먼은 수천만 년을 내려오면서 날로 세련된 모습으로 바뀌어왔으니까요. 그리고 물의 샤먼도 있고 불의 샤먼도 있으니까 왜 안개의 샤먼이라고 있을 수 없겠습니까. 나는 안개의 입이 내게 다가와 내 귀에 대고 속삭이는 소리를 들었습니다. 그의 혀끝이 마치 내 귓바퀴에 닿는 듯한 간지러움을 느끼게 하면서 축축한 소리가 이렇게 말하는 것이었습니다.

"이 애숭이야. 네가 소문을 물리치겠다고? 하하하하."

"이 바보야. 너는 수상의 무덤이나 파거라. 하하하. 크크크."

나는 순간 안개의 입으로부터 멀리 떨어지려고 몸을 홱 돌렸습니다. 그러나 그 입은 내가 비켜난 쪽에서 또 킬킬거리면서 속삭였습니다.

"네가 수상의 개가 됐다면서?"

나는 더 무엇을 생각해볼 겨를도 없어, 본능적으로 그 소름 끼치는 소리로부터 달아나려고 했습니다. 그러나 그 소리는 뒤를 쫓아오면서 불결하게도 귓속을 파고들었습니다.

"너는 꼭두각시, 너는 꼭두각시."

"네가 소문을 어쩌고 어쩐다고!"

"너를 소문의 수렁에 빠뜨려줄까."

"시끄러!"——나는 부르짖으면서 어느 건물로 들어갔습니다. 그곳은 공중변소였습니다. 그리고 나는 문득 요의를 느끼고 바지 지퍼를 내리고 오줌을 깔겼습니다. 아, 아 그렇군. 나는 그동안 너무 긴장하고 있었어. 나는 며칠씩 바지를 벗는 일이 없이 사무실 소파에 뒹굴면서 내가 맡은 문제들에 열중했던 것이지요. 이런 열중은 처음 겪는 일은 아니었습니다. 내가 써낸 어떤 시들은 바로 그런 집중과 몰입을 통해 싸워 얻은 것이었으니까요. 또 연극에 열정을 바치던 시절에도 그랬죠. 극장 연습실이나 무대 위의 세트 속에서 밤잠을 자지 않고 드라마 속의 바른 내 위치를 찾으려고 애쓰던 적도 있었습니다. 좌튼 우튼 간에 나는 과로로 인한 환각을 일으켰던 것이라고 나를 안심시켰습니다.

그러나 그 안개의 붉은 입, 안개의 끈끈한 소리는 그 뒤에도 결코 잊히지 않고 떠올라서 나를 혼란시켰습니다. 영국의 속담에 '소문은 칠십오 일만 지나면 끝난다'는 것이 있습니다만 문제는 간단하지가 않았습니다. 소문은 파리 떼와 같아서 죽기 전에 수백수천의 알을 까고 죽습니다. 옛 한때 유행되던 '행운의 편지'란 것도 그 좋은 예지요. '당신은 이 편지를 받고 칠십이 시간 이내에 새로 열두 명의 신사 숙녀에게 이와 똑같은 행운의 편지를 내십시오. 그렇지 않으면 앙화를 받을 것입니다.' 거의 협박장 같은 이 행운의 편지가 그대로 실천된다고 할 때 칠십이 시간을 주기로 열두 배씩 늘어가는 것이지요. 엄청난 번식률입니다.

나는 소문을 소탕하기 위한 방안을 연구했습니다. ──수상은 때때로 국민들에게 도덕적 각성을 호소하고 모든 소문에 대해서 외면하고 침묵을 지켜주기를 요청한 적도 있습니다만── 그리고 마침내 얻은 결론은 역소문 전법(逆所聞戰法)이었습니다.

"······따라서 이렇게 집요하고 강력한 생명력을 갖는 소문들을 구축하기 위해서 저는 천적(天敵) 작전을 쓰기로 했습니다. 원리는 간단합니다. 무당벌레로 하여금 진딧물을 잡아먹게 하는 것과 같습니다. 소문을 일소하기 위해서 그 소문을 흡수할 수 있는 역소문을 퍼뜨리겠습니다."

"음, 그것은 기대할 만한 것 같소. 분투해주시오." 수상은 고개를 끄덕거렸습니다.

나는 마토 장관의 지원을 받아 몇 단계의 전략을 세웠습니다. 먼저 나는 방송과 신문을 활용하여 언어의 마술적 특성이 어떤 것인가, 그것은 어떻게 변질하여 소문이 되는 것인가, 소문과 정보와의 차이는 어떤 것인가, 소문의 폐해가 궁극적으로 사회에 어떤 영향을 끼치는 것인가, 어떻게 소문을 척결해야 할 것인가 등에 관한 계몽을 다각적으로 전개하는 한편 작전 요원들을 교육하여, 경계해야 할 만한 소문들에 대한 역소문을 짜내게 했습니다. 그리고 그것을 단계적으로 퍼뜨리게 했던 것이죠.

이를테면 오토레 수상이 이웃 파쿰 나라의 혈통을 가진 여인에게서 출생하였으며 아버지도 알 수 없는 사생아라는 소문, 또 수상의 아들과 파하 공주의 약혼설 등이 있었는데(물론 이 소문에서 파생한 것으로 보이는 수십 가지의 소문이 또 있습니다만) 이에 대해서는 나는 사실을 왜곡하거나 과장하게 만든 요인을 추출하여 역소문을 만들게 했습니다. (수상의 가계나 친족에 대한 사실은 더러 공식 자료로 발표된 것이 있음에도 불구하고 시민들은 당국의 공식 자료보다는 쑤근쑤근 전해온 소문을 더 믿는 것이었는데) 즉 최근 수상의 측근에서 새어나온 소식에 의하면 수상의 모친은 한때 파쿰 국에서 불우한 시절을 보내다가 마침내 어느 수도원에서 운명했다는 것, 수상의 부친은 파하의 독립 운동에 몸을 바쳤으며 적국의 폭력단에 의해서 비참한 죽음을 했다는 것, 이러한 사실들은 파쿰과의 외교 관계를 해치지 않기 위해서 숨겨두는 비밀 사항이라는 것, 또 수상의 아들과 공주 사이의 약혼설은 수상 자신은 원할지 몰라도 공주 자신이 이웃 압삼 국(國)의 왕자로부터 어느 파티에서 프러포즈를 받은 일이 있으며 파하 왕실로서도 이는 환영하는 바라는 것 등――대체로 이런 식으로 천적을 풀어놓았던 것입니다. 물론 이런 역소문들은 신빙성을 주게끔 위장되어 시정에 새어나가게 했지요.

  그런데 말이란 본능적으로 역설적인 효과까지 끌어안으려 하는 것 같습니다. 가령 '자유'라는 말에는 무한하고 절대적인, 적극적 자유와 동시에, 극히 제한된 상태 안에서의 소극적 자유가 똑같이 함축되어 있는 것 같습니다. '사랑'이란 말도 아끼고 애틋하게 여기고 열렬히 애무하며 애정을 나누는 뜻을 가지는 반면, 미워하고 미칠 듯이 노려보고 미련하게 고문하고 또는 거짓으로 위해주는 그러한 면도 껴안고 있는 것입니다. 결국 '나는 당신을 사랑합니다'라는 고백이 '나는 당신을 미워하기도 합니다'라는 반대적인 뜻까지 포함해야 된다는 뜻일지도 모릅니다.

  선생께서는, 내가 지금 왜 이런 말을 늘어놓고 있는지 벌써 알아차린 것 같습니다. 실상 나의 천적 작전은 그 얼마 뒤엔가 한계점에 부딪힌 것이었습니다. 놀랍게도 역소문은 역소문에 대한 새로운 역소문을 유발해 내고 있음을 깨달은 것입니다.

곧 '수상은 자신의 정치적 입장에 불안을 느끼고 근거 없는 소문을 만들어내고 있다. 이는 그가 공보진을 보강한 사실로도 엿볼 수 있다. 그의 공보진은 아마도 수상의 새로운 신화를 만들기에 여념 없을 것이다' 라는 소문마저 내 귀에 들어왔으니까요.

역소문 전법은 일부에선 효과를 얻었으나 일부에선 역효과를 얻은 셈이었습니다. 나는 마토 장관에게서 만나자는 청을 받았습니다. 그는 내게 음료수를 권했습니다. 그는 말했습니다.

"공보 정책의 어려움이 바로 그런 것입니다. 정부가 국민 한 사람 한 사람을 개별적으로 상대해서 설득을 시킬 수는 없는 노릇이고 결국 신문이나 방송을 매개로 할 수밖에 없습니다."

그는 잠시 말을 멈추었다가 유리컵에 스트로를 집어넣어 보이면서

"자, 이 스트로를 보십시오. 이 대롱이 물속에 담기면 굴절해 보이지요. 마찬가지입니다. 정부의 메시지가 매체를 통해서 한 번 꺾인 뒤에 그것은 다시 시청자나 독자의 눈과 귀로 들어가서 다시 또 꺾입니다. 여기서 오해가 생기지 않을 수 없습니다. 그러면 시민들은 정부의 진의는 어디에 있는가를 가지고 자기네들끼리 갑론을박합니다. 그리고 그것이 정책적으로 중요한 문제일수록 고의적인 훼방도 받게 마련입니다. 이것이 겉입니다 하고 보여주면 아니 그것은 겉이 아니야, 저것을 뒤집어라! 뒤집어야 진짜가 보인다――이렇게 쑤근거리는 것입니다. 우리 여론은 이렇게 해서 자꾸 뒤틀리기 마련입니다. 그것은 민도(民度)와도 별로 깊은 관계가 없

습니다. 아니 지적 수준이 높은 이들일수록 불평과 불만의 지수가 높습니다. 그들의 비위를 맞추긴 대단히 힘들지요. 그들은 상상력이 풍부할 수도 있고 이상이 높은 만큼 현실에 대해선 반드시 회의하려 합니다. 하니까 공보 정책은 자칫 잘못하면 그들에게 말려들 수도 있어요. 또 적국의 첩자들의 암약도 배제해버리기 어렵습니다. 따라서 우리는 하루 이틀에 소문을 무찔러버릴 수 없습니다."

나는 나의 사무실로 돌아와서 마토 씨의 충고에 따른 몇몇 방안을 검토해보고 있었습니다. 그러나 나는 문득 내 눈앞이 갑자기 희끄무레해지면서 가슴이 답답함을 느꼈습니다. 나는 좀 쉬어야겠다는 생각을 했습니다.

나는 교외의 숲으로 갔습니다.

숲 속에서는 이름 모를 새들의 울음소리가 들려왔습니다. 나는 무성한 숲 사이로 걸어들어갔습니다. 숲은 그 자체가 생명을 뜻합니다. 자연 본래의 신선한 활력을 갖고 있지요. 때문에 숲에서는 동물에서 곤충류에 이르기까지의 많은 생명들이 정열적이고 낙천적인 것 같습니다. 나는 미아처럼 숲 사이를 헤매었습니다.

아직 젊다고밖에 할 수 없는 나 자신의 육체 속에서는 어떤 활력 같은 것이 충전되고 있는 것 같았습니다. 나는 자연의 선율 속에 있었습니다. 나는 참으로 시(詩) 속에 있는 기쁨을 느꼈습니다. 책갈피 속에 갇혀 있는 활자에서 이보다 더한 시를 만날 수 있을는지요. 무릇 시인들이 쓴 시란 실재하는 시적 현상의 색인(索引) 구실밖에 못하는 것 같습니다. 나는 바위의 계곡을 따라 올라가다가 맑은 샘을 발견했습니다. 나는 목을 축였습니다. 그리고 나는 여자를 애무하는 사내처럼 물의 감촉을 즐기고 있었습니다.

그때 물은 살아 있었습니다. 피부와 살과 감각의 내용을 가지고 있고 심령마저 느끼게 하는 생명체임을 느꼈습니다. 술은 마성(魔性)은 가졌을지언정 영혼은 갖고 있지 않습니다. 나는 샘물에서 활기를 되찾은 것만 같았지요. 그리고 나는 반듯하게 생긴 바위에 걸터앉았습니다.

　소문은 왜 일어나는가. 나는 그것을 어떻게 막을 수 있는가. 나는 숲의, 물의, 바람의 힘을 얻어 다시 생각해야 된다——나는 골몰하기 시작했습니다. 그리고 문득 숲에게 나뭇잎들에게 초록(草綠)들에게 부끄러움을 느끼고 있었습니다. 나는 나 자신을 한동안 외면하던 문제에 맞부딪치고 있었던 것입니다. 나는 바로 그것을 정시해야 했습니다.

　소문의 중요한 원인을 나는 외면하고 있었던 것입니다. 소문 때문에 옳은 공론이 제대로 서지 못하는 것도 사실이었지만, 공론이 제대로 설 수 없기 때문에 소문이 만연하는 것 아닌가. 수상은 소문을 전염병에 비유하였지만 취약점이 많기 때문에 병균이 창궐하는 것이 아닌가. 나는 그 선후 관계를 의식적으로 도착시켜 생각하고 있었던 것이 아닌가.

　나는 천천히 숲에서 나왔습니다.

"바아몽 씨!"
마토 장관은 소파에 기대앉은 채 담배 연기를 뿜어내고 있었습니다.
"당신의 패기에 대해서는 존경하고 싶소."
"……"
"그러나 요즘 바아몽 씨가 하는 일에 대해서는 회의를 품을 수밖에 없습니다. 이 점 대단히 거북한 일로 생각합니다만."
　나는 그 말뜻에 짐작이 갔습니다. 나는 그 무렵 파하 왕실과 수상의 가계에 대한──그들의 재산 상태까지 포함하여──조사를 독자적으로 진행하고 있었습니다. 물론 이러한 조사는 엄중한 비밀 속에서 진행했습니다. 왜냐하면, 나 자신이 왕실이나 수상의 가계 및 친족들에 대해서 부정확한 정보를 갖고 있지 않나 하는 회의에 부딪혀 있기 때문이었습니다. 그리고 시민들은 궁금한 일에 자유로이 접근할 수 없기 때문에 노상 의심과 의혹을 갖고 있으며 소문에 귀를 기울이게 된다고 생각했던 것이지요. 실상 전통적으로 파하의 왕실은 베일에 가려져 있었고 또 수상부마저도 신비 속에 숨어 있었다는 것을 나는 상기했던 것입니다. 따라서 일의 바른 해결을 위해서는 수상의 편에 서기보다는 시민의 편에서 바라보고 생각해야 옳다는 결론이었습니다. 아니면 최소한 중립적인 입장에라도 서야 옳은 것으로 여겨졌습니다.

"당신은 지금 일의 방향을 잘못 잡고 있는 것이에요. 당신은 왕실의 권위에 도전하고 있다는 사실을 알아야 돼요."

왕실에 도전하고 있다는 말 뒤에는 실은 수상에 대한 반역을 하고 있지 않느냐는 추궁이 숨어 있음을 나는 알 수 있었습니다.

"제가 왕실에 도전하고 있다는 것은 전혀 잘못된 말씀입니다. 뿐더러 저는 그런 의도도 갖지 않았고요."

"물론 바아몽 씨로서는 부인할 테지. 그러나 당신이 요즘 필요 이상으로 왕실의 문제를 캐고 있음은……그것은 왕실에 대한 위협으로 해석될 우려가 있소. 이는 수상 각하의 입장에도 난처한 영향을 미칠 것이오."

"아니지요. 이는 왕 전하와 수상 각하를 동시에 위하는 범위에서 행해지는 일일 뿐입니다. 나는 맹세를 내세우고 싶지는 않지만 국가에 대한 맹세라면 장관님 앞에서 맹세하겠습니다."

"아니, 나는 그 맹세를 듣고 싶진 않아요. 그리고 당신과 같이 의욕적인 분은 우리 파하 국을 위해서 중요한 자본이 되고 있어요."

"……."

"그러나 우리는 국가의 대사를 다룸에 있어서 국가가 요청하는 일을 외면하거나 왜곡해서는 안 될 것입니다."

"장관님께서는 지금 왜곡이라는 어휘를 제게 쓰고 계신 것 같습니다."

나는 항의했습니다. 마토 씨가 나에 대해서 불만을 느끼고 있음은 처음부터 감지하고 있었던 일입니다.

그러나 내가 그의 견제를 받고 있다는 사실은 매우 불쾌했습니다.

나는 마토 씨로부터 기습을 당한 것이라고 판단했습니다. 그가 아주 권위 있는 일격을 가했던 것이라고. 나는 아픔을 느꼈습니다.

"장관님께서는 제가 좀 더 시간을 가지고 일할 수 있도록 배려해주시기 바랍니다. 장관님께 심려를 끼친 점은 매우 송구스럽습니다만. ……저로서는 지금 진실의 실체에 보다 가까이 접근해야 한다는 일이 중요하게 생각됩니다."

"보좌관께서는 우리가 실체 아닌 허상(虛像)을 붙들고 있다는 말씀입니까?"

"그렇다는 단정은 아닙니다. 다만 우리들은 실체에 대해서 보다 솔직하게 탐구하고 접근해야 할 것이라고 믿습니다. 우리는 우리가 실체라고 믿어온 것에 대하여 때로는 회의해볼 필요도 있다는 것입니다."

"바아몽 씨, 당신은 다시 생각해보는 게 좋을 것이오."

그는 자기가 옳다는 사실을 의심해보고 싶지 않아 보였습니다. 설령 오해와 소문의 원인이 자기에게서 세상으로 퍼져나가고 있다 할지라도, 또 그것을 자각하고 있다 할지라도, 자기가 붙들고 있는 것만이 진실의 실체라는 믿음을 고치지 않았을 것입니다.

"바아몽 씨는 항간에 떠도는 소문들을 사랑하여서는 안 됩니다. 바아몽 씨는 그 소문의 편에서 정부의 입장을 곤란하게 만들어서는 안 됩니다."

"그것은 지나친 말씀이십니다. 나는 항간의 소문에 귀 기울이고 있지만 그것은 사랑하기 때문이 아닙니다. 마찬가지로 정부의 입장을 회의하더라도 정부를 아프게 하려는 것이 아닙니다. 정부가 옳다는 것을 확인하고 싶을 따름입니다."

나는 파하 왕 전하 및 파하 왕실의 실태가 공공연히 대중으로부터 가려져 있고 대중은 가려지지 않은 약간의 사실만 알고 있을 뿐이며 이것이 왕실에 대한 동정적인 오해들을 낳고 있음을 알고 있었습니다. 또한 파하의 수상과 수상의 친족들 역시 대중으로부터 끊임없는 의혹을 사게끔 되는 요인을 껴안고 있음을 알고 있었습니다. 이러한 사실은 시민들로 하여금 불안감에 사로잡히게 하고 조금이라도 진실의 실체에 가까운 것에 귀 기울이게 하고 그것에 덧붙여 자기 나름의 상상력으로 허상에 사로잡히게 하며 다시 악의적인 소문은 이를 부채질하여 시민들은 더욱 불안하게 되고, 왕실이나 수상은 더욱 걷잡을 수 없는 허상과 악소문의 소용돌이로 빠져드는 것이라는 걸 나는 알고 있었지요.

가령 국영 아파트가 공매에 붙여지더라도 거기에는 당국이나 시공업자의 성실성보다는 먼저 소문이 작용을 합니다.

"각하께서는 지난번 아파트 공매 사건을 보고받으셨습니까?"

"음. 국영 아파트는 시민들에게 아주 환영을 받는다더군요."

수상은 별로 회의하고 싶어 하지 않는 안색이었습니다. 나는 그것을 깨뜨려야 할 필요를 느꼈습니다.

"관계 직원들이 선량한 소시민들에게 야비한 상술을 부리고 있다는 소문이 퍼져 있습니다."

"……."

"아파트 입주 희망자가 오십삼 세대였던 것을 오백삼십 세대라고 공공연히 사실을 위장하여 소문을 퍼뜨렸습니다. 어떤 신문은 이를 그대로 보도했습니다. 그러나 사실은 곧 드러났습니다."

"…… 그랬던가?"

수상은 담담하게 대답했습니다. 나는 그러한 소문이 또 파생시킨 많은 소문에 대해서도 보고를 했습니다.

"때문에 정부의 기본 시책은 지금 다시 검토되어야겠다는 것이 제 보고의 결론입니다."

"보좌관의 충고는 고맙게 생각하네. 그렇다면 보다 구체적인 문제점과 시정책을 작성해서 내각회의에 제출해주게."

수상은 그날따라 시종 변화 없는 표정──그의 동적이고 정열적인 성격과는 대조적으로──이었습니다.

나는 마토 씨와의 보다 심각한 충돌을 예상 못 한 바는 아니었습니다. 그러나 나는 내가 뛰어든 싸움에서 이때야말로 전진하지 않으면 안 된다고 판단했습니다. 이미 내가 수상의 부름을 받고 공직에 앉은 지 육 개월이 넘었을 때였습니다. 나는 수상과 왕 전하에 관한 나의 조사와 함께 내각에 대한 조사에도 손을 댔습니다. 그것은 벅찬 일이었습니다만 나로서는 이미 주사위를 던진 것이나 다름없었습니다.

그로부터 얼마 지나지 않아서 내각 주변에는 이상한 소문이 떠돌기 시작했습니다. 그것은 개각설이었습니다. 개각설은 또 일부 개각설과 전면 개각설로 나누어지고 있었습니다.

이는 내게 충격적인 것이었습니다. 도대체 소문이란 끊임없이 끓어오르고 부글거리는 것이었습니다. 더구나 개각설은 내각의 동요를 의미하는 것이기 때문에 나의 비밀 작업은 멈칫할 수밖에 없었습니다. 왜냐하면 내각은 일을 하기보다는 소문의 진위 여부에 관심을 갖고 전전긍긍하면서, 자기들의 정적을 주목하기에 바쁘게 될 것이기 때문입니다. 그리고 그들은 자기의 정적을 경계하는 것으로도 미흡하여 여차직하면 그 누구에게라도 화살을 겨누고서 너도 나의 정적이지! 하고 노려보게 마련입니다.

우려대로 내게도 그러한 눈초리가 쏠리게 되었습니다. 나는 각료들에 대한 조사 작업을 당분간 중단하게 되었습니다.

아마도 나는 각료들에게서 가장 큰 경계 인물로 되어 있었을 것입니다. 마토 씨가 나를 경계하고 있음은 틀림없는 사실이었고, 마토 씨는 그와 가까운 각료들에게 힘을 모아 나를 경계하라고 주의시킬 법한 일이며, 그의 정적들의 눈까지도 내게로 쏠리게 할 것으로 추측되었습니다.

이쯤 되고 보면 관료 생활의 경력이 육 개월 남짓한 나로서는 견디기 어려운 부담을 갖게 되는 것이지요.

나는 도대체 이런 소문이 어디서부터 나돌게 된 것인지 짐작하기가 곤란했습니다. 참으로 수상 자신이 그러한 일을 고려하고 있는 것이며 과연 그가 그러한 일을 누구에게 귀띔했던 것일지. 또는 오랜 관료 생활의 경험으로 육감이 매우 발달한 어떤 각료가 지레 경계 신호를 올린 것인지. 또는 적국의 고급 첩자가 퍼뜨린 비언인지.

나 자신은 물론 그 알 수 없는 소문에 말려들고 싶지 않았습니다. 그리고 이 소문의 진상을 밝혀야 하지 않을까 생각했습니다.

그러나 나는 이 소문을 조사할 수 없었습니다. 마토 씨의 견해를 알아볼까 했지만 오히려 그 소문을 내가 마토 씨에게 확인해주는 일이 될 뿐 아니라 귀찮은 오해를 낳을 것같이 생각되었던 때문입니다.

각료들이 그 소문으로 괴로움을 당하던 어느 날 밤. 나는 갑자기 수상의 부름을 받았습니다. 나는 수상 관저로 급히 달려갔습니다.

내가 관저의 정문에 도착했을 때 마토 씨와 또 한 사람의 각료가 관저의 정문을 나서고 있었습니다. 그들 쪽에서는 나를 못 보았는지 인사할 기회도 주지 않고 관저를 떠나갔습니다.

나는 수상의 사실(私室)로 안내되었습니다. 조금 뒤에 검소한 의상을 걸친 그러나 차가운 위엄에 싸인 한 여인이 들어섰습니다.

"안녕하십니까? 오래 못 뵈었습니다."

그녀는 수상의 부인이었습니다. 그녀는 마토 장관의 조카뻘이 되는 사이로 아직 젊고 슬기로운 여자였습니다.

"거기 앉으시죠."

나는 수상 부인이 먼저 자리에 앉기를 기다렸습니다. 그녀는 선 채로 말했습니다.

"수상께서는 몸이 불편하셔서 이미 침소에 드셨습니다."

"각하께서는 많이 편찮으십니까?"

"아니, 염려하시지는 않아도 됩니다. …… 수상께서는 저더러 바아몽 씨를 만나뵙도록 부탁을 하셨는데……."

나는 묵묵히 그녀의 얼굴을 지켜보았습니다.

실내에는 무거운 침묵이 한동안 계속되었습니다. 마침내 수상 부인이 침묵을 깨뜨렸습니다.

"수상께서는 요즘 모종의 중대한 외교 문제로 고심을 하고 계십니다. 그래서 바아몽 씨가 이 문제를 좀 도와주셔야겠습니다."

"……."

"바아몽 씨는 우선 수상의 특사 자격으로 압삼 국으로 출발하세요. 그러나 이 일은 바아몽 씨 외엔 아무도 아는 일이 되어선 안 되겠어요. 출발은 내일 새벽으로 하세요."

나는 뒤통수를 맞은 기분이었습니다.

"명령 내용은 특수한 채널을 통해서 바아몽 씨에게 전달될 것입니다."

나는 담담하게 부인의 말을 듣고 있었습니다. 나는 묵묵히 충격의 아픔으로부터 벗어나려고 노력했습니다.

내가 명령에 따라 밀사로서 임지에 떨어진 그 시간에 나는 짤막한 메모지를 접수했습니다. 내가 압삼 국의 의회 도서관 열람실에서 도서 목록을 들추고 있을 때 한 사나이가 내 곁으로 접근하더니 재빨리 쪽지를 내밀었던 것입니다. 내가 그 메모지를 보고 났을 때 사나이는 이미 내 앞에서 사라졌습니다.

'귀관은 추방되었다.'

나는 그 메모지를 구겨버렸습니다.

나는 파하의 시민권을 앗겨버렸던 것입니다. 그러나 그와 같은 사태가 어떻게 진행되었던 것인지 명료하게 알 수가 없습니다. 나는 내가 아는 사실만을 말씀드렸습니다. 내가 무슨 음모에 의해서 또는 무슨 소문으로부터 걸어차였는지 알 수 없습니다만……. 내가 조사했던 왕실과 수상부의 뒷얘기 말씀입니까? 아, 그런 것은 이제 얘기할 필요도 없는 것이죠. 다만 하나 말씀드릴 수 있다면 소문 중에선 진실에 그리 어긋나지 않는 그러한 것도 있었다는 정도입니다. 문제는 옳은 소문과 그렇지 않은 소문을 가려낼 수 있는 양식이 중요한 것입니다.

아, 다시 안개가, 안개의 입이 나의 앞을 가립니다. 안개가 파하를 뒤덮고 있습니다. 파하의 숲, 파하의 푸른 하늘, 그리고 파하의 시민——그 모든 것이 안개에 가려 있습니다.

…… 아니, 위로는 사양하겠습니다. 그리고 이젠 좀 쉬어야겠습니다. 한 잔, 술을 한 잔 더 사시렵니까? 네, 고맙습니다.

파하, 파하가 울고 있습니다. 그러나 나는 언젠가 파하에 도로 돌아갈 것입니다. 그리고 다시 시작해보겠습니다. 이것이 전부입니다.

돌아온 병장

"비겁한 놈들 같으니라구!"

그는 메마른 입술을 침으로 축이며 짓씹었다. 그는 누군가를 찢어발길 듯한 증오의 감정에 사로잡혀 있었다.

"비겁한 놈들……."

그는 다시 한 번 욕을 내뱉었다. 그러나 이 욕에는 증오에 못지않은 비통한 아픔이 배어 있었다. 타눔 병장(兵長)은 그의 소속 부대였던 라차 중대(中隊)가 섬멸된 뒤 라차 소령이 사형선고를 받았음을 불과 며칠 전에야 알게 되었다. 물론 그 판결은 라차 소령이나 라차 중대의 그 아무도 참석지 않은 궐석재판을 통해서 내려진 것이었다. 참패한 불명예 부대에 대한 재판은 전통적인 관례에 의한 것이나 라차 중대의 그것은 그러나 특이한 입장이었다. 충성과 용맹에 있어서 파쿰 국(國)의 가장 뛰어난 부대였던 라차 중대의 패전은 누구에게나 충격적이었지만 그러나 그것이 사형선고라는 보상을 받았다는 사실이 보다 충격적인 것이었다. 비록 참패는

했지만 사형선고라니! 그것은 중대장 라차 소령에 대한 그것이 아니라 중대원 전부에 대한 사형이나 다름없는 일이었다. 더욱이 중대원의 대부분은 이미 적지에서 장렬한 전사를 했으므로 그들은 다시 한 번 죽임을 당하게 된 것이었다. 그것도 두 번째는 후방의 우군(友軍)에게서 당한 것이다. 타눔 병장은 입술을 꾹 깨물었다. 그러나 그는 그 정도로는 아픔을 느끼지 못했다. 그는 마음속의 아픔과 그리고 분노만으로도 아주 벅차게 되어 있었던 것이다. 미친 놈들! 자식들은 그럴듯한 논리(論理)를 휘둘렀겠지. 그리고 다리를 쭉 뻗고서 기분 좋게 술잔을 잡아든 것은 아니었을까. 도대체 그자들이 전투의 실황을 제대로 파악해보지도 않고 '패배'라는 결과만 도마 위에 놓고 난도질을 한 것은 무슨 까닭인가. 더구나 그 패배는 라차에게만 덮어씌울 성질은 아니었던 것이다. ……일개 병사에 지나지 않는 타눔으로서는 결코 이해하기 어려운 일이었다.

사령부가 가까워지자 도로에는 군용차량들이 뻔질나게 지나쳐갔지만 아무도 타눔의 초라한 군복이나 다소 절룩거리는 걸음걸이를 주목하지 않았다. 드디어 사령부의 정문 위병소가 시야에 들어왔다. 그에게는 전에 두어 차례 드나들어본 경험이 있다. 한 번은 라차 소령과 함께였고 한 번은 모종의 업무 연락을 위해서였다. 그러나 이번의 방문은 타눔으로서는 아주 비장한 사명을 띤 것이다.

타눔은 왼쪽 다리를 조금씩 절면서 위병소로 다가갔다. 위병 하사관 서너 명이 위병소를 지키고 있었다. 타눔은 그중 창구를 지키고 앉아 있는 하사의 앞에 가서 섰다.

"병장 타눔, 사령부에 용무 있어 왔습니다."

그러나 하사는 고개를 한 번 가로젓고는 이렇게 대꾸했다.

"이봐 병장. 복장 상태가 불량이다. 그따위로 해서는 신고를 받을 수 없어."

타눔은 그러나 태연히 그 자리에 서서, 자기의 복장 상태를 손질하려 들지는 않았다. 그의 복장은 낡고 더럽혀져 있었으며 단추마저 온전히 달려 있지 않았다. 심지어 명찰조차 제대로 붙어 있지 않았으므로 영락없이 패잔병의 그 꼬락서니였다.

"병장은 뭘 하고 있나? 여기가 어딘 줄 알고 있어?"

"하사, 나는 용무가 급하오."

"뭐라구! 도대체 너는 기합이 빠져 있잖아! 기합을 좀 넣어줘야겠는걸."

"하사, 나는 지금 단춧구멍이나 만지고 있을 수가 없단 말이오. 나는 지금 하사하고 군기 확립에 대해서 지껄이고 싶지 않단 말이야."

타눔의 어조는 느릿느릿했으며 다분히 야유의 감정이 끼어 있었다. 하사는 자존심을 상하고 있었으나 녹록지 않아 보이는 이 병장에게서 아지 못할 위압감을 느끼고는 조금씩 뒤로 밀렸다.

"도대체 소속 부대는 어디요?"

"내 소속은…… 라차 유격 중대요, 라차 소령님이 지휘하는."

타눔이 소속을 밝히자 위병들은 아연 긴장하는 기색이 되었다.

"뭐라구요? 라차라구요?"

"그렇소, 라차 소령님의 유격 중대라고 했소."

위병들은 한쪽으로는 그들의 상관에게 전화를 하고 한쪽으로는 그들의 장교 앞으로 타눔을 안내하였다. 위병 장교는 타눔에게 몇몇 질문을 끝낸 뒤 직접 자기 자신이 앞장을 서서 작전 참모부의 한 사무실로 안내하였다.

병장 타눔은 땅딸막한 대령 앞에 서게 되었다.

"어이, 병장. 자네는 설마 유령은 아니겠지?"

"네, 분명히 살아 있는 사람입니다."

"이건 참 반가운 일이군. 라차 중대에서 아직 살아남은 사람이 있었다니. …… 그러나저러나 도대체 어떻게 되어먹은 일이야, 비수같이 날카로운 정예 부대가 그래 참멸을 당했다니. 그래 도대체 라차가 폭싹했다니 그게 말이 돼?"

대령은 아주 신기한 일을 당한 것처럼 차츰 흥분하기 시작한 모양이었다. 타눔은 다소 우스꽝스러운 느낌을 받았다. 대령은 무엇에 들씌운 사람처럼 말을 계속했다.

"그렇지, 라차가 불명예 판결을 받고 말다니, 그래 단 한 명도 도망치지 못하고 전몰이라! 참, 자네 그러고 보니 이상하다. 자네가 라차 소속이라는 건 사실인가? 그걸 뭘로 증명할 수 있나?"

"이걸로 증명합니다."

타눔은 한쪽 바짓가랑이를 걷어올리는가 싶더니 어느새 단검을 한 자루 꺼내어 대령에게 쑥 내밀었다. 대령은 휘둥그레 뜬 눈으로 그 검을 살펴보았다. 네 치쯤 되는 길이의 이 단검은 양쪽으로 날이 서 있었다. 자루 쪽에 라차 중대의 비표(秘標)인 R자가 새겨져 있었다.

대령은 그 단검을 음미하듯이 손가락으로 쓰다듬었다. 이윽고 대령은 신음하는 소리로 말했다.

"맞아, 이건 라차 중대의 칼이야. 이 칼은 우리 군대의 송곳이나 다름없는 것이지."

타눔은 대령에게 말했다.

"라차 소령님이 사형선고를 받았다는 사실에 대해서 항소를 제기해야겠습니다. 물론 라차 중대는 떳떳하게 잘 싸웠습니다. 대령님은 그것을 잘 알고 계실 줄 믿습니다."

"…… 물론 자네들은 용감했을 테지, 나도 그걸 믿어."

"그렇다면 왜 사형선고 판결입니까."

"그건…… 우리 군대의 특수한 사정에서 취해진 조처이니까 자네는 이의를 제기해선 안 돼."

"저는 그 점을 이해하지 못하겠습니다. 더욱이 길거리의 아이들까지도 라차를 불명예 부대로 알고 있습니다. 이건 도대체 무슨 꿍꿍이속입니까."

그때 대령의 보좌관으로 보이는 후리후리한 키의 소령이 타눔에게 가까이 왔다. 그는 쇳소리 같은 음성으로 이렇게 말하는 것이었다.

"병장, 불손하다. 너는 지금 무슨 말을 하고 있는지나 알고 있나?"

"물론 잘 알고 있습니다. 특전부는 직할 부대인 라차 유격 중대의 모든 작전에 책임을 지고 있는 걸로 알고 있습니다. 때문에 이런 말씀을 드리는 것입니다. 라차 중대의 명예는 도로 찾아야겠습니다. 라차는 적과 싸워 죽었지만 그 정신은 죽지 않았습니다. 그런데 사령부는 라차의 정신을 죽였습니다. 이건 중요한 문제입니다."

"일개 병장의 말치곤 너무 당돌하군. 자네는 너무 떠들지 않는 게 좋아. 문제는 그렇게 간단한 게 아니거든."

대령이 볼멘소리로 지껄였다.

사무실은 아주 후텁지근했으나 밖에선 바람 한 점 들어오지 않았다. 대령은 끈끈하게 땀이 밴 목덜미를 손수건을 꺼내어 몇 차례고 문질러댔다. 소령은 타눔을 자기 책상의 맞은편에 놓인 의자에 앉게 했다. 타눔은 그때야 비로소 라차 중대와 라차 소령이 푸르밤 요새 작전에서 어떻게 싸웠던가를, 그리고 라차 소령과 다른 몇 명의 대원은 중상을 입은 채 포로가 되어버렸다는 사실을, 그리고 자신은 라차 소령의 지시에 의해 간신히 탈출해 나오게 되었던 과정을 낱낱이 보고하였다. 물론 라차 중대의 작전은 특전부의 작전 명령에 따른 것이었고 그것은 전황(戰況)으로 보아 중대한 의의를 가진 것에 틀림없었다. 푸르밤 요새는 난공불락의 요새였고 이 요새는 적에게나 우군에게나 굉장한 희생을 치르게 했다. 그리고 이번 라차의 기습 공격에는 우군의 이 개 연대가 연쇄 공격으로 가담하게 되어 있었다. 그러나 웬일인지 라차 중대가 혈로(血路)를 뚫어놓았건만 우군은 꼼짝 않고 있었다. 마침내 라차는 전멸에 가까운 참패를 감수해야 했다. 라차 소령은 작전에 변경이 있는 것인가 하는 의문을 일으켰다. 그러나 후퇴 명령을 무선으로 접수했을 때는 이미 퇴로를 차단당하여 어쩔 도리가 없었다. 라차 소령은 우군에게 지원을 요청하는 일방 최후의 혈전을 감행했다. 그러나 우군은 여전히 꼼짝하지도 않았고 후퇴하라는 사령부의 명령만 전달하고 있었다. 그렇게 해서 그들은 싸우다 죽었다. 그런데 라차는 후방에서 궐석재판을 통하여 낙인을 찍힌 것이었다. 라차는 거듭 죽은 것이다. 도대체 이것은 참을 수 없는 일이었다.

"도대체 어찌 된 일입니까. 특전부는 왜 작전을 시작해놓고 중도에 포기했던 것입니까. 그리고 라차를 전진에 몰아놓고서 구원은커녕 사형선고라니, 이것은 나무 위에 올려놓고 흔들어서 떨어뜨리는 격 아닙니까."

소령이 사무적이고 냉정한 태도로 자기의 말을 기록하기도 하고 또 대목대목 반문하기도 하면서 앉아 있는 데 대해서 타눔 병장은 갑자기 피가 치밀어오르는 듯한 분노를 느꼈다.

"사령부 특전부는 등 뒤에서 라차를 쏘아버린 거나 다름없지 않습니까."

이때 소령이 타눔에게 말했다.

"타눔 병장, 이제 다음 일은 우리에게 맡기도록 하고 좀 쉬도록 하게."

그리고 땅딸막한 대령이 자리에서 일어나 타눔에게 다가오더니 타눔의 어깨를 어루만져주면서 말했다.

"자네는 그동안 노고가 많았네. 앞으로는 좀 편히 쉬도록 하면서……. 매사에 파오 소령의 말을 따르도록 해."

파오라는 이름을 가진 그 소령은 타눔에게 잠깐 미소를 띠어 보이고 말했다.

"타눔 병장은 우리 특전부가 라차에 대해서 못할 짓을 한 것으로 알고 있는데, 그것은 성급한 판단이야. 특전부는 특전부대로 고통을 느끼고 있어. 그리고 고위 당국에 대해서나 재판부에 대해서 라차의 입장을 최선을 다해서 증언해왔어. 그러나 지금으로서는 우리들도 더 이상 좋은 방법을 찾아낼 수 없단 말이야. 어떻든 우리는 포로가 되어 있는 라차 소령부터 구해내야겠는데…… 우리는 이미 이 문제에 대해서도 손을 쓰고 있지. 그러나 침착하게 일을 추진하지 않아선 안 되는 것이고."

타눔은 대령에게 경례를 하고 방을 나서려 했다.

"아 참, 자네의 부상은 어느 정도인가?"

대령이 관심을 가지고 물었다.

"네, 걸을 만합니다."

파오 소령이 말했다.

"아니, 그래가지곤 안 되겠는걸. 치료도 받아야겠군."

타눔은 사령부에서 멀지 않은 어느 작은 민간 주택으로 안내되었다. 그 집은 몇 사람의 사복 군인이 사용하고 있었다. 파오 소령은 작고 조용한 방으로 들어섰다.

그 방엔 침대와 책상, 그리고 캐비닛 등 간이 가구가 놓여 있었다. 그러나 그다지 잘 정돈되어 있지는 않았다.

"이 방은 내가 쓰던 방인데 당분간 자네가 이 방에 있도록 하게."

"그럼 소령님께선?"

"나도 이 집에 같이 있게 될 거야. 곧 자네의 방을 따로 마련해줄 테니까 불편하더라도 좀 참아."

파오 소령은 타눔에게 의자를 권했다.

"다리를 좀 보여주게."

타눔은 왼쪽 바짓가랑이를 걷어올렸다. 때 묻은 그리고 핏물이 밴 붕대가 넓적다리에 감겨 있었다. 타눔은 그 붕대를 풀어버렸다. 넓적다리 중턱 바깥쪽으로, 오 센티미터쯤 쇠꼬챙이로 긁어낸 듯한 상처는 부어오르고 고름이 끼어 있는 채였다.

"파편이 스치고 지나간 정도일 겁니다."

"아니, 이 친구 보게!"

타눔이 자기의 상처에 대해서 대수롭지 않게 얘기하자 파오 소령은 어처구니없다는 듯이 말했다.

"다리가 썩어버리도록 놔둘 참인가. 도대체 그 상처가 더 덧나지 않았다는 게 희한하군. 곧 군의관에게 보여야겠다."

"이 정도의 상처는 마음먹기에 달렸습니다."

"무슨 소린가? 이걸 가시에 찔린 상처쯤으로 생각하는가?"

"그것은 라차 정신입니다."

타눔이 대꾸했다.

파오 소령이 말했다.

"나도 라차 정신에는 경배하겠네. 그러나 자네는 앞으로 내 지시에 따라야 해.…… 그리고 자네 권총도 가지고 있지?"

"그런데요?"

"권총은 내게 맡겨두게."

"그러면 무장해제입니까?"

"자네에겐 지금, 권총보다는 다른 것이 필요하다. 알겠나?"

그날 타눔은 간단한 수술 도구를 가지고 출장 나온 군의관에 의해서 환부를 째고 치료를 받았다. 그리고 그는 며칠 동안 운동을 피하고 몸을 조용히 쉬라는 주의를 군의관에게서 들었다.

"제기랄! 나는 지금 약 냄새 따위나 맡으면서 낮잠이나 잘 형편이 아니란 말입니다."

그때 수술 장면을 쭉 지켜보고 있던 한 사복 군인이 말했다.

"그럼 자네는 어느 고지라도 하나 점령할 생각이야?"

"그렇소, 아니 그보다 더 중요한 일이 있소."

"그게 무슨 일이지?"

"당신이 누구인지 모르지만, 아무튼 당신에게 그걸 말하고 싶진 않소."

"아, 나 말인가? 나는 바로 병장의 신상을 보호하게 되어 있는 사람이지."

"그럼 감시자로군. 내가 뭐 첩자라도 되는 줄 아는 모양인데, 그럴 필요는 없지 않소?"

"나는 지시를 받고 있는 거야."

타눔은 그 사나이를 노려보았으나 별도리가 없음을 깨달았다.

파오 소령은 이튿날 오전에 들렀다.

"병장, 어떤가?"

"몸은 괜찮습니다만……."

"기분은 좋지 않다는 말이군."

"그리 좋질 못합니다. 전 지금 해야 할 일이 있습니다."

"아, 알고 있네. 라차 정신의 게양(揭揚)을 말하는 거겠지?"

"소령님은 우리 라차에 대해 부담을 느끼시는 것 같습니다."

"아니, 그건 병장이 잘못 생각하고 있는 거야."

소령은 잠시 침묵했다. 그는 날카로운 눈빛으로 타눔을 쏘아봤다. 타눔은 그 시선을 피하지 않고 마주 쳐다보았다.

"대령님은 지금 자네의 출현으로 심한 고충을 겪고 있어. 이 말은 자네에게 오해를 살지 모르는 말이지만, 현재의 상황은 자네가 기대하고 있는 것과는 아주 달라. 일이 괴팍스럽게 꼬여 있단 말이야."

파오 소령은 타눔에게 담배를 권했다. 타눔은 담배를 받아들고 불을 붙였다. 그는 자기의 손이 허전함을 느끼고 있음을 깨달았다.

"파오 소령님, 그건 무슨 뜻입니까?"

파오 소령은 타눔의 어깨를 툭 치면서 말했다.

"자네는 왜 권총을 휴대하고 싶어 하지?"

"……."

"습관인가?"

"습관만은 아닙니다. 저는……."

"아, 나도 알고 있어. …… 자네는 누군가를 쏘고 싶지?"

"그것은…… 쏘아 맞힌 뒤에 할 얘기죠."

파오 소령은 깊숙이 빨아들였던 담배 연기를 훅 뿜어냈다.

"헌데, 그것은 왜 물으시죠?"

"음, 내가 자네가 듣고 싶어 하는 얘기를 들려준다면, 자네는 누군가를 쏘고 싶어 하게 될 것 같아서였네."

"그렇다면 그 얘기를 들려주지 않으실 생각입니까?"

"아니, 얘기를 보류하고 있을 뿐이야. 그리고 나는 라차 중대의 타눔이라는 청년에게 협력을 청해야겠어."

"도대체 소령님은 무슨 말씀을 하시려는 건지 알 수가 없군요."

타눔은 담배를 새로 붙여물었다.

"실은…… 우리 특전부는 사령부 안에서도 위기에 몰려 있어. 자네는 모르겠지만 우리 특전부가 지금 진행되고 있는 전쟁의 십자가를 짊어지게끔 되어 있는 거야."

"네?"

"대충만 알려주겠어. 나도 그 이상의 일에 대해서는 알지 못하고 있으니까. 지금 우리 파쿰 내각은 제삼국을 통하여 적국과 모종의 교섭을 벌이고 있어. 말하자면 흥정이지. 이 일은 이미 수개월 전부터 추진되어온 모양이야. 여하튼 그 막후 협상의 테이블 위에서는, 라차 부대가 그동안 쌓아온 모든 전공을 상쇄시킬 만한 적국의 요구가 끈질기게 되풀이되고 있는 것이지. 그래서 요새에 대한 탈환을 우리 파쿰 국(國)이 포기할 때만 적국도 우리 측의 요구에 응하겠다는 거야. 이런 사실들은 라차가 푸르밤 요새에 대한 특공 작전을 벌일 무렵까지도 밝혀진 바 없었지만, 그러나 사실은 이미 그러한 협상이 진행중에 있었던 것일세. 아마 자네들 라차 중대는 우리 특전부가 사령부 안에서 낮잠이나 자고, 재판부의 꼭두각시 노릇이나 하지 않았는가 오해했을 거야. 그러나 타눔 자네만이라도 믿어줘야 하네. 우리인들 우리 특전부의 정예(精銳)인 라차 중대가 장렬한 싸움을 벌였던 것에 몽매할 리가 있었겠나. 실지로 우리는 라차 중대가 요새 탈환 작전에 들어갔을 때 큰 기대를 갖고 최선의 지원을 하려 했었어. 그러나 그때 이미 유형무형의 압력이 시작되었단 말일세. 그 점은 다른 일반 부대들에 있어서도 마찬가지였지. 때문에 아무런 지원도 할 수가 없었던 거야. 좌우간, 우리가 라차 유격 중대의 참패——참패 아닌 참패였지만——사건에 대한 궐석재판이 갑자기 진행되고 증인 겸 변호인의 입장에 섰을 때 우리는 형식적인 변호인이었을 뿐, 아무런 힘도 발휘할 수 없게 되었어. 계속된 상부의 불투명한 압력과 재판의 내용에 대해 특전부가 항의하기도 하고 한편으론 독자적인 조사에 나섰던 결과, 소위 그 막후 협상의 내용을 캐내게 되었던 거야. 결국 그것은 상부의 정책에 의해서 그리 되었을 뿐만 아니라, 이십칠 개월이나 계속된 긴 전쟁을 어떻게든 끝장내야 한다는 평화 협상의 대의명분이 결국 다수의 지지를 받게 되었고 우리로서도 특전부의 입장만 고집할 수 없이 되었던 것일세."

타눔은 묵묵히 듣고 있었다.

"이런 사실은 국가 기밀에 속하는 것이니까 자네 혼자만 알고 있어야 돼. 타눔은, 지금까지 내가 한 얘기들을 납득하겠나?"

타눔 병장은 묵묵히 허공을 올려다보고 있었다.

"나는 지금 라차 소령을 대신해서 자네라도 이런 엄청난 모순을 들어두는 것이 옳다고 믿기 때문에 숨김 없이 말한 거야. 이 점을 명심하도록."

파오 소령은 잠시 뒤에 말을 계속했다.

"따라서 대령님은 자네의 출현으로 대단히 충격을 받았고 또 라차 소령이 적의 포로가 되어 있다는 자네의 보고로 한층 큰 짐을 지게 되었어."

"그러나 제가 나타나지 않았어도 진상은 밝혀졌어야 할 텐데요."

타눔 병장이 말했다.

"그러나," 파오 소령이 말했다. "그러나 지금은 극히 조심해야 할 때일세, 자네는 사실의 당위성을, 진실을 강조하지만 자네네 라차 부대가 만난 사실들만이 아니라 우리 특전부가 만난 사실도 틀림없는 '사실' 그것이네. 그리고 무엇보다도 두 가지의 사실이 대립하고 있을 때 그것의 비중 또한 고려에 넣지 않으면 안 된다는 거야. 그리고, '사실'이란 그것을 해석하는 입장에 따라 다른 비중을 갖는 것으로 되는 것. 타눔, 자네는 이 점을 함께 생각해주어야겠어."

"……솔직히 말해서 저로서는 이 문제를 듣지 않았던 것으로 하고 싶습니다."

"자네는 그 문제를 명심해야 돼. 이따 오후에 다시 만나자구. 나는 지금 또 참모부에 나가봐야 되니까."

타눔은 방을 나서는 파오 소령에게 말했다.

"소령님은 결국 저를 무장해제시킨 뒤에 연금하고 계신 거군요."

"그렇지. 환자를 병원으로 보내지 않고 이곳으로 데려온 것부터가 까닭이 있었던 것일세."

"현명하시군요, 소령님은."

"라차 소령에 대한 우정으로서도 그렇게밖에 할 수가 없었어. 라차 소령은 나와 사관학교 동기생이었어."

파오 소령은 손을 흔들어 보이고 방을 나갔다. 타눔은 다시 혼자 있게 되면서부터 다리에 통증이 일고 있음을 느꼈다.

타눔은 지난밤에 자기가 충분한 잠을 못 잤다는 것을 깨달았다. 그는 잠을 청해보려고 애썼다. 그가 전투에 처음으로 투입되어 적과 교전하게 되기 전날 밤, 그는 잠을 이룰 수가 없었다. 같은 참호에 배치된 고참병은 쿨쿨 잠을 자고 있었다. 신병 타눔에게는 그렇게 태연히 잠을 이룰 수 있는 고참병이 사뭇 신기해 보이기까지 했다. 타눔으로서는 몇 시간 뒤에 닥쳐올 기습 작전을 생각하면, 더욱이 전투에서는 신병들의 희생이 많다는 고참들의 말을 생각하면 심신이 예사로울 수 없었던 것이다. 그 고참병은 이튿날 새벽에 잠을 깨어 타눔을 흘깃 쳐다보더니 "짜식, 간덩이 한번 알량하구나. 싸움은 싸움, 잠은 잠이야, 알겠어?" 하고 말했다. 타눔은 그 뒤로 '싸움은 싸움, 잠은 잠'이란 말을 곧잘 중얼거리게 됐다.

그러나 지난밤, 타눔으로서는 웬일인지 제대로 잠을 이룰 수 없었던 것이다. 적진 속에서도 태연히 잠을 잘 수 있었던 자기가 말이다. 아마도 오늘의 이 충격을 예감하고 있었던 것이나 아닐까. 그는 파오 소령에게서 오늘 듣게 된 그 놀라운 일을 아직은 충격으로서만 받아들일 수 있을 뿐이었다. 다리의 통증이 점점 심해지고 있었다. 그는 정면으로 그 통증과 맞설 생각을 했다. 그는 침대에서 일어나 방을 둘러보았다. 그는 테이블 위에 놓인 성냥통을 보자, 그것을 가져다가 성냥통을 열었다. 성냥개비 네댓 개를 한데 모아 잡고 불을 켰다. 그리고 그것을 환부에 가까이 가져갔다. 활활 타는 성냥불을 환부에 바싹 접근시켜 일 초, 이 초, 삼 초 그렇게 자극을 가했다. 환부에는 새로운 아픔이 일었다. 성냥불이 다 타고 난 뒤 또 한 번 또 한 번 같은 짓을 몇 차례 반복했다. 쿡, 쿡, 쿡, 쿡쿡, 쿡쿡쿡……리듬을 타고 쑤시던 환부의 통증은 이번엔 연속적으로 짓이겨대는 듯한 아픔으로 바뀌었다. 그러나 이윽고 통증은 그 고비에 오르는 듯하더니 차츰 사라져갔다. 이제 그 아픔은 사라지고 아픔의 여운이 온 몸속에 은은하게 퍼져가는 것이었다. 타눔은 차츰 잠 속으로 밀려들어갔다. 그의 눈썹이 꿈틀꿈틀 경련했다. ……타눔은 자기 눈앞에 라차 소령이 눈썹을 꿈틀거리고 서 있음을 본다.

"타눔 병장!"

"아, 중대장님!"

"……."

"중대장님!"

"잠꼬대를 하나?"

타눔은 비로소 자기를 쳐다보고 있는 것이 라차 소령 아닌 군의관임을 깨달았다. 자신은 잠깐 꿈을 꾸었던 것 같았다.

"그래, 오늘은 기분이 어떤가, 라차의 용사."

군의관은 타눔의 환부를 들춰보았다.

"가제는 왜 떼냈어?"

"답답해서요, 그런 것 안 하고도 견뎠었는데."

"아주 다리를 잘라내고 싶은 모양이군."

군의관은 환부에 손을 대고 있었고 타눔은 그것을 지켜보고 있었다.

"상처를 악화시키고 있다니, 부상은 명예로운 것인지 몰라도 자학 행위는 명예가 되지 않아. 이 다리가 원시적인 치료법으로 삼 주일이나 버텼다는 것이 희한하군."

"이젠 아물기만 하면 끝나는 것 아닙니까?"

"글쎄, 아물게 하려는 노력도 없이 아물기를 기다리고 있나? 사자같이 용맹스럽다는 라차 대원의 정신력은 어처구니가 없어. 자, 다리를 잃고 싶지 않거든 일주일만이라도 내가 시키는 대로 하고 있어."

"군의관님, 나도 이십육 년이나 내 몸에 붙어 있던 다리를 떼버리고 싶진 않습니다."

"그러니까 나한테 맡겨두라는 거지. 도대체 라차 소령의 부하는 라차의 말투까지 그대로 닮는 모양이야."

"군의관님도 라차 소령님을 아십니까?"

"암, 알다마다. 그는 사자같이 용맹했지만, 자기가 용맹하다는 것을 너무 의식했어. 자부심이 컸지."

"그것도 잘못입니까?"

"여보게, 라차의 용사, 이건 알아둬. 나도 라차는 존경하지만, 그에겐 적도 많았어. 자기 외에는 모두 옹졸한 겁쟁이로 몰아붙이는 식이었으니까 말이야. 그 결과는 무엇이었나? 장렬한 전사? 그것까지는 좋아. 그러나 국가는 그에게 영광과 함께 오욕을 떠맡겼어."

"그럼 군의관님은 그 판결을 타당하다고 보십니까? 더구나 주인공이 불참한 궐석재판을?"

"궐석재판의 선례(先例)는 전에도 있었지."

"아니 궐석재판 그것보다 그 판결 내용 말입니다."

"그것은 내가 말할 성질이 아니야. 나는 메스와 부상병만 손에 잡고 있을 뿐야. 법조문은 손에 잡아본 적도 없고."

"법조문이 아니라 양식(良識)으로 말입니다."

그때 사복 군인이 문을 열고 들어섰다. 군의관은 가방을 들고 일어섰다.

"난 병원으로 돌아가네."

군의관이 나간 뒤 사복 군인은 타눔을 쳐다보면서 거만한 어조로 말했다.

"필요한 것이 있으면 얘기해. 그러나 필요하지 않은 것은 얘기하지 않는 것이 좋아."

"그런 쓸데없는 소리는 나불댈 것도 아니잖소."

"도대체 라차의 쫄병들은 계급 관념도 갖지 않았군. 그 말투 좀 고칠 수 없나?"

"도대체 당신의 계급은 뭐요? 굳이 계급을 내세우고 싶으면 그 사복 위에라도 계급장을 달고 다니든가."

"말해주지. 난 특무상사야. 애숭이 병장 녀석 같으니라구."

"아, 그런가요? 그럼 상사님, 앞으로 이 쫄병 감시나 잘 하시오. 내가 언제 도망칠지 모르는 일이니까."

상사는 얼굴에 노기를 띠었다. 그리고 소리를 내질렀다.

"병장! 네놈이 다리 수술만 안 했다면 내가 그 다리를 분질러버렸을 거야!"

상사는 주먹을 흔들어 보이고는 문을 쾅 닫고 나갔다. 타눔 병장은 쓴웃음을 지었다.

파오 소령은 밤늦게 들렀다. 그는 방에 들어서더니 주머니에서 휴대용 위스키 병 하나를 꺼내놓았다.

"타눔 준위(准尉)! 자, 이거 한잔하지."

"준위라고요! 그게 무슨 뜻입니까?"

"하하, 상사에게서 들었어. 일개 병장한테 상사(上士)가 당했다고 투덜대더군. 그래서 내가 말해줬지. 타눔 병장에 대해서 최소한 준(准)장교의 대우를 해야 한다고. 그게 내 생각일세."

"배려해줘서 고맙군요, 소령님."

"아니, 내 말에 다른 뜻이 있는 것이 아니니까 순수하게 해석하게. 그리고 그 얼간이 상사는 뒷심 없는 허세꾼이니까 과히 신경 쓰지 말고."

"물론, 저도 그렇게 알고 있습니다."

"오늘 밤은 이거나 한잔하자구, 준위."

그들은 위스키를 서너 잔씩 들었다.

"군의관이 알면 또 잔소리를 하겠습니다."

"오늘 뭐라고 하던가?"

"자기 하라는 대로 하지 않으면 다리를 잘라야 되는 사태가 올 거랍니다. 하하."

둘은 군의관의 흉내를 내면서 유쾌한 듯이 웃었다. 파오 소령은 일어서면서 타눔에게 말했다.

"타눔 군, 앞으로 내 입장을 이해해주길 바라네."

"그건 쉬운 일이 아닐 겁니다."

타눔이 잘라서 말했다.

사태는 불투명해 보였다. 지도로 체크할 때는 명료해 보이던 침투로가 실제 작전에 들어가서는 곧잘 오리무중으로 빠져들게 되는 것처럼 '라차 중대 구출 작전'은 타눔을 더욱 혼미의 구렁 속으로 몰아넣고 있었다.

다리의 상처가 거의 완치될 무렵, 타눔 병장은 파오 소령을 따라서 대령 앞에 나가게 되었다. 대령은 원기 만세의 땅딸막한 체구를 유쾌하게 흔들어대면서 타눔을 반겨주었다. 그리고 타눔의 건강이 회복되었음을 축하했다. 그러나 타눔 병장이 궁금해하는 일에 대해서는 반구도 비추어주지 않았다.

"대령님 저는 제 다리가 낫는 일보다는 라차 소령의 구명(救命)이 시급하다고 생각합니다."

"아, 물론 그 점은 얘기하지 않아도 내가 잘 알고 있지."

"그리고 대령님, 저는 사지가 몽땅 잘리는 한이 있더라도, 라차의 전우들의 값진 죽음에 영예를 되찾아주어야겠습니다."

"잘 알겠네."

"물론 대령님께서도 그 점을 위해 진력하고 계시다는 것을 파오 보좌관님을 통해서 잘 알고 있죠. 하지만……."

"타눔 병장!" 파오 소령이 말했다. "대령님께선 오늘 국방성으로 떠날 예정이시네. 그래서 그 준비로 바쁘시니까 오늘은 이만……."

"국방성에요?"

파오 소령은 순간 당황하는 듯했다. 그러나 이내 냉정을 회복하여 말했다.

"응, 그러니까 자네는 그 문제를 당분간 잊고 있으라구. 어떤 기회가 있을 테니까."

"저도 그곳에 갈 수 없겠습니까?"

타눔이 말했다. 이때 대령의 노여움이 마침내 그 땅딸막한 몸뚱이 밖으로 튀어나왔다. 파이프로 책상을 탁 하고 내리쳤던 것이다. 그리고 외쳤다.

"이봐! 발톱 빠진 표범 새끼야. 이빨마저 뽑히기 전에 가만히 있어!"

대령의 외침은 순간 사무실 천장까지 튀어올라가서 사납게 부딪쳤다.

"십자가는 지금 네 어깨에 있지 않고 내게 지워져 있는 거야!"

타눔은 그때 자신의 내부에 어떤 큰 경련이 일고 있음을 느꼈다. 대령이 몸을 의자 위로 앉히고 고통스럽게 자신의 머리통을 끌어안았다.

타눔 병장의 눈빛엔 파르르 치미는 것이 내비치고 있었다.

"파오 소령, 이 비린내 나는 아이를 갖다 처박아둬!"

타눔 병장은 파오 소령을 따라 정해진 숙소로 돌아왔다.

파오 소령은 침착했다.

"타눔 병장. 오늘 자네는 역효과를 불러왔어. 그 점은 자네의 불찰이야."

"그러나 저로서는 할 말을 했을 뿐입니다."

"그래도 자네는 방법이 서툴렀단 말야."

"그럼 좋은 방법은 무엇입니까? 좋은 방법이 있다면 왜 일러주지 않았죠?"

"일러주면 듣겠나? 응, 자네가 듣겠어?"

"그건 모르겠습니다. 다만 죽은 전우들과, 지금 살아 있긴 하지만 죽은 것보다도 못한 라차 소령님을 저는 잊을 수가 없단 말입니다."

"그러길래 당분간은 모든 일을 나한테 맡겨두라고 하지 않던가, ……자 타눔, 이젠 내 말에 따르게. 안된 말이지만 라차 소령, 라차 중대의 전우도 다 잊는 게 좋아. 라차 정신이고 뭐고 좀 잊어버리라고!"

그 말을 채 마치기도 전에 파오 소령은 앞으로 고꾸라졌다. 타눔 병장의 수도(手刀)가 소령의 목덜미와 등어리를 동시에 후려쳤던 것이다. 그것은 매우 민첩한 동작이었고 순식간에 완료되었다.

타눔은 파오 소령을 살펴보았다. 그는 기절한 것 같았다. 타눔은 잠시 판단을 구하고 있었다. 그는 파오 소령이 차고 있던 권총을 뽑았다. 그것을 가슴 속에 넣고 방을 나섰다. 그는 복도를 살폈다.

마침 이쪽으로 걸어오던 상사의 시선과 마주쳤다. 그는 상사를 단숨에 뻗어버리게 할 요량이었다. 그는 거리를 가늠했다. 그러나 웬일인지 상사는 타눔의 얼굴을 제대로 쳐다보지도 않은 채 멋쩍게 웃고는 오던 쪽으로 돌아가는 것이었다. 짜식, 운이 좋구나.

타눔은 아무런 장애도 만나지 않고 집을 나섰다. 하지만 나는 아무런 대책도 없이 나섰구나. 누구를 쏠 것이냐? 대령을? 아니 그 정도로는 무의미하다. 사령관을? 그러나 그것도 테러 행위 이상의 의미를 가질 수는 없는 일이다. 누구를, 누구를 쏘겠다는 것이냐. 타눔은 그 일에 관해 너무도 막연한 궁리만 했던 자신을 깨달았다. 또 그럴 수밖에 없었던 것이기도 하다. 자기는 모든 일이 생각했던 대로, 당연하게 순조로이 진행될 것으로만 믿어왔던 것이다. 파쿰 국(國)의 누가 라차를 외면할 것이랴 싶었던 것이다. 그러나 이제 나는 어쩔 것이냐. 이제 누구든 하나가 둘 쏘아 넘어뜨리는 일이 흐르는 물의 방향을 바꾸게 되어 있는 것은 아니지 않느냐. 의외로 타눔의 의식은 냉정한 가운데 명료한 사태의 전말을 보는 것 같았다. 배신에 대한 보복으로 이제 누군가를 쏘아버린다 해도, 그것은 라차의 명예를 회복시켜주기는커녕 라차의 명예의 마지막 불빛마저 꺼버리는 일이 될 것 같았다. 타눔 병장은 그것을 두려워했다.

타눔은 냉정하게 자기의 의식을 정리하고 있었다. 그리고 그는 자기를 지탱케 해주던 그 무엇인가가 자기에게서 빠져나가 흩어져버리는 것을 느꼈다.

우리 속에 갇힌 표범, 가슴속에 도사린 표범, 그 표범은 이제 참으로 발톱마저 빠져버린 것이 아닌가. 타눔 병장은 자기의 전후좌우가 막혀 있음을 의식하고 있었다.

"타눔, 돌아올 줄 알았다."

파오 소령이 말했다.

"자, 권총은 내게 돌려주고."

타눔은 파오 소령에게 권총을 돌려주었다. 그리고 그는 고개를 떨구는 듯했다. 이어 그의 몸은 방바닥에 고꾸라졌다. 타눔 병장은 제 이마를 콘크리트 바닥에 짓찧었다. 이상한 짐승의 울부짖음 같은 신음 소리가 타눔의 입에서 흘러나왔다.

"타눔, 그만 일어나라."

얼마 뒤 파오 소령이 그렇게 말했다. 타눔이 천천히 일어났다.

"타눔, 자네만이 괴로운 건 아니야. 자, 바로 서봐."

타눔은 소령 앞에 부동자세로 섰다. 그가 라차 소령 앞에서 라차의 맹세를 외던 때처럼.

"타눔, 나는 라차 부대의 명예, 라차 정신의 명예를 존중한다. 그러나 현재의 상황은 우리가 아무리 부정(否定)하려 해도 어쩔 수 없이 확고한 기정사실이다. 나는 자네에게 공감하고 감동할 수는 있다. 그러나 개인(個人)의 감동의 물결에 의해 큰 물결의 방향이 바꾸어질 것인지는 의문이다. 나는 낙관을 갖지 못하고 있어. 때문에 나는 자네가 명예롭게 라차 정신의 짐을 벗게 되기를 바랄 수밖에 없어. 지금 내가 자네를 도울 수 있는 길은 유감스럽게도 그것뿐일세. …… 나는 리얼리스트일 뿐이고 라차 소령과 같은 영웅적 존재는 될 수가 없다. 그것은 내 능력 밖이야. 타눔, 자네는 자네의 눈으로 사태를 보겠지만 나한테서나 대령에게서 그 이상을 기대해서는 안 돼. 우리는 거대한 기계 속에서 제 몫의 구실만 하는 톱니바퀴에 불과한 거야. 이 점을 이해해야 돼."

일주일 뒤 타눔 병장은 사령부 인사 명령에 의한 제대 특명을 받게 되었다. 타눔은 이를 거부했다. 그런 다음 날 그는 즉시 특무 부대에 연행되었다. 타눔은 이 모든 것이 파오 소령에 의해 조종되고 있는 것이라고 짐작했다. 그는 조사관 앞에서 진술서를 쓰라는 요구에도 거부했다.

"도대체 무엇을 진술하라는 거요?"

"부르는 대로 받아쓰기만 하면 돼."

"당신이 부르는 것은 당신의 진술이오. 나는 진술해야 할 것이 없소."

"거참, 대단한 병장 나부랭이 다 보겠구만. 이봐, 병장, 나는 군대밥 먹은 지 십이 년인데 너같이 잘난 병장은 처음이야. 네가 뭐가 대단해서 그렇게 뻣뻣하냐고."

"나더러 무얼 진술하라는 겁니까?"

"자, 들어보기나 하라고. 에 또, 나는 제대 이후로 군에 관한 모든 기밀 사항에 대해서 일체 누설하지 않겠으며……."

그렇게 말하면서 상사의 계급장을 단 빼빼마른 사나이가 타눔의 눈치를 흘깃 살폈다.

"그거야 내가 제대한 이후의 일이고, 지금 할 얘긴 아니지 않습니까?"

"이 멍충이야, 너는 이미 제대 명령을 받은 거야. 참, 보다 보다 별일이구만. 다른 놈들은 제대하고 싶어서 생지랄을 부리기도 하던데, 너는 뭐 반지르르한 개뼉다귀라고."

"여보쇼, 당신네 꼴리는 대로구만, 난, 그렇게 못 하겠소. 입대는 병역 의무 때문에 한 것이지만 제대는 내 하고 싶은 때 하겠소. 아직 내 할 일이 덜 끝났어요!"

타눔 병장이 거칠게 응수했다.

빼빼마른 상사는 발길로 제 앞의 책상을 걷어차면서 이렇게 말했다.

"야, 이 빌어먹을 친구야. 너, 정신병원에 갖다 처박아야 되겠니? 그러면 제정신이 돌아오겠어? ……잘 생각해보라구. 자, 담배나 한 대씩 붙여 보자. 어때?"

타눔은 담배를 받아 물고 천천히 한 모금 연기를 뿜어냈다. 그의 내부에는 형언키 어려운 분노의 감정이 들끓고 있었지만 그는 그것을 견뎌내고 있었다.

빼빼마른 상사는 유들유들한 어조로 말투를 바꿨다.

"이봐, 병장, 자네 군대서 숱하게 고비를 넘긴 목숨인데 잘 부지하는 게 좋지 않아. 명은 질긴 모양이지만, 그러나 네 목숨 하나쯤은 그리 대수로운 게 아냐, 쥐도 새도 모르게 그냥 쓰윽 해버릴 수도 있다구. ……잘 생각해. 누이 좋고 매부 좋은 게 좋잖아. 하긴 네 녀석도 죽이고 죽는 일엔 이력이 난 모양이더라만……."

타눔은 노여움을 참고 있었다. 그렇게 사흘이 지났다. 조사관은 설득에 지친 듯, 맥빠진 소리로 말했다.

"너도 자살이나 하지그래. 라차 소령처럼 말야."

타눔은 순간 시선을 치켰다.

"라차 소령도 포로 신문실에서 혀를 깨물어 자살했다구."

빼빼마른 상사의 눈빛이 이글거렸다.

타눔은 벌떡 일어서서 소리 질렀다.

"이 망할 놈의 새끼야. 라차 소령은 자살할 분이 아니야. 그따위 치사한 수작은 집어쳐, 집어치우란 말야. 내가 그런 거짓말에 속아 넘어갈 줄 알아!"

타눔의 몸뚱이는 상사를 향해 날아들어갈 듯한 자세였다.

특무 부대는 타눔의 신병을 다시 특전부로 넘겼다. 파오 소령은 타눔 병장에게 말했다.

"특무 부대 애들이 자네를 괴롭힌 일은 없겠지?"

타눔은 고개를 가로저었다.

"대수롭진 않았죠."

"하긴 자네는 이미 민간인이 되었으니까 군 기관에서 그 이상 괴롭힐 일은 없을 거야. ……그런데 참, 혹시 자넨 라차 소령에 관한 얘기 못 들었나?"

타눔은 파오 소령을 주시했다.

"라차 소령이 자살했네."

"그게 정말입니까?"

파오 소령은 천천히 고개를 끄덕였다.

"내 입으로 이 일을 자네에게 알리기가 힘들었네. 그래서 특무대 애들더러 대신 일러주라고 부탁했었지."

타눔은 몸의 중심을 잃어버리는 듯한 상태에 있었다.

"최근에 우리 요원이 확인해온 정보야. 그를 구해보기 위해서 우리가 정탐해봤던 거지. 자, 이걸 보겠나?"

파오 소령은 한 장의 사진을 타눔 병장에게 내밀었다. 한 낯익은 듯한, 그러나 몰골이 너무도 비참한 중년 남자가 땅바닥에 나둥그러져 있는 사진이었다. 온몸이 용틀임처럼, 그리고 고통스럽게 뒤틀려 있었다.

"자, 이제 자네는 어떻게 할 셈인가? 고향에는 연고자가 있던가?"

파오 소령은 타눔에게 한 장의 증명서를 내밀었다.

돌아온 병장 63

"자네가 거부했던 제대증일세. 이젠 군대에서 자네가 할 일도 없어졌으니까 고향에나 돌아가는 편이 좋겠지. 그리고 이것은 특전부가 자네를 위해서 지급하는 특별한 제대비일세. 이것은 자네의 뛰어난 전공(戰功), 훌륭한 군인으로서의 긍지를 지켜준 데 대한 보답으로 생각해주게. …… 이만하면 미인과 몇천 평 정도의 땅은 시골에 마련할 수 있을 테지. 혹은 공부를 더 하든지…….”

파오 소령은 타눔의 어깨를 두들겨주었다. 타눔은 오랫동안 아무 말도 없이 서 있었다.

"빨리 자네의 농장에 초대되어 가보고 싶군. …… 그래 좋은 때가 올 거야. 이제 곧 휴전이 이루어진다는 소식이니까.”

파오 소령은 책상 위에 놓아둔 위스키를 한 잔 따라서 마셨다.

"마지막 라차의 병사를 잃게 되는군.”

타눔은 소령이 권하는 대로 위스키를 한 잔 마셨다.

타눔은 천천히 밖으로 걸어나갔다. 파오 소령은 타눔의 뒷모습을 지켜보며 이렇게 말했다.

"이제는 명예든 악몽이든 다 잊어버리라구.”

그 뒤 타눔이 그의 고향에 돌아갔는지 어쩐지에 대해서는 잘 밝혀진 바가 없다. 다만 파오 소령이 훗날 출장길에 타눔의 고향에 들러 그에 관한 소식을 알아보았을 때, 타눔을 알 만한 사람들에게서 다음과 같은 말을 들을 수 있었을 뿐이다.

얼굴이 몹시 초췌한 젊은이가 나타나 수만 평이나 되는 야산을 사고는 거기에 나무를 가꾸기 시작했다. 그러나 어느 날인가는 그의 이웃 사람들에게 그 나무를 절대로 해쳐서는 안 된다고 말하고선 어디론가 사라진 뒤 다시는 그 모습을 나타내지 않았다. 그 고장 사람들은 그에 관해서 갖은 추측을 다 해보았으나 아무것도 근거 있는 것이라곤 없고, 그가 혹시 타눔이 아니었겠느냐는 정도의 짐작만이 있을 뿐이라는 것이었다. 파오 소령은 한 농부가 손짓으로 가리키는 야산과 그 야산에 자라고 있는 나무들의 초록빛이 태양빛을 받아 아주 평화스럽고 아름답다고 생각했다. 그러나 과연 그 산과 나무들이 타눔과 어떤 확실한 연관을 갖고 있는 것인지는 파오 소령도 잘 알 수가 없었다.

코

마동출 씨의 코

　내 친척 아저씨인 마동출 씨에 관해서 이야기하려면 나는 노상 당혹감을 느끼게 마련이다. 육척 장신의 늠름한 체구와 그 활달한 걸음새, 그리고 배꼽 아래에서부터 치밀어오르는 것 같은 굵직하면서도 기름진 저음. 늘어놓을수록 오히려 그의 사나이다운 멋을 제대로 설명하기가 어렵다는 느낌이다. 그러나 그의 남성적인 굵은 선과 유들유들하면서도 호쾌한 성품을 잘 표상해주는 그의 코의 생김새에 대해서는 비록 무딘 표현으로라도 설명을 하지 않으면 안 될 것이다.
　이 무섭게 매력적인 코에 대해서는 나뿐만 아니라 많은 사람들이 멋진 표현을 시도했는데, 내가 생각하기에는 아무도 딱 들어맞는 표현을 발명해내지 못한 것 같다. 이를테면 어떤 사람은 '파리 한 마리쯤 날름 삼키고 난 뒤에 벌름벌름, 흐뭇한 포즈를 취하는 왕개구리같이 생긴 코'라고 묘사하기도 했는데, 그것은 실상 어떤 한때의 모습에는 들어맞지만 대체로는 그 '왕개구리'라는 별명이 빗나갔다는 느낌이다. 어떤 사람은 또 '웃고 있는 매의 코'라고도 불렀는데, 이 경우 마동출 씨의 코가 매부리코라는 점은 바로 지적한 셈이지만 역시 뭔가 미진하여 '웃고 있는'이라는 수식구를 붙인 것이리라. 그렇지만 역시 매부리코 하면 강퍅하고 사나운 느낌이 앞서서 그의 유들유들한 점을 잘 나타내주지 못하는 것이다. 혹 어떤 사람은 보다 재치 있는 상상력을 발동하여, '벌에 쏘인 부처님 코'라고까지 했다. 인자하고 잘생긴 부처님 코가 벌에 쏘여 퉁퉁 부어올랐을 경우까지 상상해내야 할 정도로 우리 아저씨의 코는 짓궂게 유머러스한 코인 셈이다. 아무튼 마동출 씨의 코를 제대로 표현하여 마침내 그럴듯한 별명을 유도해내고, 그 별명으로 코뚜레를 해서 끌고 다녀보려는 많은 사람들의 끈질기고도 애정 어린 노력은 그러나 별로 성공을 거두지 못했다.

내 누이동생은 하다못해 미국의 배우 칼 말덴 씨의 그 압도적인 코를 근사치로 잡아내어 제 나름대로 마동출 씨를 '말덴'이라고 부르기도 했다. 그러나 사람들은 이상스럽게도 마동출 씨가 그 희한한 코를 가지고 있음에도 불구하고 그것이 과연 어떤 기능을 가지고 있는 것인지에 대해서는 아무런 관심도 나타내지 않았다. 다만 잠잘 때의 그 코고는 음향이 대단하리라는 정도로만 짐작했던 것이다.

잘 아시다시피 코는 안면 중에서도 가장 복판에 자리 잡고 있으며 전면으로 가장 많이 돌출하여 한 얼굴의 외관을 형성하고 있거니와, 코는 호흡기 노릇을 하고 또 콧물을 배출해내는 외에 또 하나의 중요한 생리적 기능을 가지고 있다.

곧 냄새를 맡아내고 그것을 잘 분별하여, 이를테면 이 음식은 쉬었으니먹지 않는 게 좋겠다든가, 자기의 애인에게는 이 향수가 좋겠다든가 하는 문제를 담당하는 것이다. 향수 냄새를 잘 분별하는 등의 기능은 화장품 회사 직원 혹은 유복한 여성들에게나 필요한 기능으로 쳐버릴 수도 있겠지만, 그러나 아저씨의 코 때문에 죽을 운명에서 살 운명으로 되넘어올 수 있었던 사람들도 있고 보면 예민한 후각 기능을 가진다는 일도 대단한 미덕이 되는 것이잖겠는가. 그것은 굳이 긴 설명이 필요치 않다. 왜냐하면 요즘도 신문에는 연탄가스에 중독 사망하는 사람의 기사가 종종 나고 있음은 분명한 사실이고, 그런 만큼, 연탄가스의 위협을 받고 있는 사람들을 마동출 씨가 구해냈다는 정도의 얘기가 쉬 납득이 갈 것이니까.

오히려 내가 하려는 이야기는 좀 다른 각도에서의 것이다. 연탄가스에 중독되어 있는 사람들을 구해준 일은 물론 치사를 받을 만한 일이고 내세울 만한 일이겠지만, 우리 코 아저씨 마동출 씨가 최근에 겪은 일은 오히려 그 예민한 후각 때문에 고통을 치러야 했던 경우일 것이다.

마동출 씨는 자기의 거래 회사인 A재벌의 상무이자 어느 사립대학 경제학 교수인 임동걸 씨가 베푼 만찬에 참석하게 되었다. 우리 코 아저씨는 천성이 자유분방한 성품이니까 점잖은 자리에도 더러 초대되는 경우가 있는 모양이다. 더욱이 상대방이 거래 회사의 중역이며 대학 선배인 데야 굳이 불참할 필요도 없었을 것이다.

그날 밤의 파티는 임동걸 씨가 모 사립대학으로부터 명예박사 학위를 받아 이를 축하하기로 된 모임이었다. 이날의 주인공은 물론 임동걸 박사 내외였지만 마동출 씨는 한 단순한 축하객 이상의 역할을 수행하게 되었다. 이것은 물론 희한한 코를 가졌다는 까닭에서 비롯된 것이었다. 그의 코는 지금껏 내가 역설해온 것보다도 훨씬 더 빛나는 그 어떤 위세와 매력을 풍기고 있어서 마동출 씨의 코와 한 차례 상면해본 사람이라면 그 누구라도 이 매력적인 코의 임자가 펼치는 화술과 애교 넘치는 몸짓에 반해버리는 것이었다. 그러나 그의 몸짓과 달변은 역시 육척 장신의 거구를 배경으로 묘하게 벌름거리고 또는 독자적으로 살아 움직이는 듯한 그 신비스런 코의 덕으로, 조금도 경박한 수다쟁이나 주책바가지 같은 느낌은 주지 않았으며 보다는 필생의 노력으로 한 장면 한 장면의 연기를 처리해나가는 대배우의 그것을 보는 듯한 감동에 사로잡히게 하는 것이다. 그 코는 때로는 궁지에 몰린 닉슨의 다섯 자나 늘어진 비극적인 코처럼 연민을 느끼게 하다가 돌연 드골의 영웅적으로 장엄한 코를 연상케 하기도 했다. 그러나 대체로는 역시 정다운 아저씨의 코라고 하는 것이 좋을 것이다. 왜냐하면 그 코는 상대방을 느긋한 마음으로 감상에 임할 수 있게 해주는 인정미 있는 코였기 때문이다. 처음에 파티의 분위기는 다소 서먹서먹하면서 엄숙하였다. 명예박사 학위 수여자의 초대객들답게 손님들은 그들의 자랑스러운 사회적 지위와 신분에 대한 자부심으로 가득 차 있었고, 또 그들은 이미 이런 유의 만찬에서 점잖게 행세하는 데 익숙해 있었기 때문이었다.

그러나 우리 코 아저씨의 코가 때마침 식탁에 올라앉기 시작한 산해진미들의 지극히 관능적이기고도 도도한 냄새를 맡기 시작하자 본인의 의사와도 관계없이——우리 마동출 씨는 실상 의식적으로 자기가 분위기를 조절해야겠다고 생각해서 코를 활용해본 적은 없다——독자적인 기능을 발휘하기 시작했던 것이다.

이렇게 되니까 마동출 씨는 저절로 왕성한 식욕을 느끼기 시작했다. 그의 거구와 그의 거대한 내장이 화려 다양한 식탁 앞에서 침을 꿀떡꿀떡 삼키게 된 일은 조금도 추잡하거나 궁상스러운 일은 아니리라. 이 늠름한 코의 대식가는 아직 자기가 주인공 임동걸 박사를 위해서 건배를 하지 않았다는 사실도 잠시 잊어버리고 큼직한 털북숭이 손으로 잘 익은 닭찜을 하나 집어들었다. 이때 느닷없이 누군가가 좌중에 다 들릴 정도로 소리쳤다.

"아하하, 코가 닭을 삼키는군!"

이 소리는 참으로 의외의 것이었다. 그러나 이렇게 탄성을 지른 이가 그 누구이었건 그는 결코 악의로 비꼰 것은 아니었을 것이다. 아마도 마동출 씨의 코에 취해 있다가 무의식중에 털어놓은 감탄사였을 것이니까 이런 정도에는 관대한 것이 좋을 것이다. 물론 마동출 씨로서는, 식사가 목적이 아니라 축하의 뜻이 목적인 이런 점잖은 모임에서 축하의 건배라는 순서를 생략하고 대뜸 닭찜부터 집어들었다는 것은 좀 주책없는 일이었다고 생각했다. 이 자리에 참석한 남녀 귀빈들의 살과 내장은 실상 몇 끼쯤의 식사를 끊는다 하더라도 지장 없을 만큼 영양이 풍부한 형편이었으니까 고기에 탐하는 일은 체면을 깎는 일이기도 했다. 물론 좌중엔 적당한 예의를 지키는 범위에서 한바탕 웃음이 떠돌았다.

그러나 이 웃음은 역시 비웃음이 아니라 코 아저씨의 코에 대한 존경과 애정 어린 웃음이었다. 이를 뒷받침하기라도 하려는 듯이 또 누군가가

"한 대 얻어맞은 닉슨의 코 같은데."

하고 덧붙였던 것이다. 아마 우리 아저씨의 코가 잠시 처량해졌던 모양이다.

좌중의 손님들 중에서는 우리 아저씨의 코를 만나본 적이 없이 명성으로만 알고 있던 관객들도 꽤 많았다. 여러 번 보아오고 익숙한 사람들에게도 보면 볼수록 흥미진진한 이 코가 처음 대하는 이들에게 어떤 충격과 감동을 주었을 것인지 상상하기란 어렵지 않은 일이다. 좀 새침데기의 귀부

인이었다면 고관인 남편의 옆구리를 쿡쿡 찌르면서

"아유, 징글맞기도 해라. 잔뜩 먹고 나서 헐떡거리는 개구리 같애."

라고 했을 것이다. 그러나 이 여자는 자기의 진심을 표현한 것은 아니다. 정말 징그럽게 여겼으면 그렇게 열심히 그 코를 관찰하지는 않았을 것이기 때문이다.

"호, 대단한 코야. 저건 피카소의 주인공들이나 가질까 말까 한 코야."

이것은 어느 미술대학 학장의 아내가 속삭인 말이다.

"에, 여러분, 이제부터 식사를 하실까요. 아니, 실수했습니다. 이제부터 임동걸 선생의 명예박사 학위 획득 축하 건배를 하실까요."

이것은…… 놀라웁게도 '코'의 주인공 마동출 씨의 제안이었다. 그는 자기의 코가 초래한 멋쩍음을 어떻게 처리할까 궁리하다가 마침내 우렁우렁한 저음으로 실내가 쩌릉 울릴 만큼 큰 소리로 말했던 것이다. 그러나 불행히도 마동출 씨는 또 한 번의 실수를 범한 결과가 되고 말았다. 왜냐하면 이 파티의 주인공인 임동걸 박사가 황급히 그 제의를 가로막고 나섰기 때문이었다.

임 박사는 흘깃 마동출 씨와 좌중을 돌아본 뒤에 말했다.

"예, 이렇게 귀빈 여러분께서 많이 참석해주셔서 대단히 영광 무쌍이올시다. 그러하오나 오늘의 이 자리를 마련해주신 저희 A재벌의 회장님께서 아직 도착을 못 하셨기에…… 에, 에……."

이때 연회장 입구에 있던 임동걸 박사의 부인이 재빨리 말을 이었다.

"곧 회장님 내외분께서 도착하실 겁니다. 제가 전화를 했더니 오 분 전에 출발하셨다는군요. 죄송하지만 조금만 기다려주십시오."

좌중은 고개를 끄덕끄덕하면서, 막이 올라갈 듯 올라갈 듯한 무대를 쳐다보는 관객들처럼 다소곳이 때를 기다리고 있었다. 그러나 그들은 이내 앞좌석에 앉은 사람들의 표정을 빤히 바라보기도 거북하고 아직 금지되어 있는 요리들을 노려보기도 민망해서 시선을 적절히 처리할 일을 궁리하지 않을 수 없었다.

자연히 마동출 씨의 코는 좌중의 무료한 시선들이 화살처럼 날아와 꽂히는 과녁이 되지 않을 수 없었다.

마동출 씨는 오랜 세월에 걸쳐 이와 같은 시련에는 익숙해져 있었을 법하건만, 그러나 본인은 실상 소년같이 순진한 그런 표정으로 무안해하고 송구스러워하기 시작했다. 그가 중얼거렸다.

"에, 어허허, 제 코가, 코가, 좀, 허허허……."

사람들은 이 비장하기까지 한 익살을 넋놓고 바라보고 있었다.

그때 마동출 씨는 갑자기 찡그린 표정으로 돌변하더니 자리에서 벌떡 일어섰다. 그는 아주 고통스럽게 고개를 젓기까지 했다. 그리고 예의 코는 흥분한 당나귀의 코처럼 거세게 벌름거리기 시작했다.

관객들은 새로운 여흥이라도 시작되기를 기대하는 것처럼 열심히 주목하고 있었다. 이 배우는 그의 큼직한 손으로 마침내 그의 코를 감싸 쥐었다. 좌중을 돌아보는 그의 눈길은 무슨 잘못을 저지른 어린이가 어른들의 용서를 비는 듯한, 그런 것으로도 보였다. 그러나 좌중의 존경할 만한 손님들로 말하면 이 코의 명인(名人)이 저지를 일에 대해서는, 그것이 어떤 성질의 것이든 관대하게 받아줄 아량을 준비하고 있었다. 이 같은 혜택은 그와 같은 훌륭한 코를 가진 사람에게는 결코 과람한 대우가 아니라고 나는 믿는다. 그리고 본인으로 말하면 그런 관대한 은총을 자기의 것으로 받아들이지 않을 수 없는 입장이었다.

마동출 씨는 마침내 숨을 자유롭게 쉬기 위해서 코를 잡았던 손을 내렸다. 그리고 심호흡을 하였다. 그러나 다음 순간 그 코에 시선을 주고 있던 신사 숙녀 제씨들은 깜짝 놀라지 않을 수 없었다. 때 아닌 벽력같이 요란한 음향이 실내를 뒤울렸기 때문이다. 마동출 씨는 얼른 수건을 꺼내어 그의 코를 닦았다. 그는 심한 재채기를 했던 것이다. 마동출 씨는 이어 송구스러운 듯이 소리를 질렀다.

"여, 여러분은 지금 이 괴상망측한 냄새를 못 맡고 계십니까!"

그것은 질문이라기보다는 거의 꾸짖는 소리에 가까운 듯했다. 사람들은 그러나 그의 질문에 대답할 생각은 하지 않고 있었다. 그들은 이제부터 본격적인 코의 쇼가 벌어지는구나, 하고 생각했던 것이다.

"아니 정말, 이 이상한 냄새──실례지만 닭똥 냄새 같은 이 악취를 모르고 계십니까?"

그때 좌중의 몇몇 손님들이 갤갤거리고 웃기 시작했다. 뭐라구? 닭똥 냄새 같은 악취라니! 그들은 이 점잖은 파티에 뛰어든, 한 파격적으로 천박한 말투에서 유머를 느끼기 시작한 모양이었다.

"나는 도대체 이 무엇과 무엇이 한데 섞여 썩는 냄새 같은, 이 냄새가 무엇인지 모르겠어요. 나는 닭똥 냄새라고 얼른 생각나는 대로 얘기했지만 그것도 아녜요. 이 괘씸한…… 냄새는 그것과도 또 달라요. 아니 이렇게 심한 냄새를 여러분은 정말, 정말, 못 맡고 계십니까. 나는 지금 사뭇 어지럽습니다. 여러분의 코는 도대체……"

이때 좌중은 사태의 심상치 않음을 차츰 깨닫기 시작했다. 그리고 일부 손님들은 자기들의 코를 열심히 벌름거리면서 좌중을 두리번거리기 시작했다. 마동출 씨의 코가 발작을 일으킨 뒤부터 아마 십여 분이나 이십 분쯤 지났을 때, 누군가가 동의하는 발언을 했다.

"정말 무언지 이상한 냄새가 나는 듯도 하군요."

"그래 그런 것 같군요."

일이 이쯤 되자 임동걸 박사 내외는 마치 중대한 실수가 자기들에 있었기라도 한 듯이 벌떡 일어나 어찌할 바를 모르고 당황해하고 있었다. 명예박사의 부인이 얼굴을 잔뜩 붉혀가지고 외쳤다.

"코 선생의 농담이 지나치시군요!"

"그러게 말이오. 도대체 무슨 냄새가 뭐 어떻구 어떻단 말이오?"

명예박사 임동걸 씨도 따라서 외쳤다. 모든 잘못은 마동출 씨에게 있다는 듯이.

마동출 씨는 마침내 그 방을 뛰어나왔다. 그로서는 주빈의 항의가 두려워서가 아니라 더 이상 냄새에 견딜 수가 없었기 때문이다. 방을 뛰어나오고도 마동출 씨의 코는 연신 벌름대면서 부르르 떨어댔다. 그리고 바깥바람을 한껏 들이마시면서 어지러워진 정신을 달래려고 애썼다.

한편 실내에 남아 있던 사람들은 코의 명인(名人)이 뛰어나간 뒤에도 다소 혼란해지고 파흥이 된 실내에 그대로 남아, 주인들에 대한 예의와 손님끼리의 체면을 존중하도록 안간힘을 쓰고 있었다. 그러나 불행히도──그리고 우리 아저씨를 위해서는 다행히도──차츰 심해진 어떤 악취를 맡고 있었다. 그들의 코로도 차츰 닭똥 냄새 같은 악취에 고통을 느끼는 한편 도대체 이것이 어디서부터 솟아나는 것인지 살피고 있었다.

그러나 내가 나중에 듣기로는, 그 악취는 쉽게 사라지지 않았지만 거기 남은 신사 숙녀 들은 용케도 그것을 잘 견디면서 만찬의 주재자인 A재벌의 회장이 도착하고 나서는 한층 더 자제력 있게 참고 견디면서 대충대충이나마 식사까지 마쳤다는 것이었다. 그것은 그들의 자제력이 훌륭한 점을 말하는지, 또는 그들이 마동출 씨의 후각보다 둔한 덕분으로 견딜 만했던 것인지는 명확히 알 수 없다. 내 생각으로는 그 둘 다 맞을 성싶다.

그러나 그 악취가 어디서 난 것인지, 그 존엄하고 잘 준비된 사교의 파티에서는 생각도 할 수 없을 만큼 끔찍하고 몰상식한 그런 냄새가 왜 풍겼던 것인지는 끝내 밝혀지지 않았다.

다만, 코의 명인 마동출 씨는 그 뒤로는 본래의 활달한 성품을 잃고 곧잘 우울증에 걸리곤 하게 되었다는 점이 나로서는 특기할 만한 일이다.

그러나 나는 지금도 우리 아저씨의 코를 사랑하고 있다.

변계량 씨의 코

그에 관해서 조금 잘 쓰면 한 편의 소설이 될 법도 하다. 그러나 나는 소설을 쓰느니보다는 '이야기'를 하고 싶다. 흔히 소설가들은 소설을 만들기 위해서 주인공의 사람됨을 과장하거나 에피소드를 공연히 늘어뜨려서 소설 자체를 마침내 문어처럼 괴상한 물건으로 만들기 일쑤다. 대머리까진 괴이한 대가리에 다리만 여러 가닥 늘어져서, 그 다리들이 제가끔 놀아대는 꼴──이것을 나는 피하고 싶다. 하기야 살아 있는 한 마리의 문어만큼이라도 확실한 하나의 물건(작품)을 만들어낼 수만 있다면 그 일도 그럴듯한 일일 테지만.

나는 소설을 쓰기보다는 이야기를 하고 싶다고 했는데 그 뜻인즉 이렇다. 소설은 소위 하나의 작품으로서 대우받지 않으면 그 자존심을 상해버리게끔 되어먹었지만, '이야기'는 경우에 따라서 훼방꾼의 방해를 받더라도, 또는 중도에 뚝 끊기고 말아도 그닥 자존심 따위를 상해서 쩔쩔맬 그런 자격도 없는 것이니까. 서투르고 또 뭔가 미흡하더라도 이야기는 그저 이야기일 따름이다. 그러니까 소설을 쓰려 하고 마침내 괴이한 물건이나 만들어내는 일보다 이야기를 하는 태도는 그만큼 도박성도 덜하고⋯⋯ 무엇보다도 이야기는 생생한 표정을 동반할 수 있으며 또한 살아 있는 목소리를 동원할 수 있다. 그러나 이야기는 아직까지 완전한 이야기가 되는 경우가 드물다. 적어도 내 경우에는 막혔던 가슴이 후련하게 뚫리고 또한 소설가가 한 편의 좋은 소설을 써낸 다음에 맛보는 그 흔쾌한 느낌을 갖기는 어려운 듯싶다.

그에 관해서 나는 많은 얘기를 해야 할 입장이면서도 실은 무엇부터 어떻게 끄집어낼 수 있을는지⋯⋯. 그러나 오래 망설일 필요는 없을 것 같다. 그 코 이야기를 하면 그래도 뭔가 얘기한 게 될 터이다. 그——변계량 씨가 그의 이름인데——는 남들이 갖지 않은 코를 가지고 있는 것이다. 아니, 정확히 얘기하려면 남들이 갖지 않은 코를 가졌다는 말은 틀릴지도 모른다. 그는 아예 코를 갖지 않았다고 말해야 옳을 것 같다. 최소한, 변계량 씨는 남들이 다 갖는 코를 갖지 않았다고 얘기한다면 많이 틀린 말이 아닐 것이다. 나는 과장 따위를 동원하고 싶지 않다. 그러나 그의 콧날은 미간에서 아주 조금 내려와가지고는 이미 끝나버렸기 때문에 두 개의 콧구멍은 정면을 향하여 그대로 노출되어 있었다. 그 콧구멍들은 여느 사람들의 여느 콧구멍과도 달리 더 크게 보여서 그의 얼굴의 중앙 부분은 큰 동굴 두 개를 노출하고 있는 격이 되어버렸던 것이다. 이 점만으로도 변계량 씨의 얼굴은 이미 세상을 향해 내밀 만한 것이 못 된다. 그러나, 문제는 변계량 씨의 코(또는 '코의 없음')에 있는 것이 아니라 그러한 코를 가진 까닭에 변계량 씨가 갖게 된 특이한 삶에 있는 것이다.

한마디로 그의 그러한 삶은 참담한 것이어서 여기에는, 세상에 보기 드문 크고 대단한 코를 가져서 야릇한 시련을 겪었던 시라노 드 베르주라크의 경우와는 또 아주 판이한 운명이 부여되어 있었다. 유머리스트라면 '하나님께서 제칠 일에 인간들을 창조하시되 그중 한 사람의 코를 만들 일을 잊으셨도다'라고 유들댔음직한 일이다. 그러나 변계량 씨 자신은 이 천생의 횡액, 또는 조물주의 횡포에 대해서 아주 진지하게 맞서 싸웠다. 그렇다, 그는 뒤로 내빼지 않고 오히려 당당하게 싸움을 벌이기로 했던 것이다. 이것이 내가 그를 사랑하는 까닭이요, 또 이야기를 하지 않으면 안 될 까닭인 것이다. 그는 오히려 훌륭한 코를, 또는 아주 표준형의 코를 가진 행운아들보다 훨씬 용감하고 성실하게 자기의 생(生)을 끌어안고 싸워 나갔던 것이다.

무릇 사람들은 살아가는 방법으로서 일을 하도록, 곧 직업을 갖도록 되어 있거니와 변계량 씨로서도 직업을 하나 택해 갖지 않으면 안 되었다. 그러나 그에겐 마땅한 일거리가 없었다. 세상의 행운아들, 넘치지도 덜하지도 않은 코를 가진 그들은 이 세상에 너무 넘치거나 모자라는 코를 가진 사람들을 위해서 실상 어떤 배려를 했던가. 그들은 자기들의 행운스러움에 취해 있었거나 너무 바빴거나 해서일 테지만 변계량 씨를 위해서는 아무런 배려도 베풀어주지 않았던 것이다. 다만 한 가지, 성형수술을 담당하는 어진 의사 선생들이 더러 있긴 하지만 그들도 결국 변계량 씨를 위해서는 별로 도움이 되어주지 못했다. 변계량 씨의 경우는 조물주에게 도로 돌아가서 "혹시 여분의 코가 있다면 실수를 보충해주십시오" 하는 도리밖에는 없었던 것이다.

 그렇기 때문에 변계량 씨는 무더운 여름철에도 감기 환자처럼 마스크를 하고 다니거나 되도록이면 외출을 삼가지 않을 수 없었다. 그러한 그가 어디서 직장을 구할 수 있겠는가. 나는 굳이 세상 사람들이 자비심을 제대로 갖추지 않았다거나 불구자에 대해서 몰인정하다는 점을 비난할 의도라곤 없다. 다만 특수한 장애물을 얼굴에 갖고 있는 이 사람은, 마치 큰 돌멩이에 짓눌린 하나의 풀이 어떻게 해서든 그 돌멩이의 압박을 극복하고 스스로 태양을 우러러 제 나름의 삶을 구하기 마련인 것처럼 자기의 방법을 스스로 찾았던 것이다.

 처음에 그는 세상의 행운아들을 피하여 자기 혼자서만 존재하는 듯이 살 생각이었다. 그러나 어느 날 그는 홀연 하나의 각성(覺醒)을 했다. 그는 북한산의 어느 산골에서 낙엽을 긁고 있었다. 자기의 조그만 오두막집에서 사용할 땔감을 모으려는 것이었다. 그는 이윽고 목이 마름을 느끼고 골짜기를 흐르는 맑은 물을 떠 마시기 위해서 그리로 내려갔다. 그는 손으로 몇 움큼인가를 떠 마시고 나서 흐르는 땀을 씻을 필요를 느꼈다. 그는 세수를 하려고 물을 들여다본 순간,──실은 그것을 안 보려고 무의식중에 신경을 썼지만──자기의 장애물, 아니 자기의 그 뚜렷한 결여물(?)을 보게 되었다. 순간 등에 오싹하는 소름이 끼쳤다. 이제는 땀을 씻을 생각마저 없어졌다. 덥기는커녕 한기가 느껴지고 있었으니까.

 다음 순간에 그는 맹렬한 혐오감이 발작하는 것을 느꼈다. 그는 자기의 얼굴을 선명히 비춰주는 그 수면(水面)을 깨뜨리기 시작했다. 그는 나중엔 발을 사용하여 수면을 짓밟기까지 했다.

 그는 아무도 없는 계곡에서 홀로 그 고독한 동작을 계속했다. 그리고 문득 거기에 지쳤고 형언할 수 없는 고독감을 느끼게 되었다. 그는 아무 생각도 없이 그 계곡을 따라 천천히 내려갔다. 얼마쯤인가를 내려왔을 때, 그는 한 낙엽이 물에 떠서 자기와 함께 아래쪽으로 떠내려가는 것을 보았다. 순간 그는 자기도 그 물 위에 떠 흐르고 있음을 깨달았다. 그런데 그에게 비친 자신의 모습은 그 낙엽처럼 처량하고 가엽기만 한 것이었다.

그는 물에서 나와 자꾸 아래쪽으로 걸었다. 그는 어느 나무 그루터기에 걸터앉아서 무엇인가 곰곰이 생각하고 있었다. 그의 남루한 옷차림은 그를 한층 외로워 보이게 했다.

그는 마치 소년이 되어버린 것처럼 흐르는 물을 쳐다보며 그 물의 흐름도 자기의 삶의 흐름처럼 무상하고 무의미한 것임을 깨닫고 있었다. 그때 그의 무상한 귀에는 한 노랫가락이 들려왔다. 그에겐 처음에는 그것이 환청처럼 여겨졌다. 그러나 문득 정신을 차리고 보니 그의 눈엔 한 소녀의 모습이 들어왔다. 아름답고 가냘픈 모습이었다. 그 소녀는 계곡에 막 발을 잠그고 자기의 모습을 비추어보고 있었다. 그리고 노래를 계속하면서 흰 손가락으로 수면을——수면에 비치는 자신의 모습을——애무하고 있었다.

변계량 씨는 넋을 잃은 듯 그 귀엽고 애틋한 소녀의 모습을 지켜보았다. 그는 그 소녀가 혹시 놀랄까보아 아무 소리도 내지 않고 조용히 바라보고만 있었다. 혹시 그 소녀가 이 깊은 계곡에서 자기를 몰래 훔쳐보는 한 사나이가 있음을 알게 된다면 얼마나 놀랄 것인가. 더구나 그 소녀의 눈길이 자기의 두 개의 동굴을 발견한다면 얼마나 기겁을 할 것인가. 변계량 씨는 숨소리마저 나지 않도록 신경을 썼다. 그래선지 오히려 자기 가슴 속에 갇힌 어떤 사무친 힘이 두방망이질하면서 꿈틀대는 것이었다. 그는 이 순간에 오로지 소녀의 그 단순하면서도 향기롭고 어여쁜 모습을 바라보는 것만으로 즐기고 만족할 따름이었다. 그러나 그 욕구마저 충분히 채울 수가 없었다. 왜냐하면 그 소녀가 이윽고 자신의 동작에 싫증을 냈는지, 노래도 그치고 일어나서 계곡을 내려가려 했던 때문이다. 그는 자기도 모르게 아쉬움에 속을 졸였다. 그는 여러 날 만에 사람다운 사람의 모습을 처음 보았으며, 더구나 그토록 청초한 아름다움을 가진 소녀는 생전 처음 보는 벅찬 감동을 주었던 것이다. 그는 너무 사람에 굶주려 있었다. 그래서 변계량 씨는 어떻게 해서든 그 소녀를 잡아두었으면, 하는 충동을 느꼈다. 그는 자기도 모르는 사이 소리를 질렀다.

"……"

그러나 그의 입이 벌어졌을 뿐 그의 입에서 말은 나오지 않았다. 다만 자기 자신이 무엇인가 말했다고 생각했던 것이다. 그리고 소녀는 고개를 돌려 그를 쳐다보았다. 그러나 다른 일은 벌어지지 않았다. 그 소녀는 뒤를 돌아다보면서 빙그레 웃음을 띠어 보였고, 그리고 자기 눈에 띈 한 괴이한 사나이의 모습을 조금 더 살펴보고서는――그 어여쁜 웃음을 결코 취소하지 않고서――제 갈 길을 갔던 것이다.

한편 뒤에 남은 변계량 씨는 순간 숨이 막힐 듯한 감동에 사로잡혀 있었다. 실지로 그와 같은 감동은 생전 처음의 뜨거운 경험이었고 신선했고 희열을 주는 것이었다.

그리고 차츰 숨을 돌리면서 그는 마침내 대오 각성을 얻었던 것이다. 마치 옛 성현들이 하루아침에 도를 깨우쳤던 것처럼 그는 자기 삶의 길이 어느 쪽으로 트여 있는 것인지를 깨달은 것이다.

그래서 그는 그날로 산을 내려왔다. 산에서 깨우침을 얻은 이는 시정(市井)으로 돌아온다――는 것은 한 공식(公式)일지도 모른다. 어쨌든 변계량 씨는 서울 한복판으로 들어왔다. 그리고 그는 그 두 개의 동굴을 얼굴 정면에 내놓은 채 뭇사람들의 눈총을 무릅쓰고 활보하기 시작했다. 그가 이와 같이 대담한 행동을 취하게 된 사실은 다소 형이상학적인 고찰을 필요로 한다. 그는 자기의 흉측한 코에 대해서 온갖 잡된 생각을 떨쳐버릴 수 있게 되었던 것이다. 그리고 그 같은 일들은 바로 그 골짜기에서 본 소녀의 순진무구한 미소, 그 노래, 그리고 자기가 바로 그 전까지만 해도 무상한 흐름으로만 여겼던 바로 그 계곡물, 자기의 추한 모습을 비추어준 데 대한 분노로 마구 짓밟았던 수면, 그리고 그 소녀를 보게 됨으로써 자기 가슴속에서 돌연 두방망이질치던 그 어떤 활력(活力), 자기에게 놀라서 도망칠 줄로 알았던 그 소녀의 천진하고 태연한 미소. 그 미소의 따뜻한 힘──이 모든 것들이 한순간에 소용돌이쳐 변계량 씨의 영혼에 어떤 비의(秘義)를 깨우쳐주었던 것이다. 변계량 씨는 자기가 모름지기 걸어가야 할 길을 발견하게 되었다. 그리하여 그는 많은 사람들이 보내는 가지가지 태도에도 아랑곳없이 걸어갔다. 사람들의 태도인즉, 학생에게 동(東)에 대해서 물었다가 엉뚱하게도 서(西)에 대한 대답을 들은 선생의 표정처럼 난처한 표정이 되기도 했으며, 혹은 호젓한 산책길에서 똥을 밟은 듯한 표정이 되기도 했다. 또 어떤 숙녀는 점심으로 먹는 곰탕에서 파리 한 마리를 건져냈을 때의 욕지기 나는 표정이었다. 그리고 한 청년은 평소에 참았던 세상에 대한 경멸감을 이제야말로 터뜨려야겠다는 듯이 야유와 경멸을 유감없이 표했다. 그런가 하면 묵직하고도 드높은 코를 가진 한 중년 신사는 이 상식 이하의 코에 대해서 마음 깊은 곳에서부터 동정의 심정을 움직여 '쯧쯧' 하고 혀를 찼다. 그것만이 돌연 길모퉁이를 돌아서면서 부딪친 횡액에 대한 예의인 듯이.

그러나 이미 의연해진 변계량 씨는 그의 길을 씩씩하고도 활기 있게 걸어나갔다. 그것은 옛 군자가 강론(講論)을 펴러 성균관에 나들이하는 풍채에 진배없이 늠름한 것이었다.

이 늠름한 걸음걸이의 전면(前面)에서 두 개의 콧구멍은 그러나 많은 일을 감당하고 있었다. 곧 갖가지의 냄새를 맡아야 했으며 그 냄새가 간단하게 분류 식별될 수 있는 정도를 넘어 기묘하고도 완강하게 잘 뭉쳐져서 한 강력한 서울의 냄새를 형성하고 있음을 깨달아야 했다. 그것은 미묘하게 뒤엉킨 커다란 실타래 같기도 했는데, 변계량 씨는 그 냄새에도 의연하게 맞싸우면서──그의 코의 후각 기능은 실상 여느 코보다 손색없는 것이었고, 오히려 인간의 냄새에, 도회의 냄새에 주려 있던 그에게는 아주 강렬한 자극이 되고 있었다──걸어나갔다. 그는 눈살을 찌푸리기는 했지만 참지 못할 정도는 아니었다. 그는 시청 앞의 지하도에 이르러 저쪽에 한 떼의 군중이 무엇인가 둘러싸고 무엇인가 열중하고 있음을 보았다. 그리고 그는 시정 풍속을 잘 익혀둘 요량으로 그 군중 사이에 고개를 들이밀었다. 수십 명 군중의 복판에는 두 젊은이가 서 있었다. 둘 다 소름끼칠 만큼 오뚝한 코를 한 서양인이었는데 한 사람은 성경을 펼쳐들고 서서 두 팔을 휘두르며 영어로 강론을 펴고 있었고 그 곁에 선 사나이는 서툰 발음으로 그 말을 통역하고 있었다.

"오, 여러분네들, 여러분네들은 마침내 하아나님에게서 축복, 축복받지 않으문 안 되시는 것입니다."

그들은 축복에 대해서 이야기하고 있었다. 그러나 돌연 군중은 수선거리기 시작했고 이윽고 선교사들도 이야기를 그치고 말았다. 키 큰 선교사는 무심코, 수선거리는 군중을 둘러보다가 무엇을 잘못 본 사람처럼 얼굴을 돌리고 말았다. 이내 옆의 작은 사내는 집회를 방해하는 돌연한 틈입자에 대해서 주목을 하다가는 단지 입을 켕 하게 벌린 채 굳어져버렸다.

사람들은 모두 이 돌연한 방해자를 혹은 호기심으로, 혹은 경계의 눈초리로, 혹은 경멸과 혐오의 눈길로, 혹은 불안한 시선으로 쳐다보고 있었다.

그 정적의 시간은 의외로 길었다. 왜냐하면 이 지하도의 군중집회를 주재하던 키 큰 선교사는 자기가 방금 펼치던 축복의 메시지와 변계량 씨의 코가 무슨 연관성을 갖는 것인지를 아직도 몽롱한 의식 속에서 풀어내야 했고, 그의 조수는 자기의 시선을 빨아들이는 두 개의 동굴에 눈을 앗긴 채 헤어나지를 못하고 있었기 때문이다. 그리고 군중은 이 돌연한 사태가 선교사들의 복음에서 초래된 일이라는 듯이, 복음 전도사들이 어떻게 이 해괴한 코를 물리칠 것인지 생각하고 있었다.

이윽고 키 작은 조수가 소리쳤다.

"아, 여러분, 우리 앞에는 이상한 어둠이 있습니다. 그것이 눈에 역력히 보입니다. 그는 여기에 나타났습니다. 그는 얼굴에 어둠을 가지고 있습니다. 우리는 그의 어둠을 빛으로 채우지 않으면 안 됩니다. 아, 누가 그에게 코를 주시겠습니까. 우리가 덕을 베푸러야, 베푸러야만 하시겠습니다."

그 목소리는 사뭇 떨리는 소리였고 어떤 회개의 감정마저 어려 있었다. 그러나 군중은 이 당황한 전도사의 엉뚱한 설교에 대해서 전혀 무감각하게, 다만 변계량 씨의 얼굴만 쳐다보고 있었다. 그러나 변계량 씨야말로 덤덤한 얼굴로 자리를 떴다. 그는 자기의 등 뒤에 두어 명의 어린 아이들이 뒤따르고 있음도 무가내하고 여유 있게 거리를 걸었다.

그는 많은 사람들이 바쁘게 오가는 거리를 찾아 거닐었다. 어떤 이들은 잔뜩 미간을 찌푸리고 신문사 벽보판을 지켜보고 서 있다가 흘깃 변계량 씨의 코를 보자마자 오래 참았던 웃음을 터뜨려대기 시작했다.

"허허허, 호호호, 호크크."

"아하하, 이키키……."

변계량 씨는 이미 각오한 바 있기라도 한 듯이 오히려 답례의 미소를 띤 채 그들의 앞을 지나갔다.

그는 마침내 일단의 젊은이들이 잔을 기울이고 있는 술집에 들어갔다. 그는 무엇인가로 목을 축이고 싶었던 것이다.

"주모, 거 술 한잔 주시우."

젊은이들이 고개를 돌려보다가 이윽고 그의 코를 보자, 자기들이 마실 일은 끝났다는 듯이 조심스럽게 변계량 씨의 움직임에만 주목을 하고 있었다.

변계량 씨가 마른 목을 축이고 그 집을 나설 때 등 뒤에서는 마침내 마구 터지는 웃음소리와 함께 이런 소리가 들려왔다.

"하하하, 저런 코를 가지다니! 하하하!"

젊은이들은 매우 유쾌하게 웃음소리를 계속했다. 그 웃음소리는 그러나 무엇에 굶주린 사람들이 신음하는 것처럼 거친 아픔을 느끼게 하는 것이었다. 변계량 씨는 그러나 기세 좋게 걸어나갔다. 그는 자기가 걸어야 할 길을 알았다.

뿔

장동세 씨에 관한 다음의 이야기는 어떤 사람들에겐 새삼스러운 느낌이 없지 않을 것이다. 그러나 그의 이야기를 들을 때 술잔을 기울이면서 혹은 한숨짓고 혹은 눈살 찌푸리는 이들이 있고 보면, 이 이야기는 한번쯤 되풀이하여볼 가치가 있다는 뜻도 될 것이다.

1

장동세 씨는 퇴근 시간이 다가오자 일껏 늑장을 부리며 밀쳐두었던 서류철을 정리하고 있었다. 그날까지는 꼭 일을 마치라고 한 최 계장의 과제를 갑자기 생각해내고 조금은 당황한 마음으로 손을 서둘러 두툼한 서류를 뒤척이는 중이었다.

계장이 가까이 다가와서 장동세 씨의 책상 위에 서류 봉투를 툭 내던졌다. 십 년 가까이 주임 노릇을 하다가 마침내 승진 시험에 합격하여 몇 달 전에 계장 자리에 앉게 된 이 사나이가 어딘지 모르게 장동세 씨에겐 위압적이라고 생각되어왔다.

장동세 씨는 고개를 곧추세웠다.

"장 형. 지금부터 이걸 작성해줘야겠어."

"네. ……그런데 계장님. 제겐 아직 밀린 일들이 이렇게 쌓여 있어서……."

"장 형은 여태 빈둥대고 있다가 퇴근 시간이 닥치니까 수선을 부리고 있군. 참, 내가 오늘까지 끝내라고 했던 일은 어찌 됐지?"

"네, 죄송합니다. 그걸 지금 손대고 있는 중입니다. 곧 끝내도록 하겠습니다."

"좋아. 그 일은 뒤로 미루더라도 이것부터 하게."

장동세 씨는 제 앞에 새로 떨어진 일이 도대체 뭘까 하며 앞 장을 살펴봤다. '백화점 및 공설 시장의 소방 시설 현황 보고'라는 서류였다.

"이건, 저 죄송합니다만 김 주사의 소관인데……."

"그건 내가 더 잘 아네. 김 주사는 오늘 집에 무슨 일이 있어 먼저 나갔으니까 장 형이 대신 해야겠어. 거기 각 구청의 현황 보고를 종합하기만 하면 되니까."

그것을 눈짐작으로 헤아려보니까 서너 시간, 빨라도 두세 시간은 걸릴 일이었다.

"내일 아침 과장님께서 국장님께 보고해야 할 사항이니까, 오늘 다 끝내고 퇴근하게."

계장은 제 자리로 돌아갔다. 장동세 씨는 그때 얼굴이 빨갛게 물들어 있었다. 화가 머리끝까지 뻗치기 시작했다. 그때 문득 그는 그날만은 일찍 퇴근해서 할 일이 있다는 생각이 났다. 아하! 어째서 그 일을 깜빡 잊고 있었을까. 태양건설 부사장인, 처남의 장인을 찾아가기로 처남과 약속되어 있었던 것이다. 그 일은 며칠 전부터의 선약이었고 처남의 말에 의하면 워낙 바쁜 분이며 그처럼 만나볼 수 있는 기회란 행운이라는 것이었다. 물론 장동세 씨는 처남의 장인에게 잘 보이고 모종의 특별한 청탁을 드려야 할 입장이었다. 그것만이 이제 마흔을 바라보는 말단 관리가 소위 팔자를 고쳐보는 기회로 생각되어서 초조하게 그 시간을 기다렸던 것이다. 그런데 막상 그 시간이 닥친 때에 계장은, 마치 벼르기라도 했다는 듯이 급한 일감을 한 보따리 갖다가 안겨준 것이다. 만일 이 기회를 놓쳐버리면 언제 다시 그런 기회가 오게 될지 알 수 없는 터였다. 그래서 장동세 씨는 계장을 쳐다보면서 무엇인가 그럴듯한 이유를 들이대고 이 일을 면하게 해달라고 부탁을 할 작정으로 궁리하기 시작했다. 곧이곧대로 처남과 함께 태양건설의 부사장님을 방문하게 되었다고 할 수는 없는 노릇이었다. 그것은 아직 될지 안 될지도 모르는 자기의 거취에 관한 인사 비밀을 스스로 누설하는 것이니까. 아무튼 그럴듯한 이유를 대면 계장은 그 일을 다른 직원에게 또 한 번 넘겨줄지도 모른다. 그런데 그때 다른 직원들은 이미 계장에게 목례를 하고, 하나 둘 방을 나가고 있는 중이었다. 옆자리의 송 주사까지도 장동세 씨의 어깨를 한 번 두드려주고 일어섰다. "잘해봐"란 듯이.

장동세 씨는 이렇게 난처할 때일수록 자기의 머릿속이 잘 회전해주지 않는다는 사실을 탄식했다. 이어서 그 탄식은, 자기가 겉모습부터 사람이 너무 좋아서 탈이라는 생각에 미쳤다. 마다할 것은 마다하고 싫은 일은 요령껏 피해야 할 텐데 그런 재주란 없고 그냥 무던하게 넘기는 자신의 사람됨을 그 자신이 잘 알고 있었던 것이다. 그래서 이번엔 자기 자신에 대한 노여움까지 치밀어 얼굴은 다시 빨개지고 머리털이 뻣뻣이 일어서는 기분이었다.

그러나 계장은 장동세 씨의 노여움 따위에는 아랑곳도 하지 않고 느긋하게 회전의자에 몸을 푹 파묻고 있었다. 아마 이번 추석에 지급될 보너스에 대해서 주먹구구를 해보고 있을지도 모른다. 금년에는 계장으로 승진을 했으니만큼 거기 따라서 보너스도 적잖이 늘어날 테지. 얼마나 흐뭇할까. 마누라는 만년 주임일 줄 알았던 남편이 계장님이 된 날부터 동네방네 뻐기고 다녔고 한쪽으로는 옷치장도 눈에 띄게 바꾸어가면서 이번 추석엔 친정에도 한번 다녀옵시다, 하고 벼르는 판이니까. 다만 계장은 자기보다 거의 십 년이나 젊은, 새파란 과장이 몰아쳐대는 서슬만은 아무래도 꺼림칙했다. 그것도 부하들 통솔을 잘못한다는 식으로 나무랄 때는 여지없이 관자놀이가 뛰면서 울화가 치밀곤 했다.

계장은 장동세 씨에게 한마디 일러두는 일을 게을리할 수 없었다.

"이봐, 장 형. 그 일을 집에 들고 가서 하지 말게. 도대체 관청 일을 사무실 바깥으로 끌고 나가는 건 말이 안 되는 법이라고."

장동세 씨는 한창 묘안을 궁리하던 터여서 계장이 방금 한 말에, 자기의 궁여지책마저 끊겨버렸다는 점을 깨닫고 절망적인 느낌이 되었다. 장동세 씨는 그렇게 위축당하면서, 왜 자기의 모습이 남처럼 야무지다든지 좀 사나워 보인다든지, 냉정하고 위엄이 있어 보이지 못하는 것일까 하는 생각을 했다. 그렇기만 하다면 오늘 같은 때는 영악하고 눈치 잘 보는 계장이 자기 앞을 그냥 지나쳐서 보다 만만해 보이는 직원의 책상에다 숙제를 던져주었을 것 아닌가. 그는 모진 데라곤 없이 동그랗고 펑퍼짐한 얼굴의 가운데에 뚝심 없이 얌전히 달라붙어 있는 코를 두 손가락으로 잡아가지고 앞으로 쭉 당겨봤다. 그가 어렸을 때, 어머니가 "네 콧날은 누굴 닮아서 그리 주저앉았냐. 사내가 좀 우뚝한 콧날을 가질 일이지" 하면서 앞으로 잡아당겨주곤 했다. 그렇게 해서 콧대가 높아질 리는 없겠건만 장동세 씨도 자신의 열등하고 무력한 코를 의식할 때마다 손가락으로 잡아 일으키는 버릇을 갖게 되었다. 최 계장이 아직 방을 지키고 있는 과장에게 인사를 하기 위해 과장실로 들어가는 뒷모습을 보자 장동세 씨는 다시금 가슴께에서부터 화끈하게 치밀어오르는 기운을 느꼈다. 그렇게 울화가 치밀기는 근래에 없던 일이었다. 유난히 이날은 그에게도 울화가 자꾸 치밀어오르는 것이었으나 "여보게, 계장, 나는 이 일을 못 하겠네, 자네가 알아서 하게" 하는 식으로 쏘아붙일 수도 없는 것이 분명한즉 속으로만 끓을 수밖에 없었다. 계장이나 과장에게 화를 내기는커녕 불손한 언사를 써본다는 것은 뒷전에서나 가능한 일이었지 그 근처에 이르기만 하면 맥없이 주저앉아야 하는 장동세 씨였으므로 계장의 뒷모습이 지금도 울화의 표적일 수밖에 없었다. 실상 그는 계장이나 과장 같은 상사들에게만이 아니라 동료들에게나 다른 친지들에게도 화를 내본 적이라곤 거의 없었다. 심지어 후배들이 자기를 추월해서 더 좋은 보직을 받게 된다든지 더 빨리 승급하게 되면서 자기를 딱하다는 눈빛으로 쳐다보며 "장 형, 조금 미안하구먼. 그렇지만 장 형도 좀 요령이 부득이지. 어떡허든 요령이 좋아야 돼" 하고 한마디 던진다 하더라도 그는 사람 좋게 웃어 보이는 게 고작일 것이었다. 군대에서 졸병으로 복무할 적에는 제 몫의 보초 근무를 그에게 떠넘기는 녀석들——그들은 얼마나 요령이 좋은 것이냐——의 보초까지 대신 서준 일도 많은 터였다. 그리고 영하 이십 도를 오르내리는 추위에 밤잠을 두어 시간씩 에누리해가면서 보초를 선다는 일이 달가웠을 리야. 그러나 그는 자주 그런 고생을 감수했고, 말단 관리로 사회생활을 시작한 뒤에도 다른 직원의 일을 거들어준다든지 오늘처럼 아예 통째로 맡아주어야 되는 일들이 심심찮게 있었다. 그런 일들이 너무나 자연스럽게 맡겨져오고 받아주었기 때문에 장동세 씨에겐 이런 일이 자꾸 늘기만 했고 그만큼 그의 직장 생활은 고달파지는 것이었다. 그럼에도 불구하고 장동세 씨는 자기의 터무니없는 선심을 인색하게 조일 생각은 않고 좀 괜찮은 직장으로 옮겨보는 쪽이 낫겠다고 맘먹기에 이른 것이었다.

시계는 처남과의 약속 시간이 십오 분밖에 남지 않았다는 사실을 일깨워주었다. 시계만 자꾸 쳐다보았자 시계가 해주는 일이라고는 약속 시간을 삼십 분에서 이십 분, 이십 분에서 십오 분까지 줄여온 것밖에 없었다. 이제 시계는 그 시간을 제로까지 줄여줄 것이다. 자, 그러면 나는 어떻게 한다? 장동세 씨는 목덜미에서 열이 나고 입 안이 바짝 마르는 것을 느꼈다. 처남을 바람맞히는 일까지는 있을 수 있겠다. 그러나 생색에 생색을 내면서 무력한 매부와 누님을 위해서 큰맘 먹고 자기의 장인에게 인사 청탁을 드리게끔 되었다면서, "우리 부사장님(처남은 자기의 장인을 그렇게 부르는 것이었다)께선 성격이 깔끔한 것을 좋아하시니까 되도록 단정히 하시오. 첫인상이 좋아야 하니까 각별히 조심해야 돼요. 이번에 그분 마음에만 들어놓으면 그 뒷일은 내가 다 알아서 할게요. 중동으로 파견을 나가서 현장감독이나 하고 있으면 그것도 괜찮죠. 설령 그렇게 안 된다 하더라도 승진도 바라보지 못하는 말단 관리 노릇보단 훨씬 낫죠. 이젠 나도 누님의 우는 소리 더 듣기 싫어서……. 아무튼 이번이 좋은 기회예요" 하고 말했던 것이다.

왜 진작 빠져나가지 못했을까. 오늘 같은 날은 몸이 불편하다는 거짓말이라도 좀 하고서 미리 빠져나갔어야 하는 건데.

과장실 문이 열리고 계장의 모습이 반쯤 밖으로 나왔다.

"어이, 장 형. 다른 직원들은 모두 퇴근한 건가?"

넓은 사무실 안에 자리를 지키고 있는 직원이라곤 한 사람뿐이라는 걸 뻔히 알면서도 계장은 왜 저러는 걸까.

"그러면 할 수 없군. 과장님께서 지금 커피를 한 잔 들고 싶으시다는데 자네가 주문 좀 하게. 나도 하나 시켜주고. 자네는 아마 커피를 좋아 안 하던가? 하고 싶으면 자네도 한 잔 시키라고."

계장은 과장이 퇴근을 않고 있으니까 덩달아 붙들려 있는 모양이었다. 그렇다면 과장이 퇴근하기까지는 계장도 사무실을 지킬 것이다. 단 한 시간만이라도 시간을 내어보려던 궁여지책은 또 깨어지나 보다.

장동세 씨의 입에서는 "네 알았습니다" 하는 대답 대신에 "아이구" 하는 신음 소리가 새어나왔다. 절망적인 느낌이라는 표현에서 조금도 비켜날 수 없는 자기 자신의 입장이었다.

부근의 다방에서 레지가 날라온 차를 마시고도 우두머리들은 무엇을 하는 것인지 퇴근할 생각이 아닌 모양이었다. 시계는 이미 약속 시간을 십칠 분이나 넘어 있었다. 백화점 및 시장의 소화 시설을 나타내는 수치들은 그의 눈에 제대로 들어오지도 않았기 때문에 일을 적당히 끝낸다는 작정도 글러먹은 판이었다. 추석을 며칠 앞둔 초가을이라서 이미 저녁녘이면 선들선들했건만 장동세 씨는 이마에 흐르는 땀을 손등으로 닦아내지 않으면 안 되었다. 그는 그 자잘한 숫자들을 집계하고 기록하고 검산하는 일이 학생 때 미적분 문제를 풀던 것만큼이나 까다롭고 생소한 것으로 여겨졌다.

"이런 제길헐, 또 잘못 썼군" 하면서 그는 짜증을 내고 펜에 새로 잉크를 찍느라고 병 쪽으로 손을 뻗었다. 장동세 씨는 어떤 편이냐 하면, 일이 틀어질수록 오히려 침착해지고 단단히 마음을 도사려 먹는 그런 사람과는 반대의 사람이었으므로, 그는 일이 어찌 잘못되어먹기 시작한다라고 느꼈을 그때부터 점점 들뜨고 당황하여갔다. 펜을 잡고 있는 그의 손은 이번엔 잉크병을 툭 쳐서 넘어뜨리고 말았다. 무릇, 물은 높은 곳에서 낮은 곳으로 흐르기 마련이라지만, 건드려서 쓰러진 잉크병의 푸른 물은 높이 튀어오르더니 서류 위를 유린하고 말았다. 그리고 책상 위에 엎질러진 잉크물은 어느새 서류 뭉치에 퍼런 얼룩물을 들여놓고 있었다. 자, 이제 일은 곱빼기로 늘어난 것이다. 아니, 개미같이 작은 크기의 숫자들 중에선 잉크물에 먹히고 사라져서 본래의 형태를 알아보기조차 어렵게 된 것도 있었다.

"아이구, 제발……" 하고 중얼거리는 장동세 씨는 순간적으로, 차라리 짐승이라도 됐으면, 사람 노릇 하면서 산다는 게 이렇게 어렵구나 하는 생각을 했다.

"이봐, 자네는 지금 무슨 일을 벌이고 있는 거야. 저런, 최 계장, 이 사람은 지금 서류를 잉크물로 범벅을 하고 있잖아."

과장이 장동세 씨의 책상 앞에 버티고 있었다. 최 계장은 과장의 옆에 서서 기가 막히다는 표정의, 과장의 그것과는 대조적으로, 당장 불호령을 내릴 준비를 하고서 노려보고 있었다. 장동세 씨는 우두머리들의 눈길을 느끼자 더욱 당황해져서 손은 말을 듣지 않았고 거의 자포자기 상태에 떨어진 채 우두커니 앉아 있었다.

계장의 손이 재빨리 움직이면서 잉크병은 시멘트 바닥으로 떨어져 박살이 났고, 이어서 서류 뭉치를 집어든 계장의 손이 물에 젖은 걸레라도 흔들어대는 것처럼 그것을 좌우로 흔들었다. 거기선 아직도 종이에 배어들지 않은 잉크물이 뚝뚝 떨어졌고 과장은 혹시 그 잉크물이 제 옷으로 튀지나 않을까 해서 재빨리 한 걸음 옆으로 비켜섰다.

 "뭐야? 도대체 일을 어떻게 하고 있는 거야. 그 손모가지는 무슨 놈의 손모가지길래 잉크를 엎질러서 이런 꼴을 만들어? 자, 어쩔 텐가?" 계장이 쏘아붙였다.

 "죄송합니다, 죄송합니다, 저, 재수가 없어서……" 하며 장동세 씨는 엉거주춤하고 일어났다.

 "뭐라구! 재수가 없어서라니, 그건 누구더러 하는 소리야? 이 사람이 보자보자 하니까 점점 가관이네!" 하고 계장은 높은 소리를 지르며 망쳐진 서류를 장동세 씨의 코앞에 들이댔다. "이걸 어쩔 셈야. 그래 자넨, 내가 일을 좀 시켰기로서니 그게 그렇게 불만인가. 그래서 이런 식으로 심술을 부리고 있어?"

 장동세 씨는 그 서류를 급히 받아들고 주머니에서 꺼낸 손수건으로 잉크가 배어드는 부분을 꾹꾹 찍어 눌렀다.

 "최 계장, 난 먼저 나갈 테니까 알아서 처리하시오. 최 계장은 직원들을 좀 야무지게 다루시오."

 과장이 나가고 난 뒤 계장은 더 큰 소리를 질렀다.

 "당신, 도대체 어쩌려고 그래? 직장 생활 그만 할 생각이야? 사표를 낼 생각이면 그렇게 하라구. 내가 공무원 생활 십육 년째지만 장 형같이 답답하고 아둔한 사람은 처음이야."

장동세 씨의 얼굴은 노랗게 질려 있었는데, 이것은 자기가 지금 예사롭게 수습할 수 없는 곤경에 빠져 있음을 스스로도 잘 알고 있었기 때문이었다. 그때 전화벨이 울렸다. 그 소리는 지금 사무실에 있는 두 사람의 표정 따위에는 관계없이 차갑고 일정한 리듬으로 거푸 울리고 있었다. 계장이 그 전화를 받지 않고 있었으므로 장동세 씨가 수화기를 잡아 들었다. 처남의 목소리가 수화기에서 새어나왔다. 바늘구멍처럼 가는 구멍에서 굵고 의젓한 말소리가 새어나온다는 게 희한했다. 장동세 씨는 이처럼 정신없는 가운데서 엉뚱하게도 처남의 목소리가 굉장히 굵은 편이라는 점을 새삼스레 느끼고 있는 자기 자신이 의아스러웠다.

"도대체 지금이 몇 신데, 아직 뭣 하고 있는 거요, 매형은?"

약속 시간은 삼십오 분이 지나고 있었다.

"이거 정말 뭐라구 해야 할지, 아주 미안하네. ……사무실에서 급한 볼일이 생겨 이 모양이니 어쩌면 좋은가."

장동세 씨는 처남의 얼굴이 코앞에 있기라도 한 것처럼 애원했다.

"아, 이게 내 일입니까. 다 매형 위해서 하는 일인데 매형이 그렇게 남의 일 쳐다보듯이 하면 난 뭡니까. 더욱이 우리 부사장님은 날 어떻게 생각하시겠어요? 왜 나까지 실없는 놈 만드는 거예요!"

전화기 저쪽은 버럭버럭 화를 내고 있었다.

"아, 이거 참말 낯이 없어. 잊어먹은 것도 아니고 시간을 잘못 안 것도 아닌데 갑자기 계장님 지시를 받게 돼서 그만……. 이해해줘."

"나는 이해한다 해도 우리 부사장님은 모처럼 호의를 보였다가 매형이 오지 않으면 어떻게 할 것 같습니까. 아무튼 오늘 기회를 놓치면 난 모르겠어요."

"그래 잘 알고 있지. 내가 곧 나가볼 테니까 조금만 더 기다려줘."

전화를 끝내고 났을 때 계장은 기다렸다는 듯이 쏘아붙였다.

"이제 알겠군. 장 형은 오늘 술자리에라도 갈 일이 있었구만. 그 예정에 산통 깨졌다 싶으니까……."

"아, 아닙니다. 계장님, 실은 그게 아닙니다."

장동세 씨는 손을 내저었다.

장동세 씨는 기왕 이렇게 된 김에 인간적으로 털어놓고 사정을 하면 어떨까 하는 생각을 했다. 그러나 계장의 눈빛은 하루 종일 시장기를 참다가 먹을 만한 토끼 새끼라도 발견한 살쾡이처럼 반짝이고 생기가 돌고 있었다. 등어리에 소름이 끼쳐왔다. 장동세 씨의 머릿속엔 자기가 너무도 무력한 존재이며 딱한 입장이라는 자탄이 다시 스쳤다. 그와 동시에 온몸에 짜르르하는 긴장감이 흘렀다. 아, 이 작자를 받아버렸으면 좋겠다. 계장이고 나발이고가 대순가. 머리에 뿔이라도 있었으면 얼마나 좋을까. 그대로 받아치고 말았으면!

그렇게 생각하고 나자 갑자기 온몸에 힘이 도는 것 같고 마음은 편안해지는 것이었다. 보잘것없는 참새가 제 알을 삼키려는 뱀에게 달려든다는 것은 독수리가 뱀에게 달려들어 쪼아대는 것과는 달리 무모하면서도 감동적이다. 장동세 씨가 그의 직속 상사인 최 계장에게 달려든 일이 바로 그 순간에 일어났고 그 일은 참새가 뱀에게 덤벼드는 일처럼 무모해 보였지만 또 놀라운 일이 아닐 수 없었다. 장동세 씨의 머리가 떡 벌어진 계장의 가슴을 받자 계장은 단번에 쓰러져버리고 말았다.

그리고 이 사실에 가장 놀란 것은 말할 것도 없이 장동세 씨 자신이었다. 그는 한동안 어처구니없다는 듯이 서 있다가, 쓰러져서 꿈틀꿈틀하는 계장을 일으켜서 소파에 눕히고 찬물을 떠다 먹였다.

장동세 씨는 이미 결심——아니 결심이라기보다 자포자기라고 하는 게 옳을지 모른다——한 바 있어서였는지 하던 일들을 버려둔 채 사무실에서 나와버렸다.

2

그것은 만만찮은 사건이었고 장동세 씨에게는 커다란 반격이 돌아왔다. 부하로부터 느닷없는 폭행을 당한 최 계장은 그를 징계 조처했다. 장동세 씨는 그러나 전과는 그 태도에 있어 전혀 다른 면을 보였다. 그는 징계 조처와 상관없이 스스로 사표를 써 던지고 직장에서 물러났던 것이다.

그는 한마디로 사람이 싹 달라진 것 같았다. 그는 소심하게 처신하지 않았다. 그렇다고 해서 장동세 씨가 당당하게 처신할 수 있었다는 뜻은 아니다. 그는 다만 덤덤하게 직장을 물러났을 뿐이었다.

물론 장동세 씨는 그날 저녁 자기에게 행운의 열쇠를 쥐여주게끔 되어 있던, 태양건설 부사장과의 면담을 이루지 못했으므로 좋은 자리로 옮기게 된 것도 아니었다. 중요한 것은 장동세 씨의 생활에 어떤 변화가 왔다는 그것보다도 그의 성격 자체에 기이한 변화가 일게 되었다는 점이다. 그는 매우 거칠고 공격적인 사람으로 바뀌었다. 그는 자기에게 불쾌하다든지 어떤 모욕이 되는 언사에 대해서는 조금도 참지 못하고 들이덤비는, 야수처럼 사나운 사내가 되어버린 것이다. 시비가 일 때마다 그는 자기도 모르게 박치기를 감행하곤 했는데 그의 박치기는 상대방을 거의 단숨에 무너뜨리는 것이었다.

　장동세 씨 자신은 어째서 자기가 마치 한 마리의 투우처럼 받는 것을 좋아하게 되었는지 알 수가 없었다. 그리고 자기의 박치기가 그처럼 큰 힘을 발휘한다는 데 대해서도 처음엔 납득할 수가 없었다. 그는 어느 날(그것은 그가 두 번째의 박치기에 성공한 날이었다) 자기의 이마에서 조금 올라간 머리 앞 부위에 견고하고도 뾰죽한 뿔이 돋아 있음을 알게 되었다. 그는 술집에서 옆자리에 앉았던 남자와 시비가 붙어서 단숨에 받아 넘긴 다음, 상대방이 가슴을 싸안고 죽는 시늉을 하는 것을 보자 자기의 머리를 대견하다는 듯이 쓰다듬었다. 물론 첫 상대였던 계장을 받아버린 날도 제 머리를 만져보긴 했다. 머리에 무엇인가 이상하게 손에 만져지는 게 있고 그 부분의 감각이 여느 때와는 달랐다. 그래서 거울에 비춰보았건만 이상한 점은 전혀 눈에 띄지 않았다. 그래서 자기가 계장을 받아 넘길 때 자기 자신도 머리에 어떤 충격을 입은 탓이라고만 생각했다. 술집에서 멋진 돌격을 감행했던 날은 화장실에 가서 옷매무새를 가다듬으며 거울을 보자니까 작은 상투를 튼 것만 한 크기의 뿔이 손으로만 느껴졌을 뿐 아니라 눈에 또렷하게 잡혀오는 것이었다. 장동세 씨는 몇 번이고 눈을 씻고 제 살을 꼬집어가면서 확인했는데——꿈치고는 너무도 확실하고 또 오래 계속된다고 생각해봤지만 그것은 현실의 일이었다. 그는 한쪽으로는 으쓱하기도 했지만 또 한쪽으로는 거추장스럽기도 해서 그 뒤로는 모자를 써볼 생각도 했다. 그는 자기의 아내가 자기 머리를 잘 살펴볼 수 있게끔 머리를 아내의 눈앞에 가까이해보기도 했건만 아내는 전혀 이 뿔에 대해서 알은체하지 않았다. 이 여편네는 십 년이나 같이 살아오고 매일 얼굴을 맞대다 보니 남편의 머리에 뿔이 돋은 것도 대수롭지 않게 여기는가 보다 하고 생각하기도 했다. 그래도 그는 이발소에 가는 것만은 두려웠다. 이발사가 혹시 가위를 들이대고 잘못하여 그 뿔을 자르려 든다든가 다치게 할지 모른다고 생각했던 것이다. 그는 그 뿔을 얻고 난 뒤부터 자기가 얼마나 행복해졌는가 하면서, 어떤 편이냐 하면 매우 만족스러운 터였다.

그 뿔이 자기의 삶에 결여되었던 어떤 것을 채워주리라고 기대하게 됐고 막연하나마 자신의 내부에 과거에 없던 활기 같은 것이 들어차는 것을 느꼈다.

장동세 씨는 평소에 다른 사람들에게 놀라움을 준다든지, 또는 놀림을 받게 된다든지 하는 일은 귀찮게 여겼으므로 전에 없이 때 아닌 높은 중절모를 쓰고 다녔다. 행인들은 그를 한번씩 돌아다보면서 더러 손가락질도 하고 낄낄거렸다. 그러나 장동세 씨는 훗날 그 뿔을 굳이 숨기려 하진 않았다.

한번은 어떤 호기심 많은 사람이 되도록이면 장동세 씨의 기분을 상하지 않도록 비위를 맞춰주면서 그 막강한 박치기의 비결이 무엇인가 하고 물은 적이 있었다. 대답은 매우 간단했다.

장동세 씨는 자기를 쳐다보는 사람의 눈빛에서 호기심 이상의 어떤 감정이 섞여 있음을 알 수 있었다.

"아, 나는 뿔을 가졌기 때문이죠."

장동세 씨는 여유 있게 싱긋 웃어 보이기까지 했다. 그는 자신의 콧날을 잡아 세우는 짓도 하지 않았다.

"네? 뿔을 가지셨다니요?"

장동세 씨는 이 사나이가 자기의 머리의 구조를 유심히 쳐다보면서 반문하는 것이 우스웠다.

"그래요. 나는 이 머리에 뿔을 가지고 있지 않소? 자 이 뿔 말이오. 그래 이것이 안 보입니까?"

장동세 씨는 자신의 머리를 상대방이 보다 잘 살펴볼 수 있도록 앞으로 내밀어 보였다.

"뿔이라고요? 분명히 뿔이, 뿔이 나 있다고 말씀하신 거죠?"

"아, 그렇다니까."

장동세 씨는 조금 짜증스런 빛을 띠었다. 아무도 자기의 뿔에 대해 아랑곳하지 않는다는 점이 이상스럽게 여겨졌다.

"아, 그렇군요. 뿔이, 뿔이 나 있군요."

이렇게 말한 그 사람은, 장동세 씨가 자기 나름의 특수한 유머 감각을 가진 사람이거나 아니면 정상인과는 다른 유형의 사람일 것이라고 판단했다. 그는 임기응변을 발휘하여 자기가 마치 장동세 씨의 머리에 돋아난 견고하고도 훌륭한 뿔을 실지 눈으로 보는 것처럼 찬탄의 빛을 띠었다.

장동세 씨는 말했다.

"자, 당신은 보았죠? 틀림없이 봤죠!"

"아, 훌륭한 뿔을 가지셨군요."

"설령 당신이 내 뿔을 보지 못했다고 해도 좋소. 그러나 나는 이 뿔을 갖고 있음에 틀림없소."

이 같은 두 사람 사이의 대화는 장동세 씨에게 관심을 가진 사람들에게 널리 알려졌고, 개중에 어떤 사람은 장동세 씨에 대해 의구심을 보였지만 또 어떤 이들은 "그 사람 돌대가리인 줄 알았더니 그게 아니군. 그는 유머가 풍부한 사람이란 말야" 하고들 말했다.

그렇게 하여 장동세 씨의 뿔에 대해서 많은 사람들이 알게 되었지만,

실지로 장동세 씨의 뿔을 본 사람은 물론 한 명도 없었다. 단지 장동세 씨 자신은 자주 거울 앞에 서서 그 뿔을 손질했고, 그 뿔에 어울리는 머리단장을 하고, 신경을 쓰면서 모자의 맵시도 살폈다. 장동세 씨는 자기 자신이 유일하게 뿔을 가진 사람이라는 것, 그리고 뿔을 가진 사람으로서의 긍지를 지켜나가야 된다는 것에 대해서 신중히 생각했다. 말하자면 그는 뿔을 가진 인간으로서의 자각을 가지도록 애를 썼다.

"내가 단순히 뿔만 가지고 있다면 이것은 소나 사슴 따위에 불과한 것이지. 내가 소나 사슴 따위일 수는 없지. 나는 뿔의 명예를 지키겠어."

그가 자신의 뿔에 대해 긍지를 가지려 애썼다는 것은 힘없는 사람들이 그에 대해 어떤 존경에 가까운 감정을 갖게 되고, 반면 자기의 힘을 자랑하여 무턱대고 휘두르는 사람들이 그를 경계하게 되었다는 점에서도 드러난다.

그는 쓸데없이 힘을 자랑하고 뻐기는 일에 대해선 누구에 대해서건 참지 못했다. 힘깨나 쓴다는 몇몇 사람이 장동세 씨의 일격에 나가떨어진 것도 그런 까닭에서였다.

하루는 그가 거리의 포장마차에서 술을 한잔 들고 있다가 억지 외상술을 먹고 나서 적반하장으로 주인 아낙을 희롱하는 사내를 보자 장동세는 전후 맥락을 파악한 다음, 중절모를 벗었다. 그 사내는 장동세 씨의 자그마하고 통통한 몸집을 아래위로 훑어본 뒤에, 손을 보기에도 별로 마땅치 않다는 듯이 "이거 겁도 없이 왜 나서?" 하고 말했다. 그러나 장동세 씨는 상대방이 미처 손쓸 틈도 없이 가슴팍을 받아 넘겼다. 장동세 씨는 중절모를 쓰면서, 후련한 표정을 짓는 아낙과 다른 손님들을 보자, 뿔을 잘 썼다는 흐뭇한 느낌이 들었다.

그렇다고 해서 장동세 씨가 남다른 사명감을 가졌다는 증거는 없다.

그는 어디까지나 사람 좋은 편으로 자처하려는, 누구에게 누를 끼치고 살지 않으려는 사람이었다. 그는 뿔에 대한 자각을 가진 이후로 자신에 대해서 보다 엄격하려고 했다. 이를테면 자리에 앉았을 때나 걸음을 걸을 때나 등과 허리를 반듯하게 폈다. 사람을 쳐다볼 때도 옆으로 흘겨본다든지 눈치를 보는 법이란 없었다. 그것을 자기 가족들에게도 일렀다. 그는 "반듯한 마음이란 반듯한 자세에 담기는 법"이라고 말했다.

그러나 장동세 씨가 그의 가족들을 굶주리게 했으며 그 자신도 매우 궁핍한 처지에 이르러서, 나중에는 호구지책을 위해 허술한 직장이라도 구하지 않으면 안 되었을 때 취직 일은 뜻대로 되어주질 않았다. 왜냐하면 그가 처음으로 사람을 받아 넘긴 일이 바로 그의 직장에서 있었다는 점(최 계장은 그것을 숨기려 했지만)이 이래저래 알려져 있었기 때문에 아무도 그를 채용해줄 생각을 하지 않았던 것이다. 더욱이 사람들은 자기네들이 들은 소문을 미화시켜가지고 마치 장동세 씨가 대단한 영웅이라도 되는 것처럼 이야기를 퍼뜨렸던 것이다.

장동세 씨 자신은 자기처럼 뿔을 가진 사람을 채용하지 않는 것은 당연한 노릇이라고 자신을 달래게끔 되었다. 아무튼 어떤 유의 사람들은 자기들이 최 계장이라는 사람처럼 일격을 받고 쓰러지게 되지 않는다고 장담할 수가 없었던 모양이다.

장동세 씨는 일찍 죽었다. 그는 얼마간의 특수한 무용담을 남겼지만, 영웅적인 것은 아니었다. 그는 남모르는 하나의 뿔을 가졌을 뿐이었다. 때로는 그 뿔로 무엇인가 받으려 했다. 그는 사람들이 제대로 그를 이해해주기도 전에, 아니 제대로 이해해주려 하기도 전에 사라졌다. 장동세 씨는 자동차에 부딪쳐 부상을 입고 죽었다. 일설에는 누군가가 도시의 대로를 거니는 야수를 문명인의 긍지를 옹호하기 위해 '사냥' 해버렸으리라는 얘기도 있고, 다른 일설에는 장동세 씨 자신이 느닷없이 자동차에 돌진하다가 죽게 됐다는 말도 있다.

저쪽 세계

광수(光洙)는 검은 승용차가 다리 앞에 멈춰 서는 것을 보았다. 그 차엔 두어 사람이 타고 있었으나 광수는 첫눈에 그 승용차의 미끈하고 으리으리한 외양에만 관심을 두었다. 그것이 누구의 차인지는 알 필요도 없었다. 차가 서더니 앞쪽 문이 열리고 중년 신사 한 사람이 차에서 내렸다. 그 남자가 광수를 보고 손짓을 했다. 광수는 차로 다가갔다. 광수는 그 남자가 공장장이라는 걸 알아봤다. 먼발치에서 두어 번쯤 본 적이 있는 얼굴이었다. 그 남자가 말했다.

"얘, 이 물에서도 고기가 잡히냐?"

"그건 왜요?"

들판 사이를 가로지르는 냇물이 햇빛을 받아 반짝이고 있었다.

"그런 건 네가 알 것 없고, 묻는 말에나 대답하면 돼."

"누가 낚시질을 하실 건가요?"

"그래, 우리 사장님께서 그걸 알고 싶어 하신다" 하고 공장장이 말했다.

광수는 차의 뒷자리에 앉아 있는 또 한 사람의 남자를 쳐다봤다. 그로서는 처음 보는 사장의 모습이었는데, 매우 궁금했다. 마을 사람들이 흔히 "K회사 사장님 같은 분은……" "우리 회사 사장님은……" 하고 선망에 찬 소리로 말하는 걸 들어왔기 때문이다. 쉰 살쯤 되어 보이는 그 신사는 담배를 뿜어내며 몸을 반쯤 뒤로 눕히다시피 한 자세로 앉아 있었다.

"요즘은 별로 고기가 안 잡혀요" 하고 광수가 그 사장도 알아들을 수 있을 만큼 큰 소리로 대답했다. "웬일인지 요샌 고기가 없어요. 어른들이 그러는데 이젠 고기는 씨가 말랐대요."

광수에게 물었던 공장장이 자기네 사장에게 가까이 가서 좀 낮은 소리로 "고기가 별로 안 잡히는 모양입니다" 하고 말했다.

광수는 얼른 보태서 말했다. "전에는 고기가 많이 잡혔었죠. 메기, 뱀장어가 많이 잡혔어요."

그러나 차에서 내렸던 공장장은 광수의 말을 더 듣지 않고 자기가 앉아 있던 앞자리로 들어가 앉았다. 운전사가 차를 전진시키려고 했다.

광수는 문득 머릿속을 스치는 어떤 생각을 보았다. 얼른 자동차 문의 손잡이를 잡았다. 앞으로 나가려던 차가 멈칫하고 섰다.

"무슨 일이야?" 하고 이번엔 운전사가 말했다. 공장장이 광수를 올려다봤다. 그러나 광수는 뒷자리의 사장을 보고 있었다. "저, 말할 게 있는데요!"

차 안의 시선들이 제게 쏠리고 있음을 의식하자 광수는 얼굴이 불그레해졌다. 그렇지만 그는 이야기를 지금 해두어야겠다고 생각했다. 그는 벌써부터 공장의 높은 사람들을 만날 수만 있다면 하고 싶은 이야기가 있었다. 형 동수는 "웃기지 마. 네까짓 게 그 높은 사람들을 어떻게 만난다는 거야. 그리고 우리 사장은 공장엔 이따금씩만 내려온단 말이야" 하고 퉁을 먹였지만 언젠가 사장 아니면 공장장이라도 만날 수 있으리라고 믿었는데, 바로 지금 그 기회를 잡은 것이다.

반쯤 내려와 있던 차 문의 유리를 좀 더 내리면서 사장이 광수에게 "무엇을 얘기하겠다는 거지?" 하고 물었다.

"새가 안 와요" 하고 광수는 얼른 덧붙여 말했다. "왜가리 말예요. 왜가리가 안 날아와요. 그게 저 공장 때문이거든요."

"공장장. 이 아이가 무슨 소리를 하는 거요? 왜가리가 안 날아오다니?" 사장이 말했다.

"저, 사장님, 이 아이의 말은 별 이야기가 아닙니다" 하고 공장장은 사장을 돌아보고 말했다. 공장장은 그러고 나서 광수에게 엄격한 말투로 말했다. "얘. 그런 이야기를 함부로 하는 게 아니야. 자, 가지."

공장장은 운전사에게 눈짓을 했다. 운전사가 차를 다시 앞으로 몰려고 했다. 광수는 아직 차의 손잡이를 놓아주지 않고 있었다. 그는 아직 할 말을 다 하지 못한 것이었다. 사장이 그 점을 알아챘는지 운전사에게 손을 저어 보였다.

"저, 사장님!" 하고 광수가 말했다. 차에 탄 세 사람 가운데서 자기에게 관심을 제일 많이 보이고 있는 사람이 사장이라고 생각되기도 했지만, 자기가 하려는 이야기도 사장이 직접 들어야 할 것이라고 믿고 있었다.

"그래 나한테 하고 싶은 이야기가 무어지?" 하고 사장이 말했다. 그는 검은 양복을 위아래로 입고 있었는데 희멀건 살빛이 검은 옷 빛깔 때문에 더욱 희게 드러나 보였다. "어서 얘기해봐."

광수는 들판 저쪽을 손가락질했다.

"저기, 논 저쪽으로 있는 뚝에 큰 버드나무들이 보이시죠? 그 버드나무에 왜가리 떼가 와서 살곤 했는데 작년부턴 안 온단 말예요. 우리 집이 그 뒤에 있는 마을에 있기 때문에 잘 알고 있거들랑요. 작년하고 금년엔 새떼가 잠깐 들렀다가 도로 가버렸어요."

마을 사람들이 '백로'라고 부르기도 하는 왜가리 떼가 이젠 한창 제철인데도 오지 않는 것은 사실이었다.

"그게 어쨌다는 거야!" 하고 공장장이 말했다. 그는 어느새 차에서 다시 나와, 광수의 옆에 서 있었다. 공장장의 말투는 조금 꾸짖는 것같이 들렸다. 뭔지 기분을 상한 것 같았다. 길을 걷고 있던 광수를 불러세우고 물에서 고기가 잡히냐고 묻던 아까와는 다른 표정이었다. 광수는 조금 멈칫했지만 사장의 재촉하는 듯한 시선에 말을 계속했다. "그게 사장님네 공장 때문이거든요. 우리 할아버지가 가르쳐주셨어요. 우리 백로 마을 사람들은 다 그렇게 말하고 있어요."

"글쎄 그게 무슨 뜻이냐니까?" 하고 사장이 말했다.

"사장님, 이 아이가 엉뚱한 소리를 하는데 들으실 게 못 됩니다. 이곳 주민들 사이에 그런 얘기가 돌고 있는 건 저도 알고 있습니다만 고려할 만한 가치가 없어서……" 하고 공장장이 부지런히 팔을 휘저었다. "없는 사람들이 이런저런 구실을 만들어서 무슨 피해 보상이라도 혹시 얻어낼 수 있을까 하고 내세우는 그런 따위 잔꾀죠. 한마디로 불순한 얘기들입니다. 임마, 조그만 녀석이, 너는 어느 앞이라고 함부로 말을 삼는 게냐!"

공장장은 미간을 잔뜩 찌푸리고 광수를 훑어봤다. 광수는 조금 당황했다. 그는 자기가 공장장을 불쾌하게 한 까닭이 뭔지 알 수 없었지만, 아무튼 자기가 기왕 이야기를 꺼낸 김에 똑똑하게 해두어야 한다고 생각했다.

그는 머릿속에서 잘 떠오르지 않고 가물거리는 단어를 찝어올리려 했는데 공장장이 호통을 부리는 바람에 그게 더 가물가물해졌다. 그래서 그는 저쪽 야산을 손가락질했다. 넓은 야산을 밀어붙인 위에 큰 공장이 자리 잡고 있었고, 두 개의 큰 굴뚝에서는 검은 연기가 꾸럭꾸럭 뿜겨나오고 있었다. 이야기를 하느라고 잊어버리고 있던 기계의 굉음이 들판을 가르고 웅웅거리며 들려오고 있었다. 그 소리는 이십사 시간 쉬지 않고 들려왔으며 조용한 밤이면 바로 이웃집에서 나는 소리처럼 소리가 커지고 시끄러웠다.

"저 연기 안 보이세요? 저 시커먼 연기 말예요. 그리고 저 소리요. 저것 땜에 새가 안 온대요. 새 먹이도 이젠 다 없어지구요."

사장은 무얼 생각하는지 고개를 끄덕였다. 광수는 사장이 자기의 이야기에 차츰 관심을 보인다고 생각했고 그러자 기분이 좋아졌다.

"우리 할아버지를 만나시면 잘 얘기해주실 거예요. 백로는 영한 새고 길조인데 이젠 그게 오지 않는다는 거예요."

"참 답답한 사람들!" 하고 공장장이 탄식했다.

"그래서 어떻게 했으면 좋겠다는 거냐? 공장을 하지 말란 소리냐?" 하고 사장이 말했다.

"아뇨. 그게 아니에요. 사장님, 다만, 그……." 광수는 자기도 멀지 않아 그 공장의 직원이 될 생각이라고 얘기하고 싶었다. 그는 자기 형 동수처럼 공장에서 일하고 싶었다. 그러나 사장이 이야기하는 바람에 그런 말을 하지 못했다.

"저 공장이 생겼다고 더러 불평하는 사람들이 있을지도 모르겠다. 그러나 저 공장이 생겨서 이 고장에 끼치는 좋은 점을 얘기해보자. 이 고장 사람들이 수백 명씩이나 취직해서 월급을 받고 있지 않니? 그리고 이곳

읍은 머지않아 시로 승격하게 될 게다. 그런데 나더러 저 공장을 그만두라는 소리냐?" 사장의 어조는 느긋했다. "새가 오지 않는다든지, 귀가 시끄럽다든지, 옷이 쉬 더러워진다든지 하는 일이 중요한 것이냐, 아니면 이 고장 사람들이 일자리를 잃는 게 괜찮은 일이냐? 이 문제는 너도 대답할 수 있을 거다. 이걸 네 할아버지나 마을 사람들에게 일러줘라."

광수가 씩 웃었다. 사장은 자기를 너무 단순하게 보고 있다는 점이 어쩐지 우스웠다.

"그런 건 저도 알아요. 그런데 저어, 그거 있잖아요" 하고 광수가 말했다. 가물가물하던 단어가 막 떠올랐다. "집진기라는 것 말예요. 그걸 해주시면 다 해결되잖아요. 그리고 기름물도 깨끗이 하는 기계가 있다던데요. ……그래서 어른들이 진정서까지 냈는데요."

공장장이 광수를 떠밀다시피 했다.

"아서, 그런 건 네가 말할 게 아니야. 자, 이제 가봐. 사장님, 시간이 너무 지체됐는데요."

공장장이 다시 차 안으로 들어갔다. 차가 이내 미끄러지기 시작했다. 사장도 이젠 차를 더 세울 생각이 아닌 모양이었다. 광수는 차를 보고 소리쳤다.

"내 얘기를 들어보세요. 내 얘기는 그것만이 아니에요!"

차는 이미 소리도 없이 미끄러져나가서 광수의 눈에서는 그 차가 단단하고 까만 어떤 괴물처럼 보였다. 그 괴물은 점점 작아졌고 그럴수록 그것은 자기와는 상관없는 먼 곳으로 사라지는 것으로 느껴졌다. 차가 아주 조그마해지고 산모퉁이 저쪽으로 사라져갈 때까지 광수는 그 자리에 서서 지켜보고 있었다.

왜 저 사람들은 내 이야기를 잘 들어보려고 하지 않는 것일까 하고 생각해봤다. 자기가 해선 안 될 이야기였다고는 생각할 수 없었다. 마을 사람들이 모두 하고 싶었던 이야기니까 자기가 그 회사의 높은 사람들을 만난 김에 말한 것이 나쁘다고는 생각되지 않았다. 마을 대표로 나선 두어 사람이 공장 측에 진정을 한 적도 있었지만 공장장이 마을 대표들을 딱한 사람들이라고 몰아쳤다. 다시 그런 일로 말을 삼으면 그런 진정을 하는 사람과 연고가 있는 자기네 공장의 직원들을 모두 해고해버리겠다고 으름장까지 놓았다.

광수는 자기가 마을 사람들의 그런 의사를 사장에게 전할 기회를 얻은 것으로 알았다. 그러나 그것도 제대로 되지는 못했다. 자기가 하고 싶은 이야기도 다 하지 못했지만 저쪽의 어떤 언질도 들어보지 못한 터에 차는 달려가면서 자기의 말엔 아랑곳하지 않는 이상한 괴물로 바뀌어버리고 말았던 것이다.

그렇지만 광수는 그날 저녁에 형 동수를 대하자 조금쯤 뻐기면서 말했다. 동수는 바로 그 공장에 다니고 있었다. 형은 자기네 사장의 얼굴을 먼 발치에서 한두 번 보았을 뿐이라는 이야기를 했던 적이 있었다.

"형. 나, 오늘 형네 회사 사장님 만났다."

형은 공장에서 돌아오자마자 웃통부터 벗어부치고 뒤꼍에서 목물을 한바탕 할 참이었다. 그리고 형은 하루 중에서 그 시간의 그 일을 가장 좋아했고, 사는 게 고달파도 이런 맛에 사는 게라고 어른 같은 말투로 한마디씩 해대곤 했다. 형은 러닝셔츠까지 벗어부친 참이었는데 광수의 그 말을 듣더니 "뭐, 우리 사장을 만나다니? 이 병신, 우리 사장님을 네가 어떻게 만나?" 하고 툭부터 먹이려 들었다. 그러더니 단단한 알통이 밴 두 팔을 좌우로 젖히면서 뒤꼍으로 나갔다. "와서 물이나 부어줘!"

"아냐, 형은 내 말을 공갈로 듣는데 난 진짜 만났었단 말이야!"

동수는 어느새 우물 곁에 있는 빨래판 돌에 두 팔꿈치를 얹고 엉덩이는 뒤로 잔뜩 추킨 자세로 물을 기다렸다. 형에게서 풍겨오던 찝찔하고 퀴퀴한 땀 냄새가 사라지고 뒤란 수북한 아카시아 꽃 냄새가 향기롭게 느껴졌다. 광수는 우물에서 퍼올린 두레박 물을 형의 등판에다 들이부었다.

"야! 조금 조금씩 부어. 됐어 됐어. 아니, 좀 더. 야, 이 맛에 산다. 신선되는 기분이다."

목물을 끝내고 저녁상 앞에 앉은 뒤 형이 보리밥을 무채에 섞어 비빔밥을 만들면서 광수에게 물었다.

"너, 오늘 학원엔 갔었어?"

"응, 오늘 갔었어. 학원 가는 길에 저기 양회다리를 막 건넜을 때, 형네 회사 사장을 만난 거야. 정말야. 공장장도 함께 타고 있던데."

"공장장도 함께? 그럼 그건 공장장 친구나, 다른 중역이겠지. 네가 우리 사장 얼굴이나 알아?"

"아냐. 틀림없이 사장님이었어. 공장장이 그이를 사장님이라고 불렀어. 차도 말이야 공장장 차보다 더 크고 으리으리한 차였어."

형은 러닝셔츠 바람의 굵은 팔뚝을 광수 쪽으로 내대며 말했다. "그 얘기를 좀 더 자세히 해봐. 네가 우리 사장을 진짜 만났단 말이지?"

"녀석 같으니라구, 광수야. 네가 이 할애비 앞에서 엉뚱한 거짓말을 하는 건 아니냐?"

할아버지가 손자들의 이야기에 들어섰다.

"할아버지. 제가 할아버지에게 거짓부렁을 할 리가 있어요? 제가 형님

네 사장을 만나가지고 왜가리 떼가 오지 않는 얘기까지 했단 말예요."

광수는 형처럼 그 공장에 취직하기 위해서 읍내에 있는 기술 학원에 다니고 있었다. 그 기술 학원에 가는 길에 사장 일행을 만나게 되었던 일이며 그들에게 자기가 했던 얘기들을 할아버지와 형에게 들려줬다.

그러자 할아버지는 흰 턱수염을 쓰다듬으면서 "허, 그것 참 잘했구나. 공장장인가 하는 사람이 우리 주민들의 항의를 사장에게는 보고도 하지 않고 있었던 모양이군그래. 그걸 네가 사장님께 말씀드렸으니 잘된 일이지" 하고 말했다.

"아녜요, 할아버지. 잘된 게 아녜요. 광수야, 너 지금 한 얘기들이 정말이지?" 하고 형이 눈을 홉뜨다시피 하고 다짐했다. 광수는 고개를 끄덕였다. 잠시 세 사람 사이가 조용해졌다. 그 침묵 사이로 묵직하고 나직하게 땅을 울리는 듯한 기계 소리가 공장 쪽에서 들려왔다. 그것은 쉼 없이 들려오는 소리였지만 어떤 때는 그 소리를 잊게 되고 어떤 때는 그 소리에 괴로움을 타게 되는 것이었다. 이윽고 형이 말했다.

"광수, 너는 쓸데없는 짓을 했어."

"형, 왜 그러는 거야?"

광수는 형의 언짢아하는 기색을 느끼자 조금 불안했다. 네 살 위의 형이 이런 때는 훨씬 더 어른스럽기도 하고 조금쯤은 두렵게도 느껴지는 것이었다.

"내가 사장님에게 그런 이야기 하면 안 되는 거야?"

"괜찮다. 그만한 말을 했다고 해서 그리 불손할 것은 없다." 할아버지가 광수의 등을 부드럽게 다독거려주었다.

"할아버지는 모르시는 말씀예요. 우리 사장이 여느 사장과 같은 줄 아세요? 우리 직원들은 그 앞에서 얼굴도 제대로 쳐들지 못해요. 그리고 그 사람은 뭐든지 맘대로 해버릴 수 있는 사람이라는 거예요."

"형. 그렇지만 그건 회사 사람들한테나 그럴 테고…… 내가 그렇게 한 것이야 좀 다르잖아."

"이 맹꽁아!"

"내가 한 얘기가 나쁜 얘기도 아니고……."

"아직도 너는 말귀를 못 알아듣는구나. 사장은 너한테 화를 내보이지 않았는지 몰라도 공장장은 기분을 상해 있었던 거야. 눈에 선하다고. 공장장이 기분 나빠 한 일이면 그 결과가 어떻게 되는지 알아? 이제 두고 봐. 무슨 일이 있을 거야."

"애. 큰애야. 너무 걱정하지 마라. 네 생각이 지나치는 것 같구나. 또 그 양반들이 광수가 네 동생이라는 걸 알 리도 없는 거니까 네 신상에 별일이야 있겠냐, 원."

할아버지가 형의 걱정을 타일렀지만, 형은 쉽사리 누그러지지 않았다. 그래서 그런지 할아버지도 어딘가 좀 씁쓰름해하는 것 같았다.

광수는 형이 어렵게 그 공장에 취직한 걸 알고 있었다. 동수는 고등학교 과정도 채 마치지 못했으므로 기술 학원을 석 달 동안 다녀가지고 겨우 취직을 할 수 있었다. 이 고장 출신이라는 전기부장이 나서서 형의 취직에 힘이 되어주었다는 말도 들었다. 형은 자기가 어렵게 취직했던 점을 생각해서 열심히 일했다. 그런데 만일, 오늘 같은 일로 해서 공장장이 노여움을 터뜨린다면 형은 말 한마디 못하고 쫓겨날지도 모르는 일이다. 광수는 와락 불안해졌다. 형에게 죄스러운 생각까지 났다. 왜 하필 그 사장의 차가 자기를 보고 섰으며 자기에게 말을 붙였던 것일까 하고, 좀 전까지도 으쓱하던 것이 이젠 풀이 죽었다. 왜 자기는 묻는 말에만 대답하지 않고 공연한 얘기를 높은 사람들에게 들이댔을까……. 광수는 형을 안심시켜 보려고 이렇게 말했다.

"그렇지만 내가 누구인 줄은 모르잖아……. 형한테는 별일 없을 거야."

그런데 형은 "그 사람들은 어수룩하지 않아. 그 사람들은 우리가 무얼 말하고 무얼 생각하고 있는지 다 알아내고 있어. 아주 작은 일까지도 말이야" 하고 말하면서 굵은 주먹으로 제 넓적다리를 탁 내리쳤다. 몹시 안타까운 마음의 표시였다. "그들은 마음먹기만 하면 뭐든지 할 수 있어…… 그리고 그들이 네가 건의한 얘기를 몰라서 안 하고 있는 줄 아냐? 그들이 집진기를 설치한다든지, 백로를 보호해야 한다든지 하는 따위 일을 몰라서 안 하고 있는 것 같아? 그게 아니란 말야. 그들은 오히려 우리보다 잘 알고 있어. 그들은 우리하고는 다른 사람들이니까."

"다른 사람들이라고? 그들도 눈 있고 코 있고 입 있고 우리와 같은 백성이지 뭐가 다르다는 거냐, 큰애야" 하고 할아버지가 말했다. 할아버지는 쌈지에서 엽연초를 꺼낸 뒤에, 조그맣게 조각 낸 신문지로 돌돌 말아서 입에 물고 성냥불을 붙였다. 광수는 자기가 학원 과정을 마치고 그 공장에 취직하게 되면 할아버지에게 환희나 새마을 담배라도 꼭 선물해야겠다고 벼르고 있었다. 할아버지는 요즘 와서는 손을 조금씩 떨기 시작해서, 담배를 말 때마다 흩트리지 않으려고 애를 먹었다.

"네, 할아버지는 수십 년을 한 해도 거르지 않고 보아온 왜가리를 못 보시게 돼서 섭섭하시겠지만, 그건 할아버지 생각이세요. 그 사람들이 그래 왜가리 따위를 생각하게 됐어요? 그 사람들이 이곳 주민들이 피해를 받는 따위를 그리 대단하게 여길 것 같으세요?"

형은 다소 짜증스러운 말투로 할아버지에게 말하고 있었다.

"그래도 그 사람들도 사람이지. 아까 광수가 그러지 않더냐. 저 냇물에 고기가 있느냐고 광수에게 물었다고 하지 않더냐?"

"그거야, 아마 낚시질이나 천렵쯤 해볼 생각으로 그랬을 테죠."

"꼭 그런 생각만은 아닐 게다. 그러니까 너희 사장님은 광수에게 이것저것 의견을 말해보게 했던 것 아니냐. 적어도 수백 명, 아니 거기 딸린 식구들까지 하면 수천 명의 목숨을 거느린 인품이면 거기에 합당한 경륜이란 게 있는 법이야. 너는 윗사람의 말을 한쪽으로만 들어서는 안 돼."

"글쎄 할아버지! 도대체 요새 백로나 왜가리 따위가 날아오고 어쩌고가 무슨 문제예요. 그게 천연기념물이면 뭣 해요? 그게 우릴 먹여 살리나요? 그건 서울 창경원에나 몇 마리 있으면 되는 거죠."

"너 말 잘했다. 백로 따위를 뭣에 쓰느냐고? 백로가 우리를 먹여 살리느냐고? 그럼 백로가 저 앞 버드나무에 가지마다 한 마리씩 늘어앉아 있을 때는 우리가 끼니를 굶었단 말이냐? 우리 조상 대대로 보아온 그 백로가 언제 우리더러 밥 굶으라고 했다더냐?"

광수는 할아버지가 노여운 어조로 형을 꾸짖는 것을 보자, 이 일들이 모두 저 때문에 일어난 것이라고 생각되어 송구스럽고 민망했다.

"형, 형이 그만 해. 그리고 할아버지, 형이 그 사람들을 감싸는 게 아니라 그 사람들의 생각이 그렇더라는 얘기니까 그만 하세요. 제가 잘못해서……."

"아니다. 너야 잘못한 게 없다. 어흠, 거참!"

할아버지는 무딘 손가락으로 담배꽁초를 비벼 끈 뒤 자리에서 일어섰다.

광수는 형의 얼굴을 바로 보기가 거북했다. 어머니가 상을 물려가면서

"원 공연한 일 가지고……. 동수야, 너도 너무 걱정하지 말아라. 공장장님이 그만한 일로 해코지야 할라구" 하고 말했다.

동수는 친구에게 놀러간다고 밖으로 나갔다. 그는 밖으로 나가다가 광수에게 말했다. "너 오늘 사장님 만났다는 얘기, 아무에게도 해서는 안 된다. 알았지?"

날은 이제 어스레해졌고 모기 우는 소리가 귓전에서 앵앵거렸다. 광수는 밖으로 나와서 집 근처에 있는 버드나무들 곁으로 갔다. 수십 년씩 묵었다는 버드나무들은 잔가지들을 휘휘 늘어뜨리고 서 있었다. 그 나무들은 먼 길에서 돌아와 몹시 지친 몸으로 두셋씩 늘어서서 누울 자리를 찾는 거인들처럼 생각되었다. 광수는 긴 목을 두 날갯죽지에 묻고 한 다리는 몸통 쪽으로 들어올린 채 한 다리로 그 나뭇가지에 앉아서 밤을 새우던 왜가리 떼들을 생각해봤다. 그 새들은 낮에는 유유히 들판 위를 날기도 하고 냇가나 논에서 미꾸라지 같은 먹을 것을 쪼고 혹은 나뭇가지에 앉아 있곤 했다. 이렇게 어스레해진 시각이면 버드나무로 돌아와 서너댓씩 무리를 지어 잠을 잤다.

"옛날 옛적에, 백로들만 모여 사는 백로 나라가 있었느니라. 백로 나라니까 임금님도 물론 백로였지. 하루는 백로 임금님께서……." 광수는 어려서부터 할아버지의 무릎에 앉아 백로 이야기를 듣고 자랐다. 백로가 날아오는 철이면 반가웠고 떠나버리는 철이면 서운했다. 그런데 작년부터 백로를 볼 수 없이 되었다. 대신 백로 마을 사람들도 다른 부락의 주민들처럼 공장에 취직하기를 서둘렀다. 광수도 학교 진학을 못하는 대신 공장에 취직하게 되기만 바랐다. 자기도 어엿하게 큰 회사의 직원이 되어 돈을 벌게 되고 마음만 야무지게 먹는다면 저축도 조금씩 할 수 있을 것이었다.

그러면 형 혼자 벌 때보다 한결 집안 사정도 나아질 것이고, 또, 형이 군에 입대하더라도 큰 걱정은 없이 된다. 공장에서 돌아온 뒤엔 고단하더라도 참고 공부를 좀 더 하리라. 훗날 부장으로 승진하고 공장장이나 중역이 될 날도 있으리라……. 그것이 생각만 해도 광수에겐 신바람나는 일이었다. 가령 형네 공장의 전기부장만 하더라도 고학을 하며 공과 대학을 다녔다고 하지 않던가. 그래서 가난한 집의 젊은이들을 각별히 도와주고 있다는 것이었다. 광수는 들판 저쪽으로 우뚝 솟은 공장의 굴뚝과 거대한 시설들을 보면서 그곳이 자기의 꿈을 실현할 언덕이라고 생각해왔다. 그런데 오늘은 뜻밖에도 그 회사의 으뜸인 사장님까지 만났던 것 아닌가. 그 으리으리한 승용차도 눈을 끌었지만, 그러나 사장의 단정한 옷차림과 점잖고 무게 있는 언동이 마음을 설레게 했던 것이다.

그런데 형은 무엇인지 다르게 생각하고 있는 것 같았다. 물론 사장을 어렵게는 생각하고 있었지만, 그러나 형의 말투에는 자기네 회사의 높은 사람들을 존경하는 구석이라곤 없어 보였다. 단지 그들을 보통 사람들과는 다른 사람들이라고만 여기는 모양이었다.

광수는 그것이 의문스러웠다. 아마 형은 자기네 주임이나 과장(형이 기껏 상대하는 사람들이 그들뿐이니까)들에게서 기합이라도 받고 불쾌해서였거나, 아니면 높은 사람들은 모조리 잔소리꾼이거나, 인정이라곤 없이 엄격하기만 한 사람들로 생각하게 된 것이 아닐까.

그러니까 형이 아까 그렇게 초조하고 불안해했던 것도 사실은 형이 스스로 잘못 생각한 까닭이겠지.

광수는 그렇게 생각하고 나니까 마음이 훨씬 개운해졌다.

"그래, 형은 요새 너무 쩨쩨해졌어. 전엔 안 그렇더니 말이야" 하고 광수는 혼잣말로 중얼거렸다. 형도 공장에 들어갈 무렵엔 명랑하고 활발하지 않았던가. 그런데 들어간 지 이제 일 년밖에 안 되었는데 벌써 저렇게 소심해지고 신경질만 늘었어. 아마, 하는 일이 고단하니까 그럴 거야…….

실제로 그 뒤의 며칠간 형 동수는 눈에 띄게 신경질을 부리는 것 같았다. 할아버지나 어머니가 무엇을 물어도 퉁명스럽게 한두 마디씩 대꾸할 뿐이었다.

그러던 어느 날 저녁, 동수는 얼굴빛이 나빠져가지고 집에 돌아왔다. 술 냄새까지 조금 풍기고 있었다.

"얘, 너 몸이 언짢은 게구나?" 하고 어머니가 물었다. 그러나 형은 대꾸도 않고 방바닥에다가 몸을 눕혔다.

"얘, 시장할 텐데 밥상 차려 오련?"

"걱정 마세요. 밥 안 먹을 테예요."

형은 볼멘소리였다.

광수는 형이 어머니에게 그렇게 대하는 게 못마땅했지만 이렇게 말했다.

"형. 내가 물 끼얹어줄께. 가서 등목 좀 해. 그럼 기분이 좋아질 거래두."

그러나 형은 광수에게 이렇게 말했다.

"너, 잠자코 있어. 그 주둥아리 함부로 놀리지 말고."

어머니가 다시 나섰다. "얘, 공연히 광수까지 윽박지르는구나. 그 애도 네 생각해서 한 말인데 뭘 그래."

"글쎄, 잠자코들 있으래두!" 하고 형이 소리를 높였다.

이번엔 어머니도 만만치 않았다. "너, 뉘게 대고 소리냐, 소리가. 젊은 것이 에미 앞에 술내를 팍팍 풍기면서."

형이 벌떡 일어나 앉았다.

"글쎄, 영문 모르시면 나서지 마시래두요. 이제 모가지예요. 모가지!" 하고 손으로 자기의 목을 자르는 시늉을 해 보였다.

"아니, 그게 무슨 소리냐?" 어머니가 한풀 꺾이면서, 또 버럭 겁에 질린 어조로 반문했다. 광수는 갑자기 가슴이 두근대는 걸 느끼면서 형의 얼굴을 쳐다봤다.

"오늘, 과장이 나를 사무실로 불러다가 꼬치꼬치 캐묻고 했단 말예요."

"무얼?" 하며 어머니가 형 동수에게 바싹 다가앉았다.

"빤하죠, 머. 광수가 공장장한테 대든 게 문제가 되지 않을 리 없잖아요." 광수는 동수의 이글거리는 눈빛을 바로 볼 수가 없었다.

"애, 광수가 공장장한테 어디 대들었단 말이냐. 그냥 제 생각을 얘기했을 뿐이지."

"아, 참. 그래도 말귀를 못 알아들으세요? 공장장이 그렇게 생각하면 그렇게 되는 거예요. 그가 검다고 말하면 그것은 검은 거예요."

광수는 몸에서 맥이 싹 빠져나가는 것을 느끼며 고개를 숙였다. 때 묻고, 이리저리 때운 방바닥을 내려다보면서 광수는 입술을 깨물었다. 차라리 형이 자기를 한 대 갈겨주었으면 좋으리 싶었다.

"그래서? 아니라고 잡아떼지 그랬니?" 어머니가 말했다. 어머니는 필시 밥을 굶게 될 식구들의 모습을 생각하고 있을 것이다. 안타깝고 억울함에 떨리는 음성이었다.

"물론, 나는 전혀 아니라고 잡아뗐지요. 그렇지만 저 사람들은 자기네 하고 싶은 대로 하고 마는 사람들이란 말이에요. 우리 집에도 더러 왔던 광필이 형 아시죠? 광필이 형이 한 달 전에 모가지당한 일도 뭐 광필이 형의 잘못이었나요? 회사에서 불러가지고 노조 일을 보라고 억지 춘향으로 떠맡기기에 맡았더니 나중에는 노조 일에 너무 열을 내고 설친다고 짤라 냈단 말예요."

그 이야기라면 광수도 형에게 이미 들은 일이 있었다.

"형. 그러면 형도 광필이 형처럼……."

"이삼 일 더 기다려보면 결판이 날 거야. 게다가 오늘 어느 신문에 우리 공장에 대한 기사가 잘못 나왔대. 윗사람들이 무얼 잘못한 모양인데 그걸 어느 직원이 신문기자한테 고자질했다는 거야. 그 일 때문에 서울 본사에서 장거리 전화가 자꾸 오고 회사 간부들은 지금 벌에 쏘인 것처럼 잔뜩 부어올라 있다고. 그러니까 공장장이 이래저래 심술을 부리지 않을 수 없이 되어먹었단 말이야."

형은 어머니가 차려다준 밥상을 끝내 외면했다. 광수는 몹시 시장했지만 형에게 화를 미칠 일을 자기가 만들었다는 자책 때문에 밥을 먹을 수가 없었다. 광수는 어머니가 붙잡는 걸 뿌리치고 배탈이 났다면서 밖으로 나왔다. 어머니가 남편 덕 없어서 애꿎게 자식들 고생만 시킨다는 푸념을 늘어놓을까봐 두려웠다. 그 푸념을 귓가에 가까이하기가 싫었다.

광수는 어스레해진 들판을 바라보면서 뚝길을 걸었다. 모기가 더러 들러붙고 하루살이 떼가 얼굴에 부딪쳐왔지만 그는 그런 걸 아무렇게도 느끼지 않았다. 그는 무거운 마음으로 어스레한 뚝길을 걸었다. 그는 형이 다니고 있는 회사에서 벌어지는 일들을 잘 이해할 수가 없었다. 형에게서 더러 무슨 언짢은 이야기를 들어도 그 회사에 들어가고 싶은 마음엔 흔들림이 없었다. 어쨌든 나쁜 일보다는 좋은 일이 많은 곳이니까 이 고장 사람들이 모두 취직을 하고 싶어 할 터이고 그 회사의 직원들이 일을 잘하니까 회사 규모가 자꾸 커지고 있는 것이 아닌가. 그런데 왜 사람들은 그 안에서 일어나는 일들을 이해하기 어렵게 말하는 것일까.

 언제든 자기 자신이 그곳에서 일하게 된다면 잘 알게 되겠고, 또 직접 체험을 해보기 위해서라도 제 자신이 그 회사에 들어가야 하리라고 그는 생각해왔다. 그런데 오늘, 형이 새로 꺼낸 이야기들은 또 어찌 생각해야 될까.

 광수는 그 의문을 쉽사리 풀 수 없었다. 자기가 사장에게 들려준 백로 이야기 때문에 형이 쫓겨나는 일이 실제로 일어날 것인가? 만일 그렇게 된다면? 광수는 마침 발부리에 차이는 돌멩이를 집어들었다. 아냐, 그렇게까지야 될라고!

 광수는 그 돌멩이의 단단한 거죽을 매만지다가 팔에 힘을 모아가지고 힘껏 날렸다. 날이 어두워서 어느 만큼 날아가서 돌이 떨어지는지 알 수가 없었다. 그 돌멩이는 광수가 던져보는 의문처럼 날아가기만 했을 뿐이지 아무런 반응도 광수에게 돌려주지 않았다. 들판 저쪽, 야산을 깎은 언덕, 자기의 꿈을 부풀게 해주던 언덕에서 목쉰 듯한 기계의 소리가 들려오고 있었다.

 "너, 예서 뭘 하고 있느냐?" 할아버지의 음성이었다.

 읍내 친구 댁의 잔치에 참례하고 이제 돌아오는 길인 모양이었다.

 "저어, 그냥 팔매질을 해본 거예요."

 "아닌 밤중에 홍두깨라고 팔매질은 무슨 팔매질이냐. 녀석은……." 할아버지가 다정한 어조로 말했다. 할아버지는, 이제 저 녀석도 제 형처럼 팔뚝의 힘을 쓰고 싶어 저러는 게라고 대견하게 생각하는지도 몰랐다.

 광수는 멋쩍은 듯이 말했다.

 "팔 힘이 좀 세어졌나 보려구요."

미궁

1

빗줄기가 점점 굵어졌다. 빗방울이 땅바닥에 부딪치면서 튀어오르는 물가루가 뽀얗게 날렸다. 용두산의 거무스레한 동체가 구름을 끼고 조금씩 움직이는 것 같다. 퀀셋 지붕을 두드리는 빗방울 소리가 언짢은 느낌을 일으켰다. 제오 번 창고의 문턱에 기대어 있던 김영소(金永召)는 창고의 문을 닫고 열쇠를 구멍에 넣어 한 바퀴 돌렸다. 그는 문이 잘 잠겼는지를 확인하고 비 사이로 뛰었다.

교회는 여단 막사들이 층층이 자리 잡고 있는 산기슭의 가장 위켠에 있었다. 이 교회는 군대의 필요로 세운 것이지만 군인들만이 아니라 인근의 민간 신도들에게까지 출입이 허용되어 있었다. 민간인들이 예배를 보러 오는 시간에는 부대 안에서 이 교회만이 갖는 비교적 자유롭고 부드러운 분위기가 감돌았으므로 신도가 아닌 병(兵)들도 더러 드나들었다.

김영소는 교회 건물의 뒤쪽에 있는 사무실로 들어섰다. 군종과의 임 병장이 무슨 카드를 정리하고 있었다. 신장이 0.5센티만 더 작았더라면 삼 년간의 군대 생활을 면할 수 있었을 것이라고 입버릇처럼 말하는 젊은이였다.

"누구의 때를 씻어주려고 비가 이렇게 퍼붓지? 김 일병은 이 빗속에 웬일이야?"

"군목님 지금 계신가요?"

"저쪽 방에 계셔. 무슨 일이지?"

"제가 개인적으로 의논드릴 것이 있어서……."

마침 문이 열리고 남 대위가 나타났다. 혈색이 좋고 어깨가 둥그스름한 남자였다.

"김 일병이 군목님을 뵈러 왔답니다. 전입 온 지 두 달밖에 안 된 신병입니다."

임 병장이 소개를 했다.

"그렇습니까? 김 일병도 우리 교우인가요?"

"아니, 신도는 아닙니다. 우리 예배 시간에 한두 번 참석한 적은 있습니다."

임 병장이 설명했다.

"자, 내 방으로 들어갑시다. 이쪽입니다."

남 대위의 방은 한쪽 벽이 여러 가지 책으로 가득 찼다. 종교 서적, 군종 교육에 관한 책자, 교계에서 발간되는 잡지 등이었다. 남 대위는 책상에 펼쳐놓았던 책과 종이 들을 가리키면서 말했다.

"어떤 사람에게 편지를 쓰던 중이죠. 전에 이 부대에 있던 사람인데, 제대하고 난 뒤에도 더러 편지를 내서 이것저것 의논을 청하곤 합니다. 고마운 일이죠. 김 일병 손이 많이 텄군요. 무슨 일을 맡고 있나요?"

"에스 포(S-4)의 화학계 이 병장의 조수(助手)로 있습니다. 그런데 저는 지금 곤란한 입장이 되어서 군목님께 의논을 드리러 왔습니다."

"그럼 어디 들어볼까요? 편히 앉아서 얘기해요."

"제가 관리하고 있는 여단 제오 창고에서 도난 사건이 있었습니다."

"저런, 언제요?"

남 대위가 몸을 앞으로 내밀면서 물었다.

"그런 일이 언제 일어난 것인지는 알 수도 없습니다. 도난 사실을 알게 된 것이 어제였으니까요."

"윗사람들도 알고 있습니까?"

"아직은 에스 포의 보좌관 조 중위님과 저만 알고 있습니다. 조 중위님하고 제가 창고 점검을 하는 중에 그 사실이 드러난 것이죠."

"아, 그렇다면 잘됐군요. 담당 장교가 알고 있다면."

"아닙니다."

김영소가 고개를 가로저었다.

"조 중위님은 저를 의심하고 있습니다. 그런데 저는 맹세코, 그런 일이 있으리라곤 상상도 해보지 못했습니다. 부대가 보유하고 있는 화학 장비를 기록한 목록을 들여다보아도 저는 그것이 일일이 무엇을 가리키는 것인지조차 제대로 알지를 못하는 터였습니다. 어제 그 사실을 알게 될 때만 해도, 조 중위님이 '어라, 뭐 이런 게 있어. 이봐 김 일병, 어째 아무래도 이상하다. 아돌핀, 아돌핀이 이상해. 그렇지, 이것 봐라. 이 통에 아무것도 없지? 이런 게 이 통엔 안 들어 있잖아' 하고 말할 때만 해도 무엇이 어떻다는 건지 잘 알 수 없었으니까요. 없어졌다는 것은 엠 화이브 고약과 아돌핀 주사약입니다. 그게 삼백 개 이상이 비어 있었어요. 그건 미군들의 휴대용 파이프 담배 케이스 비슷하게 생긴 납작한 깡통에 세트로 들어 있는 것이잖습니까. …… 그것들이 빈 통만 남아 있었던 거예요. 두 개에 한 개 꼴로 빈 통만 남아 있었단 말이죠."

"저런! 지금 그 일을 알고 있는 건 조 중위 말고 또 누가 있습니까?"

"제 사수(射手) 이 병장님에게는 제가 어제 얘기했습니다. 이 병장님도 몹시 놀라더군요. 이 병장님은 제가 전입 온 지 며칠 안 됐을 때 제게 열쇠들을 인계해주었어요. 그런데 제가 인계받을 때 그것들을 일일이 열어보지 못했어요. 지금 생각하면 그게 제 과실이었습니다. 이 병장님의 얘기로는 지난가을에 있었던 회계 검열 때 자기가 일일이 확인했지만 그때는 이상이 없었답니다. 아무튼 저는 그 통들을 일일이 확인하지 못했어요. 다만 이 병장님이 두세 개 열어 보이면서 이 통 안엔 이러이러한 게 들어 있으니까 그렇게 알라고 하더군요. 아참, 이 병장님은 '다음에 시간 있을 때 점검을 해봐. 몇 개쯤 비는 게 있을는지 모르지만 그 정도는 있을 수 있는 일이야' 하고 말했습니다."

"그럼 그때 이미 그 속 물건들이 모두 비어져 있었던 것인지도 모르잖습니까?"

"아니, 저는 꼭 그렇다는 뜻은 아닙니다. 제가 도난 사고를 알려주었을 때 이 병장님도 얼굴이 창백해지면서 놀랐어요. 이 병장님이 제게 그런 일을 넘겨씌웠다고 생각하진 않습니다. 저는 그를 의심해보지도 않았습니다."

"아, 나도 이 병장이란 사람을 의심한다는 것은 아닙니다."

"상자 한 개에 통이 열 개씩 들어 있었는데 어제야 하나하나 확인해보니까 온전한 것은 절반도 되지 않는 것이었어요."

"그것들을 하나하나 확인했어야 하는 것인데."

하고 남 대위가 안타깝다는 표정을 지으며 말했다.

"저는 그걸 인계받을 때 육백여 개의 깡통을 다 열어보았어야 했습니다. 그런데 그것을 열어보지 않았어요. 그건 제 잘못이었어요."

남 대위는 창밖을 바라보며 생각에 잠기고 있었다. 비는 아직도 거세게 내리고 있었다.

"조 중위님은 '너, 이것들을 어디다가 팔아먹었어?' 하고 말하더군요. 그런데 전 아무것도 아는 게 없어요. 그런 것을 누구에겐가 팔아먹을 수 있는 것인지 어쩐지도 알지 못했어요."

"아무도 속단을 해서는 안 되죠. 나는 누구의 편을 들어야 된다고 생각하지 않지만 아무튼 조 중위가 혹시 속단하고 있는 것인지도 모르고. 만일 그렇게 속단하고 있다면 현명하지 않은 것 같아요."

"열쇠를 제가 갖고 다니지만 이 열쇠는 이 병장님이나 제가 언젠나 갖고 있게 되어 있습니다. 설령 다른 누가 그 안에 들어간다 하더라도 언제나 화학계 계원이 직접 입회하게 되어 있습니다. 그래서 저는 이렇게 열쇠를 옷에 매달아가지고 다닙니다."

김영소는 남 대위의 얼굴을 가까운 거리에서 똑바로 쳐다봤다. 두 사람의 시선이 마주쳤고 잠시 동안 두 사람은 묵묵히 서로의 눈빛을 지켜봤다.

남 대위가 말했다.

"내가 어떻게 도와주길 바라죠?"

"군목님께서는 저를 믿어주실 수 있습니까?"

남 대위는 두 손을 모아 무릎 위에 올려놓았다. 남 대위는 입술을 굳게 붙인 채 생각에 잠겼다. 이윽고 남 대위가 김영소의 얼굴을 정시하며 말했다.

"믿겠습니다."

김영소는 남 대위에게 고개를 숙여 보였다.

"그것입니다. 제가 군목님께 바라는 도움은 그것뿐입니다. 그리고 제가 군목님께 이런 말씀을 드린 것은 비밀로 해주십시오."

"하지만 그걸로 무슨 도움이 되겠습니까?"

"제가 결백하다는 것을 누군가 한 사람만이라도 믿어주기를 바랐습니다."

"조 중위는 깐깐하고 매서운 사람이죠? 조 중위는 이 일을 어떻게 처리하려는 것 같습니까?"

"자기가 조사해보겠다면서 영창에 갈 각오를 하라고 했습니다."

"내가 그를 만나보면 어떨까요?"

"그건 오히려 문제를 까다롭게 만드는 것인지 모릅니다. 제 생각으로는 군목님께서는 제가 말씀드렸던 일을 혼자만 알고 계셨으면 합니다. 꼭 그렇게 해주십시오."

남 대위는 고개를 끄덕거렸다.

"고맙습니다. 이제 돌아가겠습니다."

김영소는 걸상에서 일어났다.

"잘 해결되기를 빌겠어요. 그런데, 김 일병은 어떻게 해서 나한테 이 일을 얘기하게 됐습니까."

남 대위가 미소를 지어 보이면서 말했다.

"……제가 결백하다는 것을 누군가 한 사람은 믿어주길 원했습니다. 군목님은 이런 마음을 이해하실 걸로 생각합니다."

"어려울 때 내게 와주었으니 나는 오히려 김영소 일병을 고맙게 생각해야겠습니다."
"안녕히 계십시오."
"힘이 되어드리고 싶습니다. 자신을 가지고 용기를 내십시오."
김영소는 거수경례를 했다. 남 대위가 손을 쳐들어 답례했다.

2

"어디 갔다왔어?"
사수 이 병장이 물었다.
"창고에 다녀왔어요."
사무실에 조 중위는 없었다.
"너무 겁먹지 말어. 그러면 일이 더 더러워진다고."
"일은 벌써 더러워진걸요."
"너무 겁먹을 필요는 없어. 조 중위가 어떤 수를 낼 거야."
"내달엔 감찰검열이 닥칠 거라고 했잖아요. 그전에 해결이 될까요?"
"무슨 수가 있겠지. 김 일병, 이 일이 소문나면 시끄러워지니까 비밀로 하고 있어야 돼. 잘못 나발 불면 기관에서도 덤벼들 테고 골치 아파져. 내가 조 중위한테 잘 얘기해볼게."
"그렇지만 없어진 건 아무래도 채워두어야잖아요."
"그건 그래. 깨진 거라도 좋으니까 개수는 채워두어야지. 그래야 손망실 보고를 올릴 수 있어. 그렇잖으면 전부 변상하게 되고 비용도 엄청나.

애기가 잘못 퍼지면 너나 나는 영창행이야."

"돈으로 변상하는 수도 있나요? 그러면 제가 집에라도 가서 돈을 마련해보겠습니다."

"글쎄, 조금 더 기다려봐. 조 중위가 담당 장교니까 그에게도 책임이 전혀 없는 것은 아니야. 그리고 열쇠는 조 중위에게도 한 벌 있는 거니까."

이 병장의 뺨은 조금 얽어 있었다. 이 병장은 종종 그 뺨을 손으로 문질러대는 버릇이 있었다. 김영소는 이 병장이 뺨을 쓰다듬을 때마다 바로 보기가 민망해서 시선을 다른 쪽으로 돌렸다. 창밖에는 아직도 드문드문하게 비가 내렸다. 초록색 나뭇잎들이 생기를 잔뜩 머금고 반짝였다. 구름이 엷어지고 간간이 햇살이 비치기도 했다.

이 병장이 말했다.

"그렇길래 내가 뭐랬냐니까. 열쇠 관리는 빈틈없이 하고 틈틈이 창고에 들러 현물 파악을 해두어야 된다고 했잖아. 아무튼 이번 일은 예삿일이 아니야. 어떻게 감쪽같이 삼백 개나 해치웠을까. 어떤 새낄까?"

"그걸 무엇에 쓰죠? 어제 조 중위님은 나더러 이렇게 말했어요. '이거 하나에 얼마씩 받았어. 못 받아도 하나에 천 원씩은 받았겠지?' 그 주사약을 아편 대신 사용한다면서요?"

"아편쟁이들이 보면 환장하지. 값은 마약보다 훨씬 싼데다가 거래하기도 간편하니까. 그리고 엠 화이브 고약은 무좀약으로는 특효약이야. 발바닥에서 피가 나다가도 엠 화이브 며칠만 바르면 그만이야."

창밖의 나뭇잎이 선명한 녹청색으로 반짝이며 흔들렸다.

"우산 걷어. 이제 비가 그쳤잖아."

수진이가 말했다. 수진이는 그의 팔에 매달리듯 하면서 걷고 있었다.

"아직 빗방울이 떨어지는데." 그가 말했다.

"우산 걷으라니까. 이 빗방울은 그냥 맞을 만하단 말야. 나뭇잎에 매달렸던 것이 떨어지는 거야. 어머! 저 나뭇잎 좀 봐. 참 예쁘지. 눈부셔! 햇빛에 반짝거리는 게."

그들은 비원 앞을 지나 창경원 쪽으로 걷고 있었다.

"그렇군, 저렇게 신선한 느낌을 주다니."

"아, 어디 갔음 좋겠다."

"숲에 갈까."

"숲이 어디 있어, 갈 만한 숲이."

"나는 좋은 숲을 알고 있어."

"…… 누구하고 갔었지?"

수진이가 그를 쳐다봤다.

"아니, 그런 거 아냐. 나는 다른 여자랑 가본 적이 없어."

"좋아하시네, 거짓부렁하지 마."

"어이, 김 일병 뭘 생각하고 있어?"

"거짓부렁이라고?"

"이봐, 김 일병!"

이 병장이 김영소의 어깨를 툭 쳤다. 조 중위가 밖에서 돌아와 비옷을 벗어서 옷걸이에 걸고 있었다.

"조 중위님이 불렀어. 가봐."

김영소는 조 중위의 앞으로 가서 부동자세를 취했다. 키가 작고 가냘픈 몸매였지만 그의 창백한 얼굴과 세모꼴의 눈매는 매서워 보였다. 그는 자기의 간부 후보생 동기 중에서 일등으로 졸업했다는 것을 긍지로 삼고 있었다.

"몸은 작지만 무엇에나 일등이었어" 하고 말하기를 좋아했다. 그는 다른 사람들이 자기를 독종이라고 부르는 것을 오히려 칭찬으로 받아들였다.

"이것 좀 닦아."

하고 조 중위는 젖은 흙이 묻은 구두를 김영소 쪽으로 쑥 내밀었다. 김영소는 구둣솔을 찾다가 흙을 닦아냈다.

"김 일병, 마른 수건으로 좀 더 문질러."

저쪽의 이 병장이 참견했다.

조 중위의 몸에 어울리는 자그마한 군화가 그 주인 못지않게 야무져 보였다. 깔끔한 것을 좋아한다는 조 중위는 바지 줄이 구겨지다든지 군화에 흙이 묻어 있는 상태를 견디지 못했다. 그런 성미라선지 각종 군수 장비나 보급품에 대해서도 사병들을 닦달하며 손질하고 반짝반짝 윤이 나게 했다. 그가 주번 사관을 맡는 날이면 중대 내무반은 각종 지급품들을 닦느라고 군번 서열이 늦은 졸병들이 바지런을 떨었다.

김영소는 이 독종 장교에게서 굼뜨다든가 개적지 않다는 힐책이 내릴까봐 손을 재빨리 놀렸지만 마음속의 장애 때문인지 오히려 힘만 더 들었다. 조 중위가 나지막하게 말했다.

"잘 생각해봤나?"

"네?"

"어떻게 하는 것이 네 신상에 좋다는 걸 생각해봤느냔 말이야. 너는 이제 군대 생활을 시작하는 쫄병인데 어떻게 할 셈이야. 초장부터 제 꼬락서니를 진창에 처박아버릴 거냔 말야."

김영소로서는 대꾸할 말이 생각나지 않았다. 조 중위는 일정한 전제를 해놓고 얘기를 풀어나가려는 것 같았다.

 김영소는 사무실에 있는 다른 동료들이 자기를 힐끔힐끔 쳐다볼 때마다 "나는 아무런 일도 하지 않았어!" 하고 외치고 싶었다. 김영소는 보좌관 조 중위의 구두를 다 닦은 뒤에 다시 부동자세를 취하고 섰다.

 "있다가 저녁 시간까지 잘 생각해보고 솔직하게 얘기해. 말로 하기 어려우면 진술서를 써와도 좋아. 너희 중대장에게는 아직 얘기 안 했으니까 네가 취하는 태도에 따라서는 우리 과(課)에서만 아는 일로 끝나게 해주겠어. 나는 과실이란 누구나 범할 수 있다고 생각하지만 그 과실을 끝내 감추고 뭉개는 태도는 참을 수 없단 말이야."

 "알겠습니다."

 "그럼 가서 일하라구."

 김영소는 제자리로 돌아왔다. 수렁에 빠져 있는 것 같은 상태였다. 수렁에서 밖으로 헤어나오려고 하는데 그럴수록 더 깊이 빠져들고 있는 것 같은 꼴이다. 공교롭게도 조 중위는 오늘 오후부터 이틀 동안 주번(週番)을 맡는다.

 김영소는 조 중위의 시선이 자기의 일거일동에서 잠시도 떨어지지 않고 끈끈하게 들러붙을 것이라고 생각했다.

3

 조 중위는 야전침대의 복판의 베개 두 개를 고여놓고 거기 기대앉아 있었다.

"진술서를 써왔나?"

"저, 그냥 왔습니다."

"그렇다면 말로 해도 좋아. 네가 하나도 숨김없이 얘기해주기만 하면 되니까."

"보좌관님, 저는 이 일에 대해서 정말 어떻게 해야 될지 모르겠습니다. 저는 열쇠를 관리해오고 있지만, 그것밖엔 말씀드릴 게 없습니다."

"또 그 소리야? 새까만 일등병 놈의 새끼가, 군대 물에 아직 쩔지도 않은 새까만 놈의 새끼가 이렇게 빳빳하게 굴 거야? 너는 육군 장교를 어떻게 보고 있는 거야."

"저는 맹세코 속이는 것은 없습니다. 보좌관님께서 믿어주시기만 한다면 저는 무슨 일이라도 할 수 있습니다."

"너를 믿어달라고? 개수작하지 마. 네 눈빛을 보면 알 수 있어." 조 중위의 세모꼴을 한 눈초리가 파르르 떨고 있었다.

"나는 너 같은 유의 아이들을 잘 알고 있다. 너희들은 지능이 높고, 고등 교육을 받고, 형편이 괜찮은 집안에서 걱정 없이 자랐고, 게다가 적당한 교제술을 익혔고, 그래서 어려운 군대 생활도 적당적당히 넘어가려 하지. 네 눈빛을 보면 태연한 척하지만 불안에 떨고 있는 게 잘 나타나고 있어. 자세 바로 해. 지금은 차렷 자세야. 차렷 자세도 모르나. 시선은 전방 십오 도 각도 위를 쳐다봐. 턱을 땡기고. 나를 속일 수는 없어. 자, 얘기해봐."

김영소는 입술을 꼭 깨물고 앞 벽을 쳐다보고 있었다. 온몸에 분노의 감정이 가득 차서 금세 밖으로 튀어나올 듯싶었다. 그것이 어떤 형태로 터져나올 것인지는 모른다. 저 작자의 면상으로 주먹을 날릴 수만 있다면 좋겠다.

"오늘 밤, 너는 바른말을 할 때까지는 잠을 잘 수 없다. 차근차근히 생각해봐. 내게 얘기하는 게 좋아. 수사 기관 아이들이라면 이런 신사적인 방법으로 얘기를 들으려고 하지는 않는다. 열쇠는 네가 한 벌, 내가 한 벌 가지고 있다. 열쇠에 발이 있겠나, 손이 있겠나. 사람의 짓이다. 네가 아니면, 나의 짓이야. 김 일병, 내 얘기 듣고 있나? 대답해봐."

"듣고 있습니다."

"너는 나의 소행이라고 믿고 싶은가?"

"……."

"그렇게 믿는단 말야?"

"그렇지 않습니다."

"왜 그렇게 믿지 않지?"

"아무튼 저는 그렇게 생각하지 않습니다."

"좋아. 그 말을 믿어주지. 그러면 누구의 짓일까?"

"저는 모릅니다."

"네 사수 이 병장이냐?"

"그렇게 생각하지 않습니다."

조 중위의 자그만 손이 김영소의 배를 느닷없이 꾹 찔렀다. 김영소는 두어 걸음 물러섰다.

"바로 서! 그럼 누구라고 생각해? 누가 네 열쇠를 훔쳐 쓰고 도로 제자리에 갖다놓았을까? 기록 카드에 빨간 줄이 가게 되면 너는 전과자가 되는 거야. 문제는 간단하지 않다."

조 중위는 담배를 붙여물고 김영소의 주변을 맴돌면서 말했다.

"너, 지난달에도 나한테 걸린 적이 있었지?"

"네, 그렇습니다."

김영소는 고개를 숙였다.

"기성 부대에 갓 편입해온 새끼가 겁도 없이 위장 편지질이나 하고. 너는 처음부터 되어먹지 않았어."

지난달에 김영소는 서울의 친구에게 편지를 썼다. 검열을 받아 군사우편으로 부칠까 하던 참에 마침 외출 나가는 동료가 있어 그에게 편지를 맡겼다. 그 동료는 그 같은 편지를 너덧 통이나 모아서 주머니에 넣고 있었는데 주번 사관이던 조 중위의 주머니 검열에서 적발당했던 것이다. 물론 그 편지를 맡았던 동료는 외출을 취소당했고 편지를 맡긴 병(兵)들은 배낭을 짊어지고 특수 훈련을 받았었다. 조 중위는 그 일을 새겨두고 있었던 모양이다.

"너 대학 출신이지?"

"그렇습니다."

"어느 대학이냐니까?"

"한성대학입니다."

"무슨 과?"

"연극영화과입니다."

"맞았어. 네가 국립극장 무대에 올라선 적이 있다는 얘길 정훈 장교에게서 들었지. 그래, 지금 네 소감은 어때. 마치 연극 무대에라도 선 것 같은가? …… 화려한 스포트라이트를 받으며 수백 명의 관객을 앞에 놓고 멋진 대사를 하면서, 오필리안지 누군지를 찾던 때가 생각나겠군. 지금 여배우 생각을 하고 있을 여유는 없을 텐데?"

김영소의 입에서 신음 소리가 새어나왔다. 벌써 두 시간 가까이 부동자세를 취하고 있는 그의 몸은 고통스러운 감각마저 제대로 느낄 수 없었다. 그러나 지금 조 중위가 말하는 것들은 고문의 송곳처럼 그의 가슴을 찌르고 있었다.

나는 그러나 끝내 맞서야 한다, 지금 몸을 허물어뜨려서는 안 된다, 저 되어먹지 않은 고문에 져서는 안 된다, 라고 김영소는 자신에게 이르고 있었다. 수렁 속으로 빠져들어가는 몸뚱이를 건져내어 말뚝처럼 우뚝 세워놓아야 한다. 우뚝 버티고 있어야 한다.

"나는 내가 해야 한다고 생각하는 일은 실천하는 사람이야. 나는 너처럼 되어먹지 않은 군인들을 용서할 수가 없어. 오늘 밤 잠은 못 자는 것으로 알아. 나도 자지 않고 있을 테니까."

"저는 도둑질하지는 않았습니다, 조 중위님."

"그걸, 뭘루 믿겠어? 열쇠는 네 주머니에 들어 있었어. 너 아닌 누가 그 열쇠를 사용했을까?"

"저, 저를······."

"내가 뭘 믿으란 말야? 네 무엇을? 네 눈빛을?"

조 중위가 눈을 가늘게 뜨고서 김영소를 노려보고 있었다. 이 사람은 도대체 믿으려 하지 않는다. 문득 남 대위의 모습이 떠올랐다. 남 대위는 자기의 눈빛을 보고 믿음을 약속했다. 한데 조 중위, 이 사람은······ 참으로 이 사람에게서 믿음을 살 수만 있다면. 조 중위의 집요한 의심과 추적은 무엇을 겨눈 것일까. 김영소는 호흡을 가다듬으면서 다시 생각했다. 결백을 호소하는 것 이상의 어떤 길이 있을 것인가. 창고에 잠입하는 방법은 열쇠를 사용하지 않고서도 달리 가능한 것이 아닐까. 또 다른 사람들에게는 전혀 용의점이 없는 것일까. 전문적인 수사 기능을 가진 사람들이라면 이런 일쯤 어렵지 않게 밝혀낼 수도 있는 일 아닐까. 김영소는 창고를 샅샅이 살피고 어떤 흔적이건 찾아내려 했지만 소득이라곤 없었다. 조 중위는 내가 범인이어야 한다는 기대를 왜 버리지 않는 것일까.

"보좌관님, 제가 창고 관리에 부실했다는 점은 시인합니다. 그에 따라서 어떤 처벌이라도 달게 받겠습니다."

김영소가 조 중위에게 손을 모으며 말했다. 그의 음성은 가늘게 떨리고 있었다.

"좋아. 자신에게 책임이 있다는 걸 시인한다면 좋아. 그러나 너는 내가 보기에 아직도 정신을 못 차리고 있다. 나는 너 같은 군인이 무엇을 생각하고 있는지 잘 알고 있어. 이곳은 스케이팅을 하면서 겨울을 보내고 예술을 논하면서 봄철을 보낼 수 있는 데가 아니야. 아마, 여기에는 네가 익숙하게 알던 그런 것들은 없을 거야."

그때 시계는 한 시를 알렸다. 그동안 세 시간의 고문이 계속된 것이다. 조 중위가 말했다.

"자, 네가 이제 생각을 달리하게 되는 것 같으니 그만 쉬어도 좋아. 군인다운 태도를 취한다면 나도 그만큼 관용을 보일 수 있는 거야. 가서 취침해."

4

이 병장은 그의 얽은 뺨을 자꾸 만지고 있었다. 크고 늠름한 체구를 한 본부 중대 인사계 박 상사는 군홧발을 책상 위에 올려놓은 채 뒤로 잔뜩 몸을 젖히고 있었다. 박 상사가 말했다.

"이 병장, 너는 김 일병이 그런 짓을 했다고 생각하는 거야?"

"전 잘 모르겠습니다."

박 상사는 이번엔 김영소를 쳐다보며 말했다.

"너는 누가 그런 짓을 했다고 생각하나?"

김영소는 박 상사의 표정을 잘 읽을 수 없었다. 그의 위압적인 체구나 우렁우렁 울리는 음성은 군대 생활에서 익숙지 못한 신병들에겐 가장 군인다운 인상을 주는가 하면 동시에 공포감을 느끼게 하기도 했다.

"저도 모릅니다."

"이 새끼들이 이래도 모른다, 저래도 모른다야. 야, 김 일병, 겁먹지 말고 제대로 불어봐."

박 상사가 굵은 손가락을 뚝뚝 소리를 내며 퉁겼다.

"그 새파란 중위는 어떻게 넘어갈지 모르지만 나는 달라. 그리고 너희들도 알겠지만, 나는 내 부하를 남한산성에 보내고 싶지는 않단 말야. 나는 너희들이 바른말을 해주길 원해. 꼭 처벌하기 위해서가 아니라 너희들의 상관으로서 사실을 알고 싶다 이거야. 야 이 병장, 이 곰보 새끼야. 너는 제대 얼마 안 남았다고 할랑해져서 열쇠 뭉치는 새까만 일등병에게 맡기고 술이나 퍼먹고 다니면 그만이야?"

"죄송합니다. 인사계님. 책임은 제게 있습니다."

하고 이 병장이 재빨리 말했다.

"아닙니다. 책임은 제게 있습니다."

김영소가 따라 나섰다.

"요것들 봐라. 잘들 노는구나. 너희들, 내 앞에서 기특한 말 재롱이나 부릴 참이야?"

박 상사가 유난히 커다란 군홧발로 책상을 한 번 걷어찼다.

"너희들 이렇게 자꾸 시간을 끌면 너희들만이 아니라 부대가 시끄러워져. 아직 중대장님께는 보고를 하지 않았어. 너희들이 바로 얘기해주면 내가 윗사람들께는 잘 말씀드릴 수 있지만, 너희들이 삐딱하게 굴면 내가 손쓰기도 힘들어진단 말야."

박 상사는 담배에 불을 붙인 뒤 천천히 자리에서 일어섰다. 그가 김영소에게 가까이 왔다. 김영소보다 키가 한 뼘은 더 컸고 벌어진 가슴은 바위처럼 단단해 보였다.

"자, 너는 이 일을 전혀 알지 못한단 말이지?"

"네, 알지 못하고 있습니다."

그의 커다랗고 두터운 손이 김영소의 턱을 받쳐 들었다. 부리부리한 눈이 김영소의 얼굴을 훑어봤다.

"김 일병, 너는 나가봐라."

김영소가 거수경례를 하고 방을 나올 때 그의 등 뒤에선 박 상사의 굵고도 나직한 소리가 들려왔다. "이 병장. 엎드려뻗쳐!"

김영소는 고개를 쳐들었다. 하늘은 흐려 있었고 검푸른 빛으로 웅크리고 있는 용두산이 시야에 들어왔다.

그 산은 지금 커다란 용틀임을 시작하려는 것 같았다.

5

문득 철조망 저쪽 숲 속에서 작은 동물의 움직임인 듯싶은 소리가 났다. 산비둘기일지 모른다. 부대 뒷산의 후미진 숲에는 쉬어가는 산세가 더러 있었다. 푸드득푸드득 날갯짓 소리에 섞여 꾸르륵꾸르륵하는, 어쩐지 불길한 울음이 들렸다. 이내 두어 마리의 새가 하늘로 날아오르는 모습이 야음의 공간에 희미하게 드러났다. 두 마리인지 세 마리인지의 새는 어둠 속으로 사라져버렸다.

김영소는 철조망을 잡은 손에 힘을 주었다. 철사로 꼬아 만든 가시가 손바닥을 깊이 파고드는 듯싶었다. 그는 손의 힘을 늦추지 않았다. 이 철조망을 끊을 수 있으면 좋겠다. 차라리 이 철조망을 끊고 어디론가 달려갈 수 있으면 좋겠다.

김영소는 손바닥에 번지는 뜨거운 열기가 차츰 온몸에 퍼져가는 것을 느꼈다.

"무엇 하고 있어?"

누군가가 불쑥 그의 곁에 들이닥쳤다.

"아, 아무것도 아냐. 벌써 교대 시간인가?"

"너 시간 가는 줄도 모르는구나. 그럴 줄 알았으면 내가 조금 더 자고 와도 됐겠다."

옆자리에 있는 부대 전입 동기였다.

"김 일병. 너 조심해야겠더라."

전입 동기가 말했다. 김영소는 그를 쳐다볼 뿐 아무 말도 하지 않았다.

"이 병장이 너를 벼르는 것 같아. 인사계한테 되게 터지고 나서 '조수 잘

못 돼서 제대 말년 조졌다'고 하더라. 자, 잠깐, 담배나 한 대 뽀개고 가."

전입 동기가 담배에 불까지 붙여서 김영소에게 건넸다.

그는 담배를 받아 물었다. 담배 맛이 모처럼 달콤하게 목구멍을 넘어갔다.

"이 병장이 불었는지 어쩐지는 아직 모르겠지만, 난 아무래도 그치가 수상해."

"그런 소리 함부로 하지 마!"

하고 김영소가 말했다.

"그치가 한 짓은 아닐지 모르지만, 그래도 책임은 조수가 아니라 사수가 져야지. 그리고 담당 장교도 책임을 피할 순 없다고. 앰하게 신뼁 쫄병한테만 넘겨씌우려는 것은 잘못 아니겠어?"

"그만 해둬."

김영소가 말했다.

"너는 진짜 자신 있지?"

전입 동기가 말했다.

"너는 진짜 그런 일 안 했지?"

김영소는 순간 온몸에 소름이 끼치는 걸 느꼈다.

"아니, 너를 의심해서가 아니야. 오해하진 마."

하고 전입 동기가 말했다.

김영소는 산길을 따라 내려가기 시작했다. 군데군데 켜진 보안등의 불빛을 받고 침묵 속에 정지해 있는 막사들이 한눈에 들어왔다. 김영소는 교회 곁을 지나다가 걸음을 멈추었다. 그는 한동안 어둔 하늘에 팔을 펴고 선 십자가를 쳐다보고 서 있었다. 그 십자가에 못 박힌 사람의 고독한 모습이 떠올랐다. 남 대위를 만났던 일이 떠올랐다. 그는 왜소한 자기 자신의 모습을 보았다.

6

 복도는 고요하고 침침했다. 길게 뻗은 좁은 복도를 지나오자 이번엔 다른 복도가 나타났다. 고요한 가운데서 뚜벅뚜벅 자신의 구둣발 소리가 울리고 있다. 그는 두 번째의 복도를 걸어나갔다. 그 복도는 먼젓번 복도보다도 더 길게 느껴졌다. 그는 때로는 좌우의 방문들을 실폈으나 한결같이 굳게 잠겨 있었고 어느 문 하나 열릴 것 같지도 않다. 뿐더러 사람이라곤 하나도 볼 수가 없었다. 하긴 어두운 시간이고, 희미한 불빛만이 켜져 있는 것으로 보아 사람들은 지금 잠들어 있을 것이다.
 그리고 이곳이 관청인지, 또는 어떤 다른 용도를 가진 특수한 건물인지 그것마저 알 수 없었다.
 왜 이곳에 오게 된 것일까. 그는 비로소 하나의 질문을 품기 시작했다. 한 번도 와본 적이라곤 없는 기이한 건물을, 게다가 아무도 보이지 않는 복도를 왜 헤매고 있는 것일까. 그는 이같이 단순한 질문을 거듭하면서 걸었다. 그 복도가 끝났는가 했을 때 또 다른 복도가 앞에 보였다. 그는 걸음을 빨리했다. 걸으면서 좌우를 살폈지만 천장에서는 일정한 간격을 두고 희미한 전등이 내리비치고 있었고 이따금씩 도어가 좌우에 보였지만 역시 닫힌 채였다. 그는 또다시 새로운 복도와 만났다. 그는 이제 달리기 시작했다. 그는 자기가 지나온 복도들이 어떤 까닭에선지 잇달아 이어져 있었다는 데 대해 갑자기 두려움을 느꼈다. 그는 이 연속되는 복도들이 무엇을 뜻하는 것인지 알 수 없었다. 그는 짜증을 느꼈다. 이 복도가 끝나고, 다시 새로운 복도가 나타나는 대신에 현관이 눈에 띄기를 바랐다. 그는 걸음을 계속하는 사이에 자기가 걷는 목적은 이 기이한 건물에서 밖으로 나가는 데 있을 뿐이란 점을 막연히 깨닫기 시작했다. 그러나 하나의 복도가 끝나는가 하면 또 다른 복도가 있다. 그는 문득 복도 좌우의 도어들을 열어볼 생각을 했다. 그 복도의 문들은 잠겨 있었다. 손에 힘을 넣어 손잡이를 좌우로 돌려보곤 했지만 손잡이가 헛돌거나, 아니면 끄덕도 않는 것이었다. 그는 하나의 도어를 발길로 걷어찼다.

그 문이 열렸다. 잠깐 동안, 그 도어가 열리는 그 짧은 동안 그는 진작 그런 방법을 쓰지 못했던 걸 후회하기까지 했다. 그러나 그것은 그에게 희망을 주지는 못했다. 문 저쪽에 바깥이 보이지 않았다. 거기엔 또 다른 복도가 있었다. 그는 천천히 걸어갔다. 다리는 후들거렸고 온몸에 땀이 흐르고 있었다. 김영소는 자기가 입은 옷이 땀으로 젖어 불쾌한 가운데서 눈을 떴다. …… 이 꿈은 깨어나서도 생생한 감각으로 눈앞에 떠올랐다.

7

"자, 다시 처음부터 시작해볼까?"
조 중위는 군홧발을 책상 위에 올려놓고 천장을 쳐다봤다.
"나는 누구처럼 뺏다를 잡지는 않겠다. 그렇지만, 나는 끝내 사실을 밝혀야겠어. 자, 김영소. 나는 할 일이 많다. 그런데 너는 나를 잡아놓고 영

놓아주지를 않는단 말이야. 말해봐, 너는 어떻게 생각하고 있나?"

김영소는 묵묵히 앞을 쳐다보고 서 있었다.

"대답해. 나는 지금 너 때문에 수렁에 빠진 것 같단 말야. 이 기분을 알겠나?"

"네, 짐작할 수 있겠습니다."

김영소가 대답했다. 그러나 그는 잘 이해할 수가 없었다.

조 중위가 수렁에라도 빠진 것 같다고 한 것은 짐작할 수 있지만, 이 사람이야말로 자기를 끝내 놓아주지 않을 모양이었다.

그것을 이해할 수가 없었다.

"너희 인사계는 이 병장에게 혐의를 두고 타작을 했다지만 이 병장이 그런 짓을 했다는 건 밝히지 못했어. 자, 김 일병. 네 의견을 말해봐."

"죄송합니다. 제 의견은 새로 말씀드릴 게 없습니다."

"거지 같은 새끼로구나. 다시 생각해봐. 너는 그 열쇠를 네 몸에서 잠시도 떼어놓지 않았다. 창고엔 달리 열고 들어간 흔적이 없다. 내가 몇 차례 창문을 살펴봤지만 전혀 이상이 없었다. …… 자, 그 없어진 물건들이 그럼 저절로 사라졌을까?"

"저…… 전 아무것도 모르겠습니다. 그 동안 이 문제를 백 번, 이백 번은 생각해봤지만 아무것도 알 수가 없습니다."

"끝내 모른다고 하면 될 줄 아나?"

"제가 아는 것이라곤 단지, 제가 그런 짓을 하지 않았다는 것뿐입니다."

"자, 다시 한 번. 네가 사실을 말해주기만 하면 나는 그걸로 만족하겠다. 나는 네 고백에 대해서 일체 비밀에 부치고 처벌도 없이 하겠다." 조 중위가 담배꽁초를 찢어발기면서 말했다. "대한민국 장교의 명예를 걸겠다."

"아니요. 저는 이미 제 자신과 약속했습니다. 이 문제에 대해 사실만을 말하겠다고요. 적어도 이 사건에 있어서 조 중위님이 찾고 계신 진실과 제가 믿고 있는 진실이 다르다고는 생각하지 않습니다."

김영소의 음성은 가늘게 떨렸다. 그는 또다시 노여움을 느끼기 시작했다.

그러나 그 노여움보다는 훨씬 더 피로를 느끼고 있었다. 조 중위의 신문은 열 차례 스무 차례 반복되어왔다.

"너는 지독한 놈이구나. 너는 악질이야."

이젠 더 듣고 있을 필요조차 없다. 저 조그만 몸집의 독종과는 더 이야기할 것이 없다. 김영소는 며칠 전에 남 대위에게서 일의 결말이 어찌 됐느냐는 질문을 받았지만 잘 해결될 것이라고 대답해두었다.

김영소는 조 중위와 단독으로 맞서서 싸우겠다고 결심했고 더 이상 남 대위에게 의지하지 않을 생각이었다. 지금 이 순간에 자기가 싸우고 있는 대상은 조 중위의 끈질긴 추궁이나 불신(不信)이 아닐지도 모른다.

그것은…… 복도, 복도와의 싸움인지 모른다. 그렇다. 왜 자기가 걷고 있는지조차 알 수 없는 복도, 끝났는가 하면 새로이 시작되는 복도. 통과하고 거듭 통과해도 끝나지 않고 계속되는 복도. 그 거대하고 기이한 건물의 정체가 무엇인지조차 모른다. 그 건물은 수없이 많은 복도만으로 이루어진 하나의 거대한 미궁 그 자체일지 모른다. 그 복도와 언제까지 싸우고, 언제까지 통과해야 할 것인지 알 수 없었다.

"김영소, 너는 군대 생활을 요령으로 생각해선 안 돼. 적당히 어물어물 넘겨버릴 생각을 하다간 신세 조져버리는 거야."

조 중위가 담배 연기를 뿜어내며 말했다. 김영소는 자기대로의 궁리에 빠져서 조 중위의 말을 듣고 있지 않았다.

창밖은 어두컴컴해졌고 다시 비가 쏟아지기 시작했다.

김영소는 차렷 자세로 정면에 시선을 보내고 있었기 때문에 희미한 불빛을 받고 있는 어두운 벽면을 볼 수 있을 뿐이었다.

응시

　　월　일

　이 거리는 나를 미치게 한다. 두 주일 이상 비 한 방울 내리지 않았다. 뜨거운 폭염이 이 거리를 점령하고 있다. 플라타너스는 숨 쉬기마저 포기하고 있다. 사람들은 모두 이 도시에서 빠져나가려고 몸부림친다. 거리를 향한 창문들은 벌컥 열려져 있으며 더운 바람을 게워내고 있다. 이렇게 되면 이 도시의 산소는 모두 소멸되어 어디로 사라져버린 것만 같은 느낌이다. 자동차들은 눅진눅진한 아스팔트 길 위에서 징징거리고 툴툴대면서 푸른 신호등이 켜지기를 기다린다. 끊임없이 툴툴거리는 낡은 버스 안에서 젊은 이들은 등으로 줄줄 흘러내리는 땀을 견디다가 마침내 소리 지른다.

　"내일 떠날까?"

　"준비만 되면 당장이라도 떠나지."

　"뭐 준비하고 갈 것도 없지. 그냥 바다로 달려가는 거지."

　지붕이 가려주건만 뜨거운 태양이 지붕을 뚫고 내려와 머리를 뜨겁게 한다.

　이 도시에서는 제일 먼저 눈에 띄는 것이 태양이다. 오늘은 그것이 더욱 확실히 느껴진다. 거리의 골목골목과 건물의 모든 유리창과 지붕 밑에 숨어 있는 사람들의 망막까지를 밝게 비춰주고 있다. 아무도 태양을 저버릴 수 없다. 이 삼복(三伏)의 태양은 오전 열한 시쯤이면 벌써 피부와 시각을 신경질적으로 만든다. 그러나 태양을 사랑하는 일은 유쾌한 일이다. 서른 살을 채 넘지 않은 사람들에게는 태양은 바로 에너지가 된다.

　아마 서른을 넘긴 사람들은 태양의 언어에 둔감하리라. 그러나 아직 스무 살이거나 스물다섯인 사람들에게는 태양의 언어가 하나의 음악처럼 들릴 것이다. 나의 영혼은 이 태양 때문에 이 거리를 더욱 사랑할 수 있다.

　태양은 수학적이다. 그것은 속임수를 쓰지 않는다. 그것은 '또렷이' 밝혀준다.

　그는 내게 깨어 있기를 요청한다. 그는 '낮잠'을 자고 있는 무리에게까지 평등하게 은총을 베푼다.

　하지만 내 영혼은 분열하려 하고 있다. 내 오관은 교란되고 있다. 나는 하루 종일 이 거리를 거닐었건만 언제나처럼 피로를 느끼고 실망을 느끼는 것이다. 나는 낮잠의 구실을 만들었을 뿐이다.

　나는 낮잠에서 깨어났다. 나는 낮잠 따위는 어떤 병증(病症)이나 영혼의 결핍감에 의한 대상 행위(代償行爲)라고 생각한다. 깨어 있어야 할 때에 졸거나 잠들어 있다는 것은 죄악이다. 창피스런 일이다. 자연(自然)과 법(法)은 나에게 깨어 있기를 요청한다. 그러나 나는 군 복무 시절 대낮의 보초 근무 시에 꾸벅꾸벅, 졸다가 고개를 숙이는 바람에 몇 차례고 철모를 땅바닥에 떨어뜨리던 일을 기억하고 있다. 총검으로 찌른다 해도 그 졸음은 물러가지 않았을 것이다. 법은 내게 그 시간에 거기서 내가 깨어 있기를 명령하고 있었다. 그러나 나는 졸고 있었던 것이다.

지금은 태양이 내게 깨어 있기를 요청한다. 아니 태양이라기보다 이 우주의 어떤 질서가 나더러 깨어 있기를 요구하는 것이다. 아니 나의 삶이 불 켜져 있기를 나의 '존재'가 요청하는 것이다.

내가 지금 내 의식을 꺼버리고 잠든다면 나는 거리를 밝히기 위해서 켜져 있어야 할 가로등이 꺼져 있는 것이나 다름없을 것이다.

섭씨 삼십오 도에다 매우 건조한 때였으므로 나는 마루방에 엎드려서 땀이 등으로 가슴으로 흐르는 것을 감내하면서 차라리 땀이 스멀거리는 감촉을 즐겨보겠다는 배짱으로 견디고 있었다. 그 땀이 스멀거리는 감촉은 군대 시절, 등으로 이가 기어다니는 근지러움을 느끼면서도 잠을 생각을 포기하고 그것을 아예 즐기려고 하던 때의 그것 같았다. ──졸병은 이 잠을 시간마저 넉넉지 못했으니 나는 그 땀방울의 스멀거리는 느낌에 열중하다가 차츰 싫증을 느꼈던 것에 틀림없다. 내가 나도 모르게 낮잠에 빠져들었으니 말이다. 그리고 나는 낮잠 속에서 꿈을 꾸었다.

나는 마치 커다란 깡통 같은 통에 갇혀 있었다. 창 하나 눈에 띄지 않는 방이었지만 그 안은 빛으로 환하였다. 나는 그 속에서 처음엔 혼자 누워 있었는데 이윽고 얼마 안 있어 내 앞에 여자가 서 있음을 알게 되었다.

그러나 여자의 얼굴은 보이지 않고 쩍 벌려진 가랑이만을 나는 볼 수 있었다. 어느 순간 그 가랑이는 내게 Y자(字)처럼 느껴진다. 그때 내 입속에는 Y의 음가(音價)가 가득 찼다. 나는 "와이, 와이, 와이……" 하고 외쳐댔다. 아니 억지로 먹인 약을 버둥거리면서 토해내는 어린 아이처럼 '와이'를 뱉어내고 있었다. 나는 환하고 뜨거운 깡통 속 같은 방에서 벽을 두드렸다. 그러나 벽은 아무런 소리도 내지 않았다. 이윽고 천장에서 퀀셋 지붕을 두드리는 빗소리 같은 음향이 나기 시작했다.

내가 잠에서 깨어났을 때 그늘졌던 마루에는 밝고 따뜻한 햇볕이 밀물처럼 밀려와 있었고 아무것도 걸치지 않은 맨살의 내 상체에도 뜨거운 볕이 뒤덮여 있었으며 내 살갗에 배어 있는 땀방울과 햇살의 미립자들이 교묘히 뒤섞여 반짝이고 있었다.

나는 내 몸에 가득 방울져 있는 땀이 줄지어 흘러내리는 것을 보면서 문득 숙정이와 강에 놀러 갔을 때 그녀가 내 몸에 물을 끼얹어대던 일을 떠올렸다. 그녀는 깔깔거리고 핫핫대면서 자꾸 내 몸에 물을 끼얹었다.

월 일

나는 그것을 말로는 뭐라고 설명하기 힘들다. 그래서 만년필을 꺼낸다. 종이 위에 밑도 끝도 없이 위에서 아래로 하나의 직선을 그린다. 그리고 그 직선의 중간께쯤에 하나의 동그라미를 그려넣는다.

이 직선은 위로는 끝이 없이 무한할 거야. 무한히 높은 기둥이지. 그리고 이 동그라미는 나야. 나는 이 기둥의 어느 대목에서 기둥을 꽉 끌어안고 있지. 팔을 풀면 아마 나는 한정없이 아래로 떨어져내릴 거야. 나는 그때 내가 이 기둥을 올라가려 하고 있었던 것인지 아니면 내려가려 하고 있었던 것인지 생각나지 않아. 서커스의 소녀가 장대를 타고 있는 모습을 상상해보면 나의 얘기가 쉽게 눈앞에 떠오를 거야. 이 상태에서 망연자실해 있는 나를 생각해봐. 나는 일곱 살 때인가 여덟 살 때인가 이 꿈을 꾸었는데 그 뒤로도 더러 같은 꿈을 반복하지만 나는 내가 올라가고 있는 것인지 내려가고 있는 것인지 역시 알 수가 없어. 설사 올라간다 한들, 또는 내려간다 한들 어디에 도달할 것인지, 그걸 알 수는 없을 거야.

다만 하나 확실한 것은 어떻게든 이 기둥을 온몸으로 힘껏 감싸안고 있지 않으면 안 된다는 것이야.

그 기둥을 놓으면 나는 존재로부터 떠나는 것이 되겠지. 기둥을 힘껏 부여안고 있다는 것, 내가 존재한다는 것은 그것일 뿐이야. '나는 생각한다. 고로 나는 존재한다' 또는 '나는 반항한다. 고로 나는 존재한다' 라고 그들은 말하지만 그들의 말은 '존재'에서 더 나아가지 못하고 있어. 즉 그들도 그들의 '나'를 존재에 밀착시키려 안간힘 쓸 뿐, '존재' 이상의 상태에 들어가지 못했단 말이야……

나는 열심히 숙정에게 이야기하고 있었다. 그러나 그녀는 빙그레 웃기만 할 따름. 그녀는 과연 어떻게 그 말을 이해했을까. 혹 비웃었던 것은 아닐까. 나는 얘기를 했던 것이 갑자기 부끄럽게 여겨졌다. 그러나 어떻게 하랴. 이미 쏟아낸 말을. 아니 쏟아낸 '나'를. 달팽이가 제 껍데기로부터 홀라당 빠져나왔을 때는 이미 달팽이가 아닐지 모른다. 그러나 나는 죽지 않는다. 나는 이처럼 살아 있다. 왜냐하면 이렇게 살려 하고 있으므로. 나는 아직 그녀에게 내 성기를 보여준 적이 없다. 아마 내 성기를 그녀에게 보인다면, 그것도 느닷없이 꺼내어 보인다면 그녀는 어떻게 할 것인가.

나는 꼭 그렇게 해보고 싶은 욕망을 가지고 있다. 그리고 그녀의 사타구니에 감추어져 있는 성기를 보고 싶다. 그것은 바로 거기에 있을 것이다. 그러나 상상(想像)의 눈이 보는 것과 실제로 보는 것은 틀릴 것이다. 상상은 가능성만으로 존재하는 것이고 불완전한 것이다. 그러나 실제로 거기 있는 것은 살아서 숨 쉬는 것이다. 또는 실제로 있기 때문에 실제로 있는 것이다(이것은 궤변이 아니다. 실제로 여자의 성기가 내 눈 앞에서 숨 쉴 때 나는 아마 무엇인가 만날 수 있을 것이다).

나는 언젠가 그녀와 만원 버스를 탄 적이 있다. 버스는 완전무결하게도 빈틈이라곤 없는 것처럼 가득 채워져 있었다. 나는 어쩔 수 없이 그녀와 마주 붙어서 서 있었다. 그때 나는 나의 살과 그녀의 살이 마주 밀착해 있음을 알았다. 그녀의 뜨거운 숨결이 나의 목에 부어지고 있었다. 그녀의 두근대는 심장의 소리가 들려오는 것 같았다. 그러나 우리 사이에는 옷이 몇 겹 끼어서 서로를 나누어놓고 있었다. 나는 일부러 시선을 다른 쪽으로 돌리고 있었지만 나는 그녀의 나체를 보고 있었다.

그녀의 나체는 내게는 커다란 '?' 로만 존재한다. 그것은 '?' 로 보일 뿐이다.

무언가 실제의 그녀의 존재는 위장되고 감추어져 있음에 틀림없을 것이다. 나는 아직 그녀에게 사랑을 고백한 일은 없다. 알지 않고서 사랑한다고 말하는 것은 거짓이다. 그러나 많은 사람들은 먼저 사랑하고(사랑한다고 말하고) 그 뒤에 서로를 알게 되는 것이다.

사랑은 무엇인가를 희망하는 상태일 뿐이다. '사랑' 이란 말은 너무도 실제와는 어긋난다.

그리스도는 한 번도 보지 않은 사람을 사랑하고 용서할 것이다. 그리스도는 모든 사람을 사랑하고 용서하게끔 되어 있다. 그러나 그것은 허위이다. 그렇지만 그가 실제로 사랑하고 용서할 수 있는 개연성은 있다. 우리는 그 개연성에 매달려서 이끌려가는 것이다.

'나는 너를 사랑한다' 고 말하기 전에 '나는 너를 희망한다' 고 말할 수 없을까. 아니 그렇게 말해야 한다.

월   일

 나는 어젯밤 일채와의 술로 대취해서 돌아왔다. 나는 일채와 다섯 시경부터 소주를 마셨으며, 일곱 시쯤 되어 헤어질 무렵엔 몸을 가누기에도 어렵게쯤 되어 있었다. 나는 갈지자로 걸음을 하다가 할 수 없이 택시를 세워 탔다. 그리고 나는 택시에 타자마자 운전수의 얼굴도 보지 않고, "흑석동!" 하고 말했다. 그리고 나는 얼마 동안인가 아무것도 모르고 있었다. 그런데 택시는 마침내 흑석동까지 나를 실어다가 내려주었다. 나는 차에서 내리면서 찬바람에 깨어났다. 그리고 차가 다른 손님을 태우고 떠나는 것을 바라보고 있었다. 나는 택시에 타서 내릴 때까지의 사이에 아무것도 모르고 있었다.

 그러나 택시는 광화문에서 흑석동까지 나를 옮겨다주었다. 나는 그 동안 존재하지 않고 있었다. 그러나 나는 광화문에서 흑석동까지의 나를 잃어버린 채 다시 존재하는 것이다. 나는 기이감(奇異感)을 느끼지 않을 수 없다. '××동'이라는 한마디의 말이 나를 광화문에서 전혀 다른 장소에 나를 이입시켜줄 수 있었다는 것이. 만일 그때 그 차가 강으로 추락하여버렸다거나 다른 차와 충돌했더라면 아마 그렇게 되어서 내가 죽었더라면 나는 존재의 문제 따위로 궁금해하고 조바심하지는 않게 되었을 것이다.

 나는 술 취한 상태에, 그리고 '××동'이라는 한마디 말에 나를 의탁하고 나를 던져버렸던 것이다. 그러나 나는 존재한다. 이 사실을 아무도 이상하게 여기지 않을 것이다. 다만 나의 영혼의 짓궂은 호기심만이 어떻게 사리를 따져보는 것이다.

아무도 자기의 삶을 떠받치고 있는 그 무엇에 대해서 얘기를 꺼내려 하지 않는다. 그것을 얘기하기에는 지쳐 있는 것인지도 모른다. 그들은 그런 일로 시간을 낭비하는 것을 경멸할 것이다. 그들은 어느 틈에 모두 달관한 상태로 들어간다. 그들은 기존의 사고방식과 생활양식을 향락함으로써 만족한다. ──아니 만족하는 듯하다. 그들에게 내가 그 무엇인가에 대해서 말을 건네면 그들은 움츠러들면서 씨익 웃거나 점잖은 자리에서 자지라는 말을 꺼낸 사람을 힐책하듯이 노려보며 얼굴을 붉히는 것이다. 하긴 '자지' 가 그 무엇과 상관성을 갖고 있을 법도 하지만. 그들은 개체에 대해서보다는 무리에 대해서 이야기하기를 좋아한다. 그들은 축구나 야구 따위를 화제에 올리지 않으면 자기네 편으로 여기지를 않는다. 그들은 하나의 모래알이나 풀잎에 대해서는 아랑곳하지 않는다.

내가 사무실이나 다방에서 친구와 어울리기 위해서는 국제 분쟁에 대한 뚜렷한 견해를 밝히지 않고서는 안 된다. 동료들──동료들이란 말이 얼마나 위선적인 말인가──은 나를 괴짜라고 부르고 싶은 충동에 사로잡혀서는 흘깃흘깃 쳐다보는 것이다. 내가 군대의 내무반에 있을 때도 문제는 마찬가지였다. 아니 한층 더 확실하게 드러난다.

나는 그날 일요일이었으므로 모처럼 서너 시간의 틈을 얻어 부대 뒷산의 숲에 누워서 쉬고 있었다. 그러다가 깜빡 잠이 들었다. 나는 아무것도 모르고 곯아떨어져 있었는데 돌연 무엇이 나를 걷어차는 바람에 벌떡 일어섰다. 주번 사관의 명을 받은 주번 하사의 발길질을 당했던 것이다.

나는 그날 밤 주번 사관의 집합에 고의적으로 불참한 악질로 선고를 받고 다른 몇 명의 동료와 함께 내무반의 통로에 한 줄로 늘어서서 부동자세를 취하고 있었다. 주번 사관은 아홉 시 반이 되자 다른 사병들에게는 취침 명령을 내리고 '악질' 다섯 명을 부동자세로 세워놓은 채 이렇게 말했다.

"너희들은 아까 나의 집합 명령에 불복했다. 따라서 거기에 알맞은 대가를 지불하겠어. 이제부터 너희들은 부동자세로 서서 앞으로 세 시간이라도 좋고 네 시간, 다섯 시간이라도 좋다. 손가락 하나 까딱하지 말고 서 있어야 돼. 너, 너, 눈동자 돌리지 마. 이제부터 너희들은 반성을 하는 거야."

나는 이를 악물고 서 있었다. 김정구 중위는 ROTC 출신이었으나 임관된 지 얼마 안 되어 장기 복무를 지원했다. 그리고 누구보다도 자기의 군인으로서의 임무와 명예를 존중했다.

그는 추운 겨울밤 보초를 서고 들어온 병들이 추위와 시장기를 달래려고 라면을 끓여 먹는 일을 상부의 명령이라 하여 금지했다.

그때 김정구는 주번 근무를 하다가 명령을 어긴 졸병들을 적발하여 입창 조치를 취한 것으로 유명해졌으며 군인으로서 철저히 명령을 준수하는 상징적인 존재가 되어버렸다. 따라서 그에게 무슨 일로건 일단 적발된 사병은 엄벌을 각오하지 않을 수 없었다.

그는 그러나 당당한 군인이라기보다 교활한 군인이었고 용기라기보다는 오기에 불타는 사내였음에 틀림없다. 그는 부동자세로 서 있는 병들의 뒤로 고양이 새끼처럼 소리를 내지 않고 왔다갔다하고 있었다.

"이 새끼는 왜 손가락을 오물거리고 있는 거야."

하고 내 옆의 일등병을 걷어찼다. 나는 전신에 기합을 넣었다. 그렇게 함으로써 졸리움을 쫓고 육체의 고통을 물리치려는 것이었다. 그의 감시 아래서 우리가 할 수 있는 일이란 숨 쉬는 것밖엔 없었다.

내무반에 걸려 있는 괘종시계는 삼십 분마다 한 번씩 벌써 세 차례 울렸고 2번초가 나간 지도 오래되었다.

마침내 한 병장이 소리쳤다.

"주번 사관님! 저 도저히 못 참겠습니다. 그만 용서하십시오."

"뭐라고 했어? 용서하라고? 그건 군목 따위한테 가서나, 아니면 너의 애비한테나 할 소리야. 그대로 서 있어……너희들 내 명령이 아니고서는 아가릴 벌려서도 안 돼. 헛바닥은 너희들 것인지 몰라도 푸른 제복을 입고 있는 동안은 너희들 마음대로 놀려서는 안 되는 거야. 그리고 지금 나는 너희들의 직속 상관이며 주번 사관이며 야간 중대장이다. 너희 놈들은, 지금 코를 골며 단잠을 자는 동료들이 집합하여 작업을 할 때 고향 생각이나 하고 있었어. 고향에서 계집애 입술이나 빨던 생각을 하고 있었을 거란 말이야. 그러니까 너희 놈들은 이제 입을 꼭 닫고 서 있어야 돼."

그의 훈시가 내무반의 조용한 공기를 흔들어놓고 난 뒤 한동안의 정적이 흘렀다.

아까의 그 병장이 아이구 소리를 지르며 비실비실 주저앉는 모양이었다.

"주번 사관님, 오줌을 싸겠습니다. 제발 용서해주십시오. 변소에 다녀와야겠습니다."

"시끄러워, 넌 어디서 퍼먹었어? 넌 임마 금지되어 있는 술까지 먹었겠다. 자, 일어섯!"

"아이구, 그렇지만…… 차라리 저는 뺏다를 맞겠습니다. 때려주시는 편이 낫습니다."

"그렇다면 더욱 때려줄 수 없지. 자 바로 일어섯. 차렷."

그때 누군가가 흐느끼기 시작했다.

내 옆에 선 일등병인 것 같았다.

우리가 부동자세로 선 지 두 시간이 넘었다. 나는 되도록 그들에 관해서 신경을 쓰지 않으려 애썼다. 나는 눈앞에 칠판을 떠올리고 거기다가 몇 개의 삼각형과 사각형 그리고 원을 그려가면서 그것들의 선과 그것들의 형태를 생각하고 있었다. 그때 누군가의 손이 나의 목덜미를 기분 나쁘게 건드렸다. 김정구였다.

"너는 무얼 생각하고 있나?"

"……"

이번엔 그가 내 정면에 나타나서 내 눈을 노려보고 있었다. 그때 그의 눈은 몹시 짓궂게 웃고 있었다. 나는 침을 꿀떡 삼켰다. 삼각형과 사각형, 그리고 원의 형체가 순간 또 사라졌다.

"너는 무얼 생각하고 있는 거야. 대답해!"

"에, 삼각형을……."

나는 내가 잘못 말했음을 곧 깨달았다.

"뭐, 삼각형이라니……."

나는 내친걸음에 '삼각형'을 계속 밀기로 했다.

"삼각형과 사각형, 그리고 원을 생각하고 있었습니다."

"이 새끼야. 그것이 도대체 뭐에 구워 먹을 물건이야. 그게 어떻다는 소리야."

"그걸 잘 설명할 수는 없습니다."

중위는 아주 기분이 상했다. 그리고 이내 다른 사람의 기합을 풀어버리고 나만을 계속 '차려' 자세로 남겨두었다. 중위의 눈은 증오로 불타고 있었다. 나는 입술을 깨물며 앞을 노려보고 서 있었다.

한 시간이 더 지날 때까지 나는 그대로 서 있었을 것이다. 다리는 무겁고 딴딴한 물체같이 느껴졌다. 아마 모든 피가 다리로 흘러 내려가버렸을 것만 같았다.

 나는 김정구의 모습을 거꾸로 세워놓고 있었다. 나는 그렇게 상상을 통해 복수하고 있었다. 중위는 거꾸로 서서 꿈틀거리면서 신음하고 있었다. 나는 흡족한 상태에서 그 사내의 고통을 지켜보았다. 초급 기하학의 문제를 풀고 있을 필요는 없었다. 그것은 중위도 원하는 바가 아니었으니까. 그리고 나는 김정구의 피가 아래로 다 몰려 얼굴이 잔뜩 뻘게진 채 숨 쉬기도 벅차하는 모습을 보고 있었다.

 "이 새끼야. 너는 지금 무얼 생각하고 있나? 말해봐!"

 중위가 내게 소리쳤다. 나는 말하지 않았다. 아마도 중위는 내가 고통스러워하기를 원할 터이고 또 그 고통의 확증을 잡고 싶어 할 것에 틀림없었다. 나는 이렇게 말해주어야 할 것이다. '육체의 고통이 얼마나 심한 것인가 생각하고 있습니다.' 아니 그 정도로 안 된다. '나는 지금 지옥의 고문을 받고 있다고 생각합니다.' 그러나 나는 입을 굳게 다물고 있었다.

 "좋아, 한 시간 더 서 있어."

 나는 그 말을 듣는 순간 갑자기 오줌이 마려워지는 것을 느꼈다. 그것은 방광을 가득 채우고 마침내는 나의 온몸을 오줌으로 가득 채우는 듯한 느낌을 주었다. 나는 고민하고 있었다. 육체가 오줌을 누게끔 해주어야겠다는 일 한 가지만으로 그 고민은 가득 찼다. 나는 그것을 바지에 싸고 싶었다. 그러나 일부러 힘을 주어봐도 오줌은 나오지 않았다. 나는 숨을 크게 들이마셨다. 그리고 힘을 주었다. 그러나 내 육체는 오줌을 싸지 못하고 있었다. 나는 주번 사관을 불러 세우고 싶었다. 나는 오줌을 누어야겠습니다. 나는 변소에 다녀와야겠습니다. 그러나 나는 그렇게 말하는 대신 낄낄 킬킬 웃어대기 시작했다. 나는 한동안 낄낄댔으므로 그동안 주번 사관이 뭐라고 으르렁댔는지를 알 수 없다. 차츰 정신이 들어 있었을 때 나는 내무반 통로의 시멘트 바닥에 주저앉아 있었고 주번 사관의 군홧발이 나의 정강이를 몇 대 걷어찬 뒤라는 것을 알 수 있었다. 그리고 나는 내 사타구니 부분이 척척해져 있음을 깨달았다.

"이 새끼가 오줌을 싸고 말았잖아, 이 더러운 괴짜 자식이!"

중위는 그렇게 소리 질렀다. 그 뒤로 중위뿐만 아니라 내무반 동료들까지 나를 독한 놈이라고 했다. 섣불리 저희들과 한통속이 될 놈이 아니란 뜻에서 그들은 나를 경계하는 것이다. 그들은 내가 선선히 아픔을 느껴주고 선선히 손을 들고 그들과 마찬가지로 기합에 떨고 휴가 서열에 마음 졸여주기를 요청하는 것이다. 또 사무실의 동료들은 내가 사장이나 부장의 눈치를 살피며 바둑 놀이에 끼어들기를 희망하는 것이다. 내가 자기들의 한 살점처럼 자기들의 문제에 골몰하고 자기들의 아픔을 느껴주기를 바라는 것이다.

그러나 그들은 나의 꿈이나 나의 존재의 비밀 따위는 거들떠보지도 않고 있다. 오로지 냉소하고 있다.

나는 섣불리 아는 사람의 결혼식이나 장례식 따위에는 나가고 싶지 않다.

월 일

오늘 오전에는 비가 올 것 같았다. 나는 비를 기다렸다. 그러나 내리지 않은 것도 그것대로 좋았다. 왜냐하면 비가 왔으면 온 대로 나는 내 마음을 축축이 적실 수 있었을 테지만, 안 왔다는 사실은 안 왔다는 사실대로 나에게 비에 대한 보다 심한 갈망을 갖게 해주기 때문이다. 그러니까 비가 오늘도 오지 않았다는 사실은 그것대로 의미를 갖는 것이다.

나는 오늘 일채에게 전화를 했다.

나는 실은 아무런 용건도 없이 전화가 거기 있기에 전화를 걸었을 뿐이다. 전화기를 보고 있으려니까 갑자기 일채의 전화번호가 생각났고 나는 손가락을 끼워 뱅뱅 돌려댔던 것이다.

"여보세요?"

"응, 나야, 나."

"누구시죠?"

"나 모르겠어?"

나는 그렇게 말했으나 감이 좋은데도 일체가 내 목소리를 못 알아듣자 갑자기 불안한 생각이 드는 것이었다.

"저 여보세요. 일채 씨 댁 아닙니까?"

나는 다시 처음으로 돌아가는 수밖에 없었다.

"네, 제가 일채인데요."

"나 동소야, 동소. 왜 내 목소리 못 알아듣지?"

그때야 일체는 내 목소리를 알아듣는 것 같았다.

"응, 동소구나. 그런데 웬일이지?"

나는 불안했다. 나는 수화기를 든 채 잠시 무슨 말을 할까 더듬거리고 있었다. 일채가 말했다.

"너 별일 없었니?"

"응 별일 없지. 저 며칠 전에 전화했더니 집에 없더군. 그래서 궁금해서……"

그렇게 말하면서 나는 픽 웃었다.

그러나 나는 그 전화를 하는 동안 어쩐지 불안한 느낌이었다.

"심심하면 우리 집에나 놀러 오지그래."

"아니, 난 일이 좀 있어서, 다음에 만나지, 그럼 잘 있어. 전화 끊는다."

나는 수화기를 내려놓았다. 그러나 뭔가 불안한 생각이 찌뿌둥하게 내게 들러붙는 것은 어쩔 수 없었다. 그 '불안한 느낌'이 뭔지 모르겠다. 아무런 형태도 갖추지 않았고 또 아무런 어휘도 동원하지 않은 채 그 '느낌'은 내게 들러붙어버린 것 같다. 무엇에 쫓기는, 아니면 미행당하는 것 같은 기분이다.

나는 아마 일채가 집에 없었더라면 다시 다른 친구에게 전화를 했을지도 모른다.

그랬다면 어땠을까.

비는 내리지 않는다. 나는 차가운 물을 뒤집어썼다. 차가운 물이 내 몸에 얼마간 생기를 준다. 그러나 차가운 물은 나를 무더위와 고립시켜버렸다. 나는 시끄러움 속에서 아무 소리도 듣지 못하는 상태처럼 무더위 속에서 시원한 내 몸을 느낀다.

오로지 내 몸만 갖고 있다는 느낌, 그러나 내가 몸에 솟은 끈끈한 땀을 그대로 내버려두었더라면 조금 다른 '나'가 되었을 것인가.

지난밤에 갑자기 아무 뚜렷한 이유도 없이 어떤 갈망 같은 것에 내가 사로잡혀 있음을 깨달았다. 나는 그것이 조용한 어둠 속에서 꿈틀거리는 것을 느꼈다. 나는 차츰 말똥말똥해지는 머릿속에서 도대체 그게 무얼까 열심히 생각해보고 있었다. 그러나 좀체로 실마리가 잡히지 않는 것이다.

제기랄……나는 불을 켜고 책 한 권을 꺼내어 펼쳤다. 그러나 책 속에 드러난 활자들은 생소한 모습으로 비친다. 내게 저희들의 비밀을 털어놓을 생각이라고는 없는 단호한 투다. 나는 문득 모기를 의식한다. 작고 가냘프게 생긴 모기 한 마리가 앵——소리를 내면서 귓전을 맴돌다가 내 장딴지 쪽으로 날아가 가는 다리를 내린다. 나는 냉큼 손질을 한다. 그러나 모기는 잡히지 않고 헛손질로 끝난다. 나는 두리번거린다. 나는 공격할 대상이 사라지자 실망과 짜증에 사로잡힌다. 그때 기묘한 현상과 부딪는다. 나는 잠결에 팬티를 벗어버리고 있었고 아주 알몸이 되어버린 채 두리번두리번하면서 짜증을 내고 있는 것이다. 나는 문득 나 자신을 주목한다. 제기랄……나는 무얼 하고 있담. 나는 팬티를 손에 잡고 입으려다가 만다. 내 성기가 불쑥 솟아 있고 거기에 빡빡하게 몰려 있는 힘을 느끼게 된다. 나는 그것을 물끄러미 바라본다. 나는 문득 외로움을 느낀다. 성기는 점점 크게 살아난다. 그것은 고독에 부풀어서 울고 있다. 그것은 눈이 없다. 오로지 제 욕망에만 사로잡혀서 제 욕망만을 가지고 있다.

나는 훅하고 새어나오는 한숨 소리를 듣는다. 나는 잠들 때까지 부들부들 떤다. 문득 나는 그녀를 생각해낸다. 그러나 그녀의 모습은 또렷이 나타나지 않는다. 먼저 입술이 떠오른다. 그리고 목덜미, 눈, 허리. 그녀의 모습은 아무런 순서 없이 눈에 들어온다. 마침내 그녀의 전경(全景)이 파악된다. 나는 그 모습이 확실히 그녀의 것임을 확인하기 위해서 그녀의 이름을 부른다.

"숙정, 숙정, 숙정……."

나는 자꾸 중얼거려본다. 마침내 그녀의 냄새가 나고 그녀의 움직임이 살아난다.

나는 주문을 외는 것처럼 그녀의 이름을 부르며 얘기한다. 너는 지금 무엇을 하고 있지? 자고 있어? 아니 나처럼 깨어 있을지도 모르겠군. 숙정아.

그러나 나는 피식 웃고 말았다.

그녀의 전모가 사라지고 나의 나체만이 내 앞에 놓여 있다. 나는 이것을 가지고 있다. 오직 이것만이 나의 것이다. 문득 등에서 땀이 흐르는 것이 느껴진다. 밤은 몹시 무덥다. 그러나 갑자기, 아주 갑자기 오한이 엄습해온다. ──나는 이것이다.

새벽에 다시 한 번 깨었다. 비가, 비가 내리고 있다는 것을 어슴푸레 느꼈지만 이제 비가 온다는 일은 아무런 의미도 없다. 다시 잠이 들었다.

월 일

길에서 우연히──이건 정말 우연히였는데──그녀를 만났다. 그러나 나는 우물쭈물하고 있었다. 그녀는 친구와 만날 약속으로 바삐 걸어가는 길이라고 했다. 나는 그녀를 그냥 보내야 좋을지 아니면 그녀의 약속을 내가 가로채야 할 것인지 또는 그녀의 의견을 물어야 할 것인지, 그것도 아니면 그녀와 다른 날을 약속해야 할지 그것을 결정하지 못한 채 더듬대고 있었다. 나는 한편으로 내가 무엇인가 매우 답답함을 느끼고 있음을 알고 있었다.

그녀는 손을 흔들고 지나치려 했다. 나는 멋쩍게 웃음을 띠어 보였다. 그녀는 무엇인지 말할 듯하다가 내처 가버렸다.

나는 그녀의 뒷모습의 움직이고 있는 볼륨을 쳐다보고 있었다. 밀착시켜 입은 엉덩이 부분의 율동과 그 율동에 담겨 있는 볼륨이 갑자기 나를 설레게 한다. 나는 몇 발짝 그녀를 따라간다. 그러나 이내 그녀의 뒷모습은 행인들의 모습에 가려져버리고 조금 뒤엔 아주 사라져버린다. 나는 짜증을 느꼈다. 그렇다. 그때 내가 느낀 것은 초조한 '짜증'이었다. 그리고 그 짜증보다 큰 어떤 것을 감추어버리려는 헛된 안간힘이었다. 나는 그보다 큰 어떤 것이 무엇인 줄 알 것 같다.

그것은 내가 일채와 전화를 하던 날 내게 들러붙은 바로 그것임을 나는 알고 있었다. 나는 불안을 느끼고 있다. 몹시 무더운 한낮이어서 사람들이 눅진눅진한 아스팔트 길을 건너다가 아주 들러붙어버리는 것이나 아닐까 하는 생각이 든다. 겨울철의 얼음판 위에서 미끄러질까보아 쩔쩔매고 걷는 사람들의 모습이 얼핏 떠오른다(상상력이란 짓궂은 데가 있는 법이다).

아까부터 창밖을 내다보면서 더위에 쩔쩔매는 사람들을 쳐다보고 있다. 한 노인이 합죽한 입을 반쯤 벌리고 천천히 지나간다. 그 노인은 이빨이라고는 들여다보이지도 않는 입을 벌린 채 주춤주춤 걸어간다. 그 노인은 문득 시선을 창문 쪽으로 돌렸다. 그래서 아주 잠깐 동안이나마 나의 시선과 직각으로 마주쳤다. 노인의 얼굴은 주름살로 얽혀 있다. 그 이상은 살펴볼 수 없었지만 아마 땀도 꽤 흐르고 있었을 것이다. 이가 다 빠져버린 노인의 얼굴은 삶을 맞는 그것이 아니라 삶을 놓쳐보낸 표정이다. 그는 나의 시야를 지나쳐가는 데 많은 시간이 걸렸다. 나는 고개를 돌려가면서 그 노인의 구부정한 어깨와 등마저 나의 시야에서 벗어날 때까지 쳐다본다. 나는 그가 사라지자 왠지 후련한 기분이 된다. 노인은 아마 두 살 때쯤부터 걷기 시작했을 것이다. 그는 그때 아주 연하고 보송보송하며 매끄러운 얼굴을 하고 있었을 거다. 그리고 서른 살 때의 그를 내가 볼 수 있었다면——아니 나는 서른 살의 그를 보고 있다——그는 좀 덥고 따분하지만 내 시야의 왼쪽에서 바른쪽으로 활기 있게 거든히 지나쳐갔을 것이다. 아니 그는 지나쳐가고 있다. 그리고 얼굴엔 뭔가 삶의 덩어리를 붙들고 있는 표정이 들어 있다. 이빨은 충치 한두 개를 가졌을망정 무엇인가 깨물어 뜯을 수 있는 기능을 가지고 있다. 그는 옆의 친구의 등을 치면서 무엇인가에 대해서 대수롭게 여기지 말란 듯이 껄껄 웃어 보인다. 또는 옆에 바싹 붙어서 걷는 여인에게 너 하나쯤은 행복하게 해줄 수 있어라고 속삭이면서 지나가고 있다. 그러나 다시 사십 년쯤 지난 뒤의 노인은 이빨을 다 잃어버리고 주춤주춤 지나가는 것이다. 노인은 지나쳐갔지만 그의 모습은 사라지지 않는다.

나는 다방 안으로 시선을 돌렸지만 그는 자꾸 내 앞을 지나쳐가고 있다. 나는 다시 창밖을 내다본다. 마침 미니스커트의 한 젊은 여자가 길을 건너가고 있다. 그녀의 뒷모습 중에서 내 시선의 초점이 되는 부위는 엉덩이다. 왼쪽 엉덩이와 바른쪽 엉덩이가 번갈아가며 그녀의 중심(重心)이 된다. 팽팽하고 볼록한 그녀의 엉덩이는 내 눈을 자연스럽게 사로잡고 있다. 그녀의 삶의 구심점(求心點)이 그 엉덩이 속에 있을 것이다. 나는 그녀의 앞모습을 생전 본 적이 없다. 그녀는 평생을 통해 나의 눈에 그녀의 뒷모습만을 보여주었을 뿐이다. 앞으로도 나는 그 여자의 얼굴을 볼 수 없을 것이다. 다만 그 젊은 여자의 잘생긴 엉덩이만을 생각할 수 있게 될 것이다. 그녀는 길을 다 건너자——뒤도 돌아보지 않고——어디론가 사라져버린다.

그녀가 내 시야에서 사라지자 그 엉덩이를 다시 눈앞에 그려본다. 팽팽하게 삶이 긴장되어 있고 고조(高調)되어 있는 엉덩이였다. 그때야 그녀가 입었던 옷의 빛깔이 무엇이었던가 생각해보기 시작한다. 초콜릿 색이었던 것 같은데 떠오르는 것은 보다 붉은색에 가깝다. 나는 그 엉덩이를 자꾸 상상해본다. 그녀가 다시 길을 건너게 해본다. 그러나 이 모두가 쓰잘 것 없는 짓이다. 나는 중요한 일을 잊고 있었던 듯이 주머니를 뒤져 담배를 꺼내어 입에 물었다. 그러나 다시 생각해보자. 내가 그들의 뭣을 알 수 있단 말인가. 아니 그들의 뭣을 보았단 말인가. 기껏 나는 얼굴도 모를 한 젊은 여자의 엉덩이──그것도 땀에 젖어 짜증을 내고 있는 엉덩이일지 모른다──를 보았을 뿐이잖는가. 또한 한 노인의 쭈글쭈글한 표정을 보았을 뿐 아닌가. 나의 팔에 순간 소름이 쪽 돋았다가 서서히 사라진다.

나는 나의 삶만을 가지고 있다. ──그러나 어쩐지 무엇인가 꺼림칙한 느낌이 나를 풀어주지 않는다. 나는 나의 삶을 가지고 있다. ──그러나 무엇인가 나를 언짢게 한다. 무더운 여름날 나는 지금 에어컨이 되어 있는 다방의 창 곁에 앉아 밖을 내다보고 있다. 그러나 또 어느 무더운 여름날 나는 삽자루를 들고 작업을 하고 있었다. 나는 쨍쨍 내리쬐는 햇볕 아래서 일을 하고 있었다. 외출 미귀자들의 틈에 섞여서 나는 삽질을 하고 돌덩이를 나르며 벌을 치르고 있었다. 그때 나는 미지근한 물로 목을 축이면서 맥주나 콜라를 꿈꾸고 있었다. 나는 그때 삶 따위는 생각하지 않았다. 시원하게 냉각된 콜라 한 잔, 그것을 줄곧 꿈꾸고 있었다. 나는 여자의 엉덩이나 노인의 쭈그러든 표정 따위는 생각하지 않고 있었다. 그리고 무더운 여름날 나는 삽자루를 손에 움켜잡고 있었고 흙을 파서 덤프트럭 위로 던져올리고 있었고, 돌덩이를 들어올리고 있었다. 외출 미귀병들과 함께 투덜대면서 십 분간 휴식을 고대하고 있었다. 나는 지금 담배를 피우면서 무더운 여름날 과연 내가 어디에 있는 것인지를 생각하고 있다. 나는 지금 어느 '무더운 여름날'을 갖고 있는 것인가?

　나는 삶을 '가지고' 싶어 한다. 보다 확실한 삶을. 보다 구체적인 나를 실현할 수 있는 삶을.

　삶은 '하는 것'인가, 아니면 '생각' 그 자체인가.

월　일

　기차는 춘천을 떠나 한 시간 반쯤 달려 가평을 통과했다. 야간열차였으므로 손님들은 지치고 지루한 상태에서 되도록 편한 자세로 기대어 혹은 졸고 혹은 신문을 들척거리고 있었다. 그들은 무료했고 일행이 있는 사람들은 느른한 대화로 무료했고 홀로인 사람은 외로운 대로 무료해 보였다.

　기차가 어느 굴을 막 통과하고 났을 때였다. 기차의 통로 중에 좀 널찍한 공터로 한 젊은이가 나타났다. 그는 캠핑에서 돌아오는 듯한 옷차림을 하고 있었다. 그는 느닷없이 몸을 흔들면서 유행하는 팝송을 불러대기 시작했다. 기차 안의 많은 손님들은 졸음과 무료함에서 하나 둘 깨어나 그를 흘깃흘깃 쳐다보았다. 그러자 그, 때 아닌 팝송 가수와 일행인 듯한 몇 명의 젊은이들이 뒤따라 나와 율동과 노래를 부르는 데 합류했다. 그중 하나는 기타를 울리며 리듬을 맞추어준다. 그들의 흥취는 차츰 기차의 리드미컬한 흔들림과 덜커덩덜컹 하는 소리에 어우러져 열띠어갔다. 이때 역시 같은 또래의 한 아가씨가 슬며시 끼어들어 그들과 춤을 주고받으며 어울리기 시작했다. 자연스럽게 그들과 어울리는 것으로 보아 이 아가씨 역시 그들의 일행이었던가 보다. 이 여자는 차츰 열을 띠기 시작하더니 마침내 신들린 듯이 아주 활발하고 대담한 포즈까지 취하면서 이를테면 몸에 착 들러붙는 바지를 입은 하반신을 아낌없이 뒤틀어 흔드는가 하면 그녀 자신의 사타구니 부분을 한 청년의 정면에 들이대고 상체를 잔뜩 뒤로 젖히고 율동을 하기도 했으며 상대방은 상대방대로 다리를 꼬며 그녀의 사타구니께로 바짝 접근해 보이기도 하는 것이었는데 기차 안의 손님들은 이미 그 광경에 도취된 것만 같았다. 이윽고 이 발랄하고 대담한 히로인을 가운데에 두고 칠팔 명의 사내들은 그 가장자리로 빙빙 돌면서 도취의 홍얼거림과 때로는 야릇한 기성을 질러대고 있었다. 마치 그것은 하나의 암술을 둘러싼 여러 개의 수술 같은 착각을 줄 정도였다. 그것은 한 율동의 도가니였고 싱그러운 꽃이었다. 그리고 그 움직이는 꽃은 꽃답게 감상자들의 눈초리나 비평에 대해선 초연하게 피어 있었다.

"동소 씨도 저렇게 놀아본 적이 있어요?"

그들을 쭉 관찰하고 있을 때 숙정이가 나에게 말을 건넸다. 나는 고개를 가로저었다. 나는 그녀에게 같은 질문을 돌려주었다. 그러나 숙정은 잠자코 앉아서 창문 쪽으로 시선을 돌렸다.

밖은 어두워져 있었으므로 불빛만이 눈에 띄었다. 창문 유리에 숙정의 모습이 희미하게 비쳐 보인다. 실제의 그녀의 모습과는 많이 다르게 비쳐 보인다. 실제의 모습과 달라 보이는 그녀의 얼굴 옆에 내 얼굴이 비쳐 보인다. 나의 얼굴도 아마 실제의 그것과는 다르게 비쳐 보일 것이다. 나는 그녀에게 짐짓 이렇게 말해본다.

"우리도 한번 저런 식으로 놀아볼까?"

"그렇게 놀 자신 있어요?"

"그렇담?"

"젊네요, 동소 씨는."

"그럼 아직 서른 살도 안 됐는걸. 아직 이십대란 말이야."

그러나 나는 피식 웃고 만다.

"동소 씨는 저렇게 놀 수 없을 거예요."

"놀 수 있을지도 모르지."

"못 놀아요. 동소 씨는 저렇게 아주 빠져들 수는 없어요."

그녀는 단정하고 있다. 그리고 그 단정 위에서 나에 대한 혐오를 느끼고 있을지도 모른다.

나는 순간 당황했다. 나는 이 여자에게서 겁을 느끼고 있다. 그녀가 내게 겁을 먹게끔 하는 것이다. 나는 빠져나갈 틈을 찾는다. 그러나 틈이 보이질 않는다. 나는 고작 이렇게 능청——실은 내 서툰 어리광이다——을 떨어본다.

"우리 둘이만 있다면 나도 저렇게 미쳐볼 수 있을 거야."

"웃기지 마. 자기가 미칠 수 있다고?"

그녀는 피식 웃어버렸다. 그러나 정말 우스워서 웃는 웃음이 아니었다. 그것이 나를 더욱 못 견디게 한다. 그녀는 아마 나를 비웃고 있는지도 모른다.

나는 신경질적으로 그 발광하는 듯한 '꽃'을 쳐다본다. 그들은 아직도 뒤엉클어졌다가 다시 흩어졌다가 하면서 혹은 흔들어대고 혹은 기성을 질러댔다. 나는 내 몸에 잔뜩 힘을 주어봤다. 그러나 저토록 터뜨릴 힘이 내게는 없다는 것을 스스로 알고 있다. 나는 스무 살 때도 스물다섯 살 때도 남의 눈을 두려워했다. 열다섯 살, 열 살 때도 그랬다. 나는 남의 시선 앞에서 방심(放心)해본 적이 없다. 내가 자칫 잘못하여 내 추한 내부의 것을 밖으로 흘려 내놓을까봐 언제나 두려워했다. 지금도 나는 나를 통제하기에 바쁘다(이 점을 영리한 그녀는 알아차리고 있는 것이다). 그러면서도 속으로 나는 궁리하는 것이다. 그녀에게 불쑥 내 성기를 내밀어 보일 방법을.

나는 엉큼하게 전전긍긍하고 있다.

보다 교묘하게 엉큼해지려고 나는 전전긍긍하는 것이다. 나는 그녀를 포기해야 할지도 모른다. 그녀는 내가 자기를 포기할 것을 소망하는지도 모르겠다. 그런데 그녀는 과연 무엇을 생각하고 있는 것일까, 그녀는 무엇을 소망하고 있을까. 실은 그녀 자신이 보다 엉큼한 것이 아니냐. 문득 나는 그녀를 공격하고 싶어진다. 그러나 나는 그녀에게 무슨 말을 해야 좋을지 모르겠다. 그리고 나의 손은 그녀의 손을 잡을 듯하다가 도로 굳어버리고 말았다.

아마 나는 창녀를 찾아갈지 모른다. 실상 어떤 경우 창녀와 함께 쾌락의 체조를 한다는 것은 제법 로맨틱하고 효험 있는 의식(儀式)이 될지 모른다. 기왕이면 마음이 탁 트인 창녀를 만나는 것도 좋은 일이다. 나는 위안을 구한다…….

월 일

일채는 느닷없이 누구의 죽음에 대해서 얘기하기 시작했다. 그는 갑자기 죽음에 대하여 자기가 무엇인가 말할 것을 많이 갖고 있다는 듯이 늘어놓기 시작한 것이었다. 그는 자기와 친했던 한 친구의 죽음을 경험한 것이었다.

그는 말했다. "죽음이라면 뭐 누구에게고 잘 알고 있는 문제라는 느낌을 주겠지만 실상은 그렇지도 않더군. 나도 그렇게 생각해왔는데 말이야. 나는 그 친구의 죽음을 겪고서 아주 생소한 느낌이 들던걸. 나는 그 친구와 밤늦도록 술을 마시고 헤어졌어. 내가 그 친구에게 자고 가도 좋다고 그랬지. 전에도 우리 집에서 놀다가 밤이 너무 늦어서 한 번 자고 간 적이 있었으니까. 그런데 그날은 시간이 늦었는데도 가겠다는 것일세. 그때 마침 택시가 빈 차로 지나가는 것이 보여서 나는 그 차를 타고 가라고 했지. 그 친구가 택시를 타고 내게 손을 한 번 흔들어 보인 뒤에 차는 떠났어. 내가 돌아서서 현관으로 들어서려던 참이었어. 그때 등 뒤쪽에서 갑자기 차를 세우려고 브레이크를 거는 소리가 찌이익 하고 들렸고 그와 동시에 자동차끼리 충돌하는 소리가 들리더군. 나는 등에 소름이 쪽 돋히는 것을 느끼면서 돌아다보았어. 그런데 친구가 탄 차가 일을 당한 것 같더군. 그 택시는 대형 버스에 부딪혀가지고 십여 미터 밀려가다가 가로등 전주에 걸려서 서 있었어. 내가 부리나케 뛰어가보았더니 영락없이 바로 그 차야. 나는 친구부터 찾았지. 친구는 운전수 옆 자리에 머리를 푹 수그리고 앉아 있더군. 운전수는 문을 열고 길바닥으로 뛰어내렸던 모양인데 의식도 없이 나뒹굴어져 있었고. 나는 친구를 흔들었네. 그러나 친구는 고개를 들지도 못하고 있어. 그래서 나는 이 친구가 의식을 잃어버렸나 보다 하고 그 친구를 차에서 끌어내렸어. 친구의 몸에선 이렇다 할 상처도 눈에 띄지 않았어. 나는 그 친구를 경찰관──이때 마침 지나던 순찰차의 경찰관이 달려왔었지──의 도움을 받아 인근의 병원으로 데리고 갔어. 그런데 말이야. 의사의 한마디가 너무 의외더군. ──이미 운명했는데요, 라는 거야 ……. 넌 이런 경우를 경험해봤는지 모르겠어. 여하튼 나는 그 친구의 죽음이 하나의 기정사실이 되어버렸다는 점을 인식하지 않을 수 없었지. 참 어처구니없어. 그게 두 주일 전 일인데 나는 아직도 그 친구의 죽음을 어떻게 받아들여야 할지 모르겠어. 넌 내 기분 이해할 수 있겠니? ……아마 난 어쩌면 내가 죽는 순간까지도 그것을 어떻게 생각해야 할지 모를 거야.

글쎄 생각해봐. 몇 분 전까지도 자기의 연애가 어떻고 결혼이 어떻고 하던 친구가 몇 분 뒤에는 운명을 해버린 '한 죽음의 덩어리'로 바뀌어 있었단 말야. 몇 분 전까지는 자기가 삶 속에 있다고 믿고 있던 한 존재가 말야. 내가 보기에 그는 죽음이라는 건 한 번도 제대로 생각해보지 않은, 단지 제 인생을 어떻게 만들어나가느냐 그 문제에만 열중했던 친구였어. ……나 자신도 그건 마찬가지야. 도대체 사는 것만으로도 바쁘고 벅찬데 죽음이라는 것까지 어떻게 끌어안느냔 말야. ……참 어처구니없어. 이제 난 어떻게 사느냐느니 어떻게 인생을 제 것으로 만드느냐니 하는 문제는 생각하지 않을 것 같아. 참……."

그는 술을 많이 하지는 않았다. 그러나 자꾸 말을 늘어놓고 있었다. 그는 심각한 포즈는 꾸미지 않았다. 그러나 그는 아주 느슨한 상태에 있는 것 같았다. 삶에 대한 긴장, 삶에 대한 기대, 삶에 대한 응시, 삶에 대한 존경, 삶에 대한 의문, 삶에 대한 혐오, 그렇다, 평소 그를 묶어놓고 혹은 그를 모범생처럼 행동하게 하던 모든 것들로부터 그는 풀려 있었다. 또는 그를 무언지 모를 조바심으로 떨게 하던 그것들로부터 해방되어 있었다.

일채는 내가 아는 친지들 중에서 가장 사회적인 규범과 사회적인 구속에 익숙한 사람이었고 학생 때도 가장 모범적인 학생이었다. 그의 의복은 항상 단정하였고 근래에도 면도질을 게을리한 얼굴을 누구에게 보인 적이 없다. 뿐더러 그는 누구를 속이거나 괴롭힌 적이 없었으며 친구들을 사랑하였다. 그에겐 항상 친구들이 모여들었다. 일채는 이 사회가 가장 자랑할 만한 모범 시민이었을지도 모른다. 그러나 그는 지금 그 모든 부담으로부터 아니 그의 작은 영광들로부터 떨어져나와 있는 것이다.

그런데 내게는 그가 아주 자유로워 보였다. 그는 홀가분해하는 것 같았다. 그는 어쩌면 그것을 즐기고 있는 것인지도 모르겠다. 한 친구의 돌연한 죽음이 그에게 어떤 자유를 베풀어준 것…… 이나 아닐까.

나는 그를 위안해주기보다 축하해주어야 할 것만 같다. 나는 그를 축하한다. 그러나 나는 실은 그를 축하하지도 않았다. 나는 일채와 마주 앉아 그의 얘기에 귀를 기울이는 동안은 일채의 무의미한 말들을 '보고' 있었을 뿐. 그와 헤어지고 나서야 일채의 무의미한 말들에서 의미를 찾아보려 하고 있는 것이다.

아버지에게서 짤막한 편지가 와 있었다. 육친의 편지는 그것이 간략하고 서툴게 용건만 말하는 것이면서도 사람을 감상적으로 만드는 힘을 갖고 있다.

> ……다음 주일에 네 생일이 들어 있는데 내가 바빠서 네게 못 가본다. 네가 시간이 난다면 내게 오는 것이 좋겠다만. ……그리고 네가 학교에서 강의를 얻지 못할 바엔 내 말대로 김 선생님의 일을 거드는 것이 좋을 것 같은데……여하튼 네 장래에 관한 중요한 문제이니 네가 신중히 결정할 일이다.
> 애비가 소식 기다린다. 곧 답장 쓰거라.

나는 비로소 김 선생에 관한 일을 상기해본다. 그러나 아직은 일할 생각이 들지 않는다.

나는 아직 좀 한가롭게 있고 싶다. 내가 얼만 전까지 일하던 시민신문을 그만둔 것도 이 한가로움을 얻기 위한 것이었다. 학교에 시간강사로라도 나가겠다는 것은 내 희망 사항일 뿐이다. 가능성은 희박하다. 그런데도 나는 아버지에게 그것을 핑계로 해서 취직을 미루고 있는 것이다. 그러나 언제까지나 공밥을 먹고 지낼 수도 없는 일이며 그것은 나 자신 내키는 일도 아니다. 하지만 벌써 '밥을 먹기' 위해서 나를 사회의 한구석 구멍에 틀어박아버리고 싶지는 않은 것이다.

나는 먹고사는 문제에 대하여 걱정을 하지 않아도 될 그런 입장은 아니다. 적어도 내 직계 할아버지들 중에서는 그런 좋은 팔자를 누려본 사람이 없다. 모두 부지런히 일하지 않고서는 세상에 부지할 수 없는 형편에 있었다. 아버지, 할아버지, 증조부, 고조부──이들은 무슨 관청의 벼슬 따위와는 인연 없이 살았었고 또 큰 땅뙈기를 가져본 적도 없는 평범한 사람들이다. 오히려 남의 소작인이었던 할아버지였고 증조부도 마찬가지였다고 한다. 나 자신도 그런 평범한 생활 수단에 의지해서 내 가족을 먹여 살려야 할 것이다. 나는 평범하게 살아가는 운명을 감수할 것이다. 대단히 돈을 많이 벌 생각도 없으며 대단히 높은 지위에 나아가 앉고 싶지도 않다. 큰 속물이 되고 싶지는 않은 것이다.

월 일

그녀는 한때 연극배우가 되려 했으나, 이제는 중학교 교사가 되어 국어를 가르치고 있다. 그녀는 좋은 기억력을 가지고 있어서 자기가 출연했던 연극의 중요한 대사는 거의 다 암송할 줄 안다. 그러나 어떤 특성은 대체로 양면성을 갖게 마련이다. 숙정의 좋은 기억력은 창의력의 결여를 의미하는 것이 되기도 했다. 그녀의 어떤 소리는 그녀가 하는 말인지 어떤 연극의 여주인공이 하던 소리인지 의심스럽게 하는 것이다. 일일이 그녀의 말을 중단시키고 고증을 할 수도 없는 일이지만 그녀가 자기의 몫을 사는 건지 남의 몫을 살아주는 건지 의심하게 된다는 것은 유쾌한 일이 아니다. 하기야 많은 여자들은 남의 몫을 살아줄 운명인지도 모르지. 단 거기에는 사랑했기 때문이라는 식의 멜로드라마틱한 단서가 붙어야 할 것이다.

우리는 백화점에서 나와 자그마한 맥줏집에 들어갔다. 우리는 구석으로 자리를 정하고 앉았다.

나는 숙정과 맥주잔을 나누었다. 컵에는 맥주의 흰 거품이 가득 넘치고 있다. 나는 그것을 응시한다. 차츰 거품은 가라앉으면서 맥주 본래의 모습으로 되돌아간다. 흰 거품이 다 사라지자 맥주는 무엇인가 열심히 지껄이던 사내가 이야기를 잃어버리고 잠잠해지는 것 같다. 나는 숙정의 얼굴을 쳐다본다. 숙정은 내 시선을 의식하자 입술을 쫑긋해 보이고는 잔을 손으로 잡는다.

"뭘 생각해?"

나는 지금 생각하는 게 없다. 무엇을 생각하고 있었던 듯도 한데 그녀의 질문을 받자 나는 아무것도 생각을 하지 않고 있었다는 느낌이다. 나는 무심히 그녀의 얼굴을 바라보고 있을 뿐이다. 그녀의 얼굴이 나에게는 그냥 바라보이고 있을 뿐이다. 아주 오랜 동안 바라보아온 얼굴이다. 그러나 그녀의 얼굴은 그냥 내 앞을 흘러가고 있다. 그녀에게 주어진 시간을 타고 그 얼굴은 내 시선을 거쳐 흘러가고 있다(이것은 생각이 아니다. 막연한 느낌일 뿐이다). 나는 문득 그 얼굴을 붙들고 싶어 한다. 시간 속에 빠져서 어디로인지 흘러가는 그 얼굴을 건지고 싶다. 나는 어떻게 그 얼굴을 붙들어야 할 것인가를 생각해본다(비로소 '생각'이 시작된다). 그녀는 상그레 웃는다. 아까의 쫑긋해 보이던 것과는 다른 느낌을 준다. 나는 그녀의 얼굴을 건져 낼 수 없을까 궁리해본다. 갑자기 그녀가 지껄이기 시작한다. 잠시 동안 나는 그녀의 말을 듣지 못하고 다만 소리만 듣는다. 귀로 듣는 것이라기보다 눈으로 듣는다. 그녀의 입술이 때로는 나부대고 때로는 꿈틀꿈틀하면서 움직인다. 그러나 나의 눈은 겉을 보고 있을 뿐이다. 내 눈은 꿈틀대는 누에의 겉모양을 볼 뿐 그 벌레의 속을 보지 못한다. 나는 갑자기 그녀에게서 내가 멀리 떨어져 있음을 느낀다.

그녀는 멀리서 말하고 있다.

"취직 안 할 거야?"

나는 그 말에 멍멍하게 앉아 있다.

"아이 무얼 생각하고 있어요! 신경질 나게."

나는 비로소 입을 뗀다.

"응, 뭐 별로······."

"정신 나갔나 봐."

나는 일어서서 공연히 주위를 두리번거리고 턱으로 바깥을 가리킨다.

"나가지."

"아이······."

그녀는 결국 따라서 일어섰다. 나는 왜 맥줏집에 들어갔던 것일까. 나는 지금 어떤 곤란을 느끼고 있다. 나는 내가 가져야 할 것을 모르고 있다. 나는 내가 무엇을 가지고 있는가를 모르고 있다. 나는 그 맥줏집에서 내가 무엇을 했어야 할지, 맥주를 마신다는 것 이상의 무엇을 할 수 있었던 것인지를 모르고 있다. 그리고 나는 기껏 하나의 의문을 얻었을 뿐이다. 내가 그 얼굴에 어떻게 관여함으로써 그 얼굴을 건져낼 수 있느냐는 곤란한 의문을 얻었을 뿐인 것이다.

아무것도 명확하게 풀어지는 것이 거의 없다. 어떤 때는 제 얼굴 제 코의 모습조차 아슴푸레하기만 하다. 거울을 통해서 익히고 익힌 모습이지만 눈앞에 가물가물하고 영상이 떠오르질 않는다. 눈을 내리깔면 콧등이 보인다. 그러나 단 한 번도 명확하게 볼 수 없는 답답함이 끼어 있다. 거울의 힘을 빌리지 않고서는 언제나 어렴풋한 콧등만이 거기에 있다. 지금 내게는 모든 현상이 어렴풋하게 거기 있는 것으로 보인다. 왈가왈부할 수조차 없다.

결혼 문제, 직업을 갖는 문제 따위는 더할 나위 없이 막연하다. 그러나 그것은 언젠가는 짊어져야 할 것이다. 제 잔등을 눈으로 직접 바라볼 수는 없지만 등 뒤에 가지고서 항상 느껴야 하듯이 말이다. 소리 이전에 목구멍이나 입은 준비되어 있고 존재 이전에 몸뚱이는 마련되어 있다. 그러나 그것들 모두가 명확하지 않다. 풀어지는 것은 없다. 다만 의문만이 있는 것이다. 그러나 뛰어나가 부딪쳐보고 싶기도 하다.

월   일

거리는 한적했고 건조한 햇볕이 따갑게 내리쬐고 있었다. 바람 한 점 없이 무더운 날씨였으나 나는 그것을 마다않고 길을 걷고 있었다. 대학 천변의 중간쯤에 이르렀을 때 나는 한 남루한 옷차림의 사나이가 걸어오는 것에 문득 주목하기 시작했다. 그는 너덜너덜한 맥고모자를 눌러쓰고 있어서 그의 얼굴이 검다는 것 이상 더 자세히 관찰할 수가 없었다. 그 사나이는 나와 엇갈려 지나갔다. 나는 걸음을 계속하고 있었다. 그때 누가 나의 어깨를 툭 건드린 것 같았다. 내가 뒤를 돌아다보니까 좀 전에 나를 지나쳤던 그 사나이가 나를 따라오고 있었다. 나는 비로소 그의 얼굴을 찬찬히 살펴볼 수 있었다. 그의 얼굴은 햇볕에 많이 그을린데다가 여러 날 씻지도 않은 것처럼 더러운 때가 끼어 있었다. 그는 내 나이 또래 같았으나 얼핏 보아서는 나이를 쉬 짐작하기 어려운 모습이었다. 그의 눈은 거무스레한 얼굴 속에서 반짝거리고 있었다.

"나 모르겠어?"

나는 그를 알 수 없었다. 나는 찬찬히 생각해보았으나 그의 얼굴은 내게 낯선 느낌만을 더해주고 있었다. 나는 고개를 흔들었다. 그러나 이번엔 그의 때 묻은 손이 불쑥 내 앞에 내밀어졌다.

"난 잘 모르겠는데 누구시죠?"

"아니 날 모르겠어?"

그가 이번엔 웃기까지 했다.

"역시 생각나지 않는데요……."

나는 차츰 당혹감에 사로잡히기 시작했다.

"날 모르겠다고?"

그의 목소리에 역정이 섞였다. 그에 따라 나는 더욱 당황해졌다. 나는 내게로 내뻗은 그의 손을 어떻게 처리해야 할지 몰라 하고 있었다. 나는 그의 손 앞에서 점점 더 곤란을 느끼고 있었고 나도 모르게 한 걸음 뒤로 물러서 있었다. 그러자 갑자기 그가 껄껄대고 웃기 시작했다. 그것은 나를 혼란시키기에 충분한 것이었다. 나는 질문했다.

"언제 어디서 만났었죠?"

그러나 그의 웃음은 계속되고 있었다. 나는 뒷걸음을 치다가 그만 홱 돌아서서 걷기 시작했다. 내가 뒤를 돌아다보니까 그 사나이는 내게 손가락질까지 해가면서 껄껄 웃어젖히고 있었다.

나는 아무래도 속았다는 느낌이다. 이제 생각하면 아주 괘씸한 작자라고 여겨진다. 나는 왜 그때 자신 있게 그자가 걸어온 실랑이를 처리하지 못했을까. 그렇다. 그것은 실랑이였다. 나는 태연히 얼버무리거나 아예 역습을 했어야 했을 것이다. 그런데 나는 그저 우물쭈물하면서 도망치고 말았던 것이다.

노여움이 치민다. 그 짓궂은 미치광이에 대해서보다 오히려 나 자신에 대해서 노여움이 치민다.

뜨겁게 내리쬐는 태양에 대해서도 노여움이 치민다. 나는 한여름의 대낮 속에서 속절없이 당황해하였다. 내가 내 의식을 지니고 있지 않았기 때문이다. 내가 무엇인가 실상을 제대로 볼 수 없었기 때문이다.

월 일

비, 그리고 대단한 바람이다. 러닝 바람으로 앉아 있으려니 소름이 돋아난다. 오랫동안 책상에 마주 앉아 있었다. 이유는 없다. 달리 무엇을 할, 의자에서 일어날 필요를 느끼지 않았던 것이다. 다섯 시간쯤인가 지나서부터는——나는 그동안 오줌 한 번 눌 필요를 느끼지 않았는데——엉덩이 부분과 허리가 뿌듯한 듯하면서 매우 둔감해져 있었다. 나는 때때로 허리를 주무르기도 하고 하체에 힘을 넣었다 뺐다 하기도 했다. 나는 나중 한 시간 동안은 바른쪽 다리를 왼쪽 무릎에 포개놓은 채 꼼짝 않고 있었는데 바른쪽 발에 피가 잘 통하지 않는지 쥐가 나기 시작했다. 나는 몇 번이고 발가락을 꿈틀거려보기도 하고 다리를 흔들어보기도 했으나 다리는 내 뜻대로 움직여지는 것 같지 않았다. 실상 나는 다리를 느끼지 못하고 있었다. 느껴보려 했건만 십 분 이상이나 바른쪽 다리는 내 것으로 돌아오지 않고 있었다. 비로소 나는 방 안을 서성거려보았다. 그래도 다리는 뜻대로 잘 움직여주지 않았다. 차츰 다리가 '느끼기' 시작했을 때 이번엔 엉덩이가 내 것 같지 않은 상태에 있음을 안다. 문득 군대 시절 오 파운드짜리 곡괭이로 엉덩이를 잘못 맞아 한동안 감각조차 잃고 있던 상태를 상기한다. 나는 엉덩이에 손을 대본다. 손에는 엉덩이가 느껴지지만 엉덩이에는 손이 느껴지지 않는다. 남의 엉덩이를 만지는 것처럼 기이한 느낌이 든다.

월 일

가령 어떤 사람이 나더러 이렇게 말한다고 치자. "당신은 틀림없이 늙어갈 것이고 그리고 죽을 것이오." 이 같은 말은 사실 틀리려야 틀릴 수 없이 틀림없는 말이지만 그러나 나는 어떻게 반응할 것인가. 겉으로는 "그야 옳은 말씀, 선생께서도 틀림없이 늙어가고 또 그러다가 죽게 될 테지요"라고 태연히 말할 법하다. 그러나 속으로는 어떠할까. 자기의 몸뚱이가 차갑게 굳어버린 모습을 떠올려보는 것은 아닐까. 아니 굳이 눈앞에 떠올려보지도 않고 이미 죽음에 대한 공포를 느끼게 되는 것은 아닐까.

실제로 자기의 시체 또는 죽음을 소유해보지도 않고 아주 우울해보지도 않고 아주 우울하고 심각하게 두려워하고 꺼리는 경우가 많으리라. 제가 가져보지 않고도 가져본 듯이 그것의 무서움을 경험할 수 있어서일까. 그렇다면 시체(죽음)를 무서워하게끔 되는 까닭은 무엇인가? 친구 일체는 아마도 당분간은, 아니 죽을 때까지도 자기가 목격한 친구의 시체를 떠올릴 것이다. 그는 처음엔 죽음을 느끼지는 않았다. 병원까지 그 시체를 운반하면서도 그가 죽은 것이라고는 생각도 하지 못했다. 다만 의사가 "이미 운명하였군요"라고 말했을 때 비로소 갑자기 그 죽음을 의식하기 시작했고 그 시체를 잊을 수 없이 되어버린 것이다. 일채는 지금도 그 시체를 눈으로 보고 있는지 모른다. 그리하여 누군가 그에게 "당신도 언젠가는 죽을 거요"라고 일러준다면 과연 언젠가는 죽어 있을 자기의 모습을 떠올려보지도 않고 두려워하리라. 실은 자기의 시체 아닌 친구의 시체를 바라보면서.

나 자신은 '죽음'이라는 말에 언제나 먼저 어머니의 그것을 떠올리게 된다. 나는 어머니의 죽음을 잊을 수 없다. 그것은 죽음을 생각해야 할 자리에서 또는 죽음이 느껴지는 자리에서만 느껴지는 것이 아니다. 아무 데서나 그것은 나를 엄습한다. 아니 죽음 같은 것은 생각하지 않아도 될, 죽음 같은 것은 생각지 않았으면 좋을 자리에서도 떠오르는 것이다. 나는 한 친구의 결혼식장에서 그들이 제단의 촛불과 주례의 축사에 둘러싸여 있는 것을 바라볼 때에 문득 어머니의 죽음을 눈에 보고 있었던 것이다. 관념으로서가 아니라 구체적인 형태와 부피를 가진 실체로서 떠오르고 있었던 것이다.

나는 식장에서 쫓기는 것처럼 밖으로 뛰쳐나왔다. 삶을 가장 진지하게 생각해야 할 시간에 나는 죽음을 생각하도록 몰려 있었던 것이다. 나는 한 장소에서 두 가지 공간을, 동일한 시간에 상반되는 두 가지의 삶을 받아들이도록 몰려가지고 쩔쩔매다가 도망치고 말았던 것이다.

나는 숙정이 출연한 연극은 거의 다 보았다. 그러나 그녀가 막상 무대에 등장하고 나면 무언지 초조해지는 감정을 느끼곤 했다. 내가 그녀에게 열중하면 할수록 기묘한 혼란을 겪게 되었다. 그녀가 아무리 교묘하게 분장하여 본래의 자기 모습을 찾아보기 힘들 정도가 되어도 그녀가 첫 장면에 등장하는 순간 나는 왠지 모르게 설레기 시작하는 것이다. 더욱이 그녀의 목소리는 내게 더욱 심한 당혹감을 준다. 나는 그녀의 본래의 목소리와 그녀가 맡은 역의 연극의 목소리 사이에서 흔들리는 것이다. 오필리아가 무대에서 살고 있지만 나는 '숙정'이를 여느 때보다 더욱 뚜렷이 느끼는 것이다. 그런데도 결국 나는 오필리아도 숙정이도 완전히 가져보지 못한 채 극장에서 물러나오고 마는 것이다.

"동소 씨는 어느 편이 진짜 오필리아라고 생각해요?"

"어느 편이 진짜 오필리아라니?"

"아이, 셰익스피어 속으로 철저히 접근하는 편과, 반면에 오필리아를 내 속으로 철저히 끌어들이는 편과 어느 쪽이 진짜 오필리아를 만드는 일이 될까 하는 얘기야."

나는 대답할 수가 없었다. 지금도 나는 그렇다. 아니 올바른 '진짜' 오필리아는 아무 데서도 있을 수 없을 것 같다. 나는 그녀가 어느 순간엔 오필리아이고 어느 순간엔 숙정이라는 생각이 든다. 그리고 보다 많은 순간에 오필리아도 아니고 숙정이도 아닌 어중간한 한 여자를 나는 보는 것이다. 나는 숙정의 연극 행위에서 언제나 상반되는 두 존재 사이의 야릇한 갈등을 목격하는 것이다. 아마 숙정이가 아주 우수한 배우라고 하더라도 나는 결코 완전한 오필리아를 그녀가 보여주지는 못하리라고 생각된다. 다만 적당히 타협된 미숙한 인물이 무대에서 살고 죽어갈 뿐이다. 나는 이

야릇한 혼란을 극복할 수 없다. 지금도 마찬가지이다.

　나는 아무 데서이고 철저히 완전한 그 무엇을 볼 수 없다. 모두 흔들리고 있다. 그 가운데서 나도 물론 흔들리고 있다. 탄생에서 오히려 죽음을 보고 결혼식에서 죽음과 죽음의 의식을 생각하고 심한 무더위 속에서 소름이 돋히는 일을 겪는 것은, 잘 알고 있던 얼굴에서 돌연 낯선 그 무엇을 보고 귀설은 음성에서 귀익은 그 무엇을 느끼는 이 모든 것은 무엇일까. 내 삶 속으로 자꾸 밀려드는 이 일들이 결국 무엇일까. 모두 설익은 채로 내 의식으로 흘러들어와 다시 설씸힌 채로 그것들은 빠져나간다.

　나는 그것들을 뚫어져라 쳐다볼 뿐이다. 그것들의 껍데기만을 보고 있을지언정, 그러나 나는 응시하고 있다.

　월　일
　나는 무슨 병을 앓고 있는 것은 아닐까. 그러나 병이랄 수도 없는 미묘한 상태로 나는 누워 있다. 내 몸이 어딘가에 붕 떠 있는 것같이 멀미가 느껴진다. 갈증이 난다. 나는 이유 없이 갈증을 참아본다. 갈증은 처음엔 어렴풋이 목구멍 근처에서 느껴진다. 이윽고 침을 만들어보면 입 안에도 갈증이 번져 있음을 느낄 수 있다. 그것은 시간이 갈수록 범위가 넓게 번져간다.

　문득 목이 꽉 막히는 것처럼 빠듯하게 갈증이 팽창한다. 목구멍에서 전신으로 그것이 퍼진다. 마치 심한 치통이 나중엔 전신에 아픔을 퍼뜨리는 것처럼 몸 곳곳에 목마름이 넘친다. 사지를 뒤틀어본다. 그때 야릇한 기쁨이 솟는다. 아하 이것이다. 눈으로 볼 수 없이 잘 숨어 있던 그 무엇이 내 몸속에서 기척을 내는 것이다. 평소에 잘 숨어 있던 그 무엇인가가 다급한 이 순간에 꿈틀거리는 것이다. 그것은 그러나 잘 보이지 않는다. 나는 문득 피식하고 웃는다. 그것은 내가 부끄러움을 느끼고 있는 증거다. 나는 이때 부끄러움과 마주하고 있다. 나는 왜 누워 있는가. 나는 왜 갈증을 참고 있는가. 아무런 이유도 없이……

스스로를 궁지에 몰아넣고 나는 부끄러움을 느끼고 있다. 무엇인가를 해야겠다. 그러나 무엇을 내가 할 것인가. 거리로 나가서 오고가는 사람들을 쳐다볼 것인가. 아니면 채석장에라도 가서 돌을 깰 것인가? 노동, 노동을 하자. 그러나 과연 무슨 노동을…….

무슨 일이라도 닥치는 대로 해야 할 것인가. 끼니를 오래 굶고 나면 아무 일이라도 해서 배를 채우려 할 것이다. 그러나 나는 무엇을 고를 것인가. 내가 할 수 있는 일이란 내가 해야 할 일을 말한다. 그렇지 않고는 할 수 없다. 내가 해야 할 일은 무엇인가.

나는 친구가 경영하는 음악실을 찾아간다. 내가 스스로 고르고 청하지 않아도 듣기 좋은──우아한 또는 장중한, 또는 섬세하고 유려한, 또는 변덕스럽고 급작스러운 변화를 갖는, 또는 극적이고 강렬한, 감미롭게 흐느끼는 듯한, 또는 경쾌한, 보무당당한, 또는 비바람처럼 사납게 몰아치는, 아니면 실제로 가보지 못한 어느 설경을 연상시키는, 아니면 영혼의 아픈 홈을 후벼주는 갈망과 탄원의──그러한 음악들이 들려온다. 이 집 주인인, 내 친구이기도 한 R은 어두운 구석에 앉아 지휘봉을 휘두르는 시늉을 한다. 그의 삶의 목적에 충실하는 것이다. 그는 그가 밥을 먹고 잠을 자고 일을 하고 음악실을 경영하고 또는 여자와 데이트를 하는 일까지도 모두 그 목적을 위하여 과감히 바치고 있는 것이다. 친구의 어깨를 툭 쳐주는 일까지도 그 음악의 외로운 지휘자가 되어 있기 위하여 바치는 것이며, 심지어 빚쟁이와 말다툼을 하는 일까지도 거기에 몽땅 바치고 있다. 그의 삶에 딸려 있는 안방과 마루, 부엌, 다락, 변소, 헛간 등 모든 것은 그의 손가락이 선율을 끄집어내고 이끌어가는 일을 위하여 설정되어 있다. 그는 아직까지 교회 합창단밖에 지휘해본 경험이 없지만 그는 그의 음악실의 어두컴컴한 구석에서 두 손 열 개의 손가락을 달걀을 끄집어내는 마술사의 손가락처럼 눈부시게 휘놀리며 존재하는 것이다. 그의 음악실에 있는 천 장의 레코드판은 이미 그의 손가락에 잘 길들여져 있다. 그는 처음엔 서툴러서 소리와 동떨어진 손놀림을 한 적도 있었다지만 이제는 완벽한 예술가가 되어버렸다. 그의 어깨는 때때로 굳어졌다가 이내 부드럽게 풀리면서 흐느낀다. 그는 눈을 가늘게 떴다가 어떤 때는 아주 감아버린다. 여느 사람의 눈엔 보이지도 않는 대오케스트라가 조금도 어긋나지 않고 R의 지시에 따라 차분히 움직이는 것이다.

 이 음악실은 R에게 감동을 받은 손님들로 가득 채워진다. 그는 천의 손을 가진 콘덕터로 불리기도 한다. 그러나……나는 그가 한 개의 손도 제대로 갖고 있지 않을지도 모른다고 생각한다. 나는 그가 가탁(假託)해서 살고 있는 것이라고 생각해본다. 그는 토스카니니나 스토코프스키에서 유진 오르먼디까지 다 해낸다. 그것은 흉내는 아니다. 그는 스스로 그것을 강조한다. 흉내는 아니다. 굳이 비슷한 스타일을 찾는다면 토머스 비첨일 것이라고 스스로 말한다. 그는 열띤 자기 주장을 갖는다. 그러나 나는 그의 위탁(委託)된 삶을 보는 것이다. 나는 그가 내게 심각한 얼굴로 말을 거는 것이 두렵다. 언젠가는 그가 내게 고백하려 들 것이라고 여러 번 상상해왔다. 그는 이렇게 말할 것이다.

"어이 난 뭐란 말이냐. 결국 난 뭐란 말이냐. 나는 남들의 '소리'에 놀아나서 살아왔어. 이건 정말이야. 난 이 말을 하고 싶었어. 나는 저 많은 고객들을 속여왔을 뿐만 아니고 나를 속여왔어……. 내 자신은 처음부터 나 자신에게 속아왔단 말이야."

나는 R이 앉아 있는 구석을 피해 다른 구석에 자리를 잡고 앉는다. 나는 그러나 음악을 듣지 않는다. 나는 음악을 들으러 온 것이 아니었을 것이다. 예술가들의 '소리'를 들으러 온 것이 아니라 내가 스스로 판 '갈증의 우물' 속에서 허우적거리는 나 자신에게서 도망쳐온 것이다. 그렇다. 나는 나를 어딘가 좀 다른 곳에 두고 싶다. 내가 경험하지 못한 어떤 다른 공간 다른 시간을 나는 바라고 있다. 나는 희망한다(그러나 나는 실제로 고르지를 못한다. 일도 장소도 시간도 아무것도 내가 고를 수가 없다). 나는 내가 희망을 가지고 있기를 희망할 뿐이다. 그러나 이것은 벌써부터 제자리걸음이다. 나는 문득 다른 누구의 시선이 나를 포착하고서 풀어주지 않고 있음을 느낀다. 나는 탁자만을 바라보고 있지만 막연히 누군가의 시선에 내가 침범당하고 있음을 느낀다. 나는 담배를 꺼내 입에 문다. 그리고 성냥을 찾는 것처럼 하면서 주변을 한 번 돌아다본다. 그녀다.

숙정이가 나를 쳐다보고 있었다. 나는 무엇을 들킨 듯한 기분이 되어버렸다. 그녀를 향해 피식 웃어 보인다. 그러나 숙정은 무표정하게 나를 쳐다보고 있다. 나는 어떻게 하는 것이 좋을까 망설인다. 그녀는 혼자 앉아 있으면서도 그리고 나를 쳐다보고 있으면서도 내 쪽으로 올 생각을 하지 않는다. 그녀는 아마 퇴근길이었던 모양이다. 나는 그녀의 좌석 쪽으로 천천히 걸어간다. 나는 어떻게 말을 시작하는 것이 좋을까 생각해본다. 별로 좋은 화제가 없다. 평범하게 시작하는 편이 나을 것이다. 그러나 그녀의 차가운 태도는 어쩐지 나를 위압하고 있다. 나는 무언지 거북살스러운 것이 그녀와 나 사이에 슬그머니 끼어드는 것을 느낀다. 그래, 노상 그렇다. 그녀와 같이 있을 때 그녀를 의식하면 할수록 긴장되는 것이다. 이상한 일이다. 내가 왜 이 여자와 함께 있으면 긴장되는 것일까. 때때로 그녀를 그리워하면서도 만나서 있을 때는 왠지 초조해진다. 나는 이것저것 생각하는 새 결국 담배만 피우고 있었다. 그녀는 저편 구석으로 시선을 보내고 있었다. R이 열심히 두 손을 젓고 있었다. 지휘를 하고 있는 것이다. 그러나 그의 손이 선율을 리드하는 것이 아니라 선율이 그의 손을 리드하는 것이다. 그는 어릿광대 같은 느낌을 준다. 그녀는 차츰 R에게 열중하여가나 보다. 나는 피식 웃고 싶어진다. 그러나 그것을 억제한다. 나는 그녀의 눈치를 살피고 있는 것이다. 나는 그때 목이 갑갑해져 있는 것을 깨닫는다. 마치 넥타이를 너무 졸라맸거나 치수가 좀 작은 와이셔츠의 맨 위 단추를 억지로 채우고 있을 때처럼.

"별일 없었어?"

드디어 내가 꺼낸 말이다. 그녀와 나란히 앉아서 이십 분이나 삼십 분쯤 잠잠히 있다가, 아니 그녀와 이야기하고 헤어진 지 두어 주일 만에 처음 걸어보는 말이다. 음악실에 들어와서부터의 삼십 분 동안의 일들이 모두 희극적이란 느낌이 든다. 음악실 안은 좀 후텁지근했다. 그리고 레코드의 선율 밑에 숨겨진 채 들려오는 여러 가지의 지껄이는 소리들이 갑자기 크게 들리는 것 같다. 그녀는 잠잠했다. 그러나 그녀의 시선은 서서히 내게로 다시 돌아왔다. 둘의 시선이 정면으로 마주친다. 그녀는 나를 묵묵히 바라보고 있다. 나는 못 견딜 것 같다. 그녀의 시선은 무슨 이야기를 담고 있는 것 같다. 아니 그렇지 않을지도 모른다. 나는 시선을 비키려다가 계속 그녀를 바로 쳐다보기로 한다. 조금 큰 눈이다. 나는 비로소 그 눈이 다소 서글퍼 보인다는 것을 깨닫는다. 내 눈 주위의 신경이 팽팽하게 당겨지는 듯하다가 바르르 떨린다. 그녀가 시선을 떨구었다. 그러나 잠시 뒤에 나를 다시 쳐다보는 눈엔 눈물이 핑 돌아 있었다. 그녀가 비로소 입을 떼었다.

"만나고 싶었어요……."

나는 그때 찌르르하는 전류를 느꼈다. 나는 공연히 엽차 잔을 집어든다. 그리고 그것을 집어든 동작을 자연스럽게 보이기 위해 입술을 한 번 축인다.

"몇 번 여기 들러봤어요."

그녀가 말했다. 나는 그녀와 지난번 헤어진 뒤 한 번도 여기에 오지 않았다는 것을 생각해낸다. 그녀는 나의 집을 알지 못한다. 그리고 내게는 지금 달리 연락할 만한 곳도 있지 않다. 서너 달 전 시민신문을 그만둔 뒤 나는 아버지의 권유도 물리치고 놀고 있는 것이다. 나는 그녀의 직장을 알고 있으니까 둘이 헤어졌다가 만나려면 내가 연락해서 만나는 수밖에 없다. 혹은 우연히 시내에서 만나던가. 여하튼 그녀가 먼저 나를 만나고 싶어 했다는 일은 아마 이번이 처음일 것이다. 그녀는 내가 청을 넣은 뒤에야 나를 만나왔다. 나는 잠시 으쓱한 감정을 느끼려 한다. 그러나 쑥스러운 일이다. 뭔가 다른 까닭이 있었을 것이다.

"나가서 좀 걷고 싶어……."

그녀가 말했다. 나는 그녀와 함께 일어섰다. 지휘자가 잠시 휴식 중이었던 모양이다. 피우던 담배를 내게 흔들어 보인다. 그가 한층 더 어릿광대 같아 보인다. 그가 내 눈에 어릿광대로 비치고 있다는 사실을 R 자신은 전혀 눈치 채지 못하고 있을 것이다. 나는 R에 대해서 그 자신도 모르는 한 비밀스런 일을 목격하고 그것을 내 속에 감추어둔다. 나는 앞으로 R에 대한 R 자신도 모르는 R의 비밀을 간직할 것이다. 그러나 아무에게도 그것을 누설하지는 않으리라.

우리는 거리로 나왔다.

"우리 둘이만 있을 데로 가고 싶어요."

"…… 그래."

그러나 나는 방으로 가자는 말을 할 자신은 없었다. 다만 근교의 숲을 생각해봤다.

"아니, 나 술 한잔 마시고 싶은데 괜찮아?"

"글쎄, 좋다면……."

"돈은 나한테 있어요."

우리는 어느 양줏집으로 갔다. 나란히 앉아서 마티니를 한 잔씩 시켰다.

"우울해?"

"아니……." 그러나 그녀는 자신 있게 부정하지는 않았다. 그녀는 마티니를 세 잔이나 했고 나는 스카치를 두 잔 더 했다. 그녀는 좀 과한 듯싶었다. 그러나 말수는 적었다. 그녀의 얼굴은 창백해져 있었다. 한참 뒤에 그녀가 말했다.

"우리 둘이만 있을 데 없을까?"

"어디……." 나는 우물쭈물했다. 나는 역시 취하지 않았다. 여전히 그녀에 대해서 긴장해 있었으며 자유롭지 못한 상태에 있었다.

"방이라도 좋아. 좀 데리고 가줘!"

마침내 그녀가 언성을 높이며 말했다. 나는 무얼로 한 대 주워맞은 기분이었다. 나는 실상 이런 때가 오기를 얼마나 간절히 소망했던가. 나는 노상 굶주린 개처럼 그녀의 주변을 맴돌며 킁킁거리고 냄새를 맡아왔던 것이 아닌가. 나는 내 욕망의 고삐를 풀어 놓아줄 수 있는 때가 오기를 대체 몇 년 동안이나 별러왔었던 것인지. 그러나 그때가 이렇게 느닷없이 닥치리라고는 생각하지 못했다. 더구나 그녀 쪽에서 먼저 그것을 겉으로 드러내게 되리라고는 생각하지 않았다. 아, 나는……. 그때 나는 그러나 그것을 걷어차기로 했다. 나는 내가 그녀에게 아니 누구에게라도 패배하게 되는 것을 원치 않았다. 나는 그녀가 내게 승리하도록 방조해줄 수는 없는 명백한 이유를 깨달을 수 있었다. 나는 거절해야 된다. 그러나 아주 부드럽고 여유 있게 다루지 않으면 안 된다. 내가 사 년 몇 개월 동안 무서운 충동과 격정에도 불구하고 내 욕망을 견제해온 것은 무엇인가가 나를 두렵게 하고 있었기 때문이다. 그녀는 내가 자기에게 호응할 때 속으로는 나를 경멸하리라. 그녀가 나를 경멸하도록 내버려두어서는 안 된다. 나는 그녀와 함께 자서는 안 된다.

"숙정아, 안 돼. 집에 돌아가 이제……."

"날 어린애 취급하지 마. 난 계집애 취급 받기는 싫어……."

"알겠어. 잘 알고 있어."

나는 내 목소리가 떨리기 시작하는 것을 느꼈다. 떨리는 목소리로 나는 지껄였다.

"방에는 내가 가자고 할 때 가. 그러면 되잖아……. 어린애 같군. 하하하……."

나는 웃어 보였다. 그러나 그 웃음이 어색하게 느껴졌다. 그 웃음소리가 사라지지 않고 나의 목덜미에 들러붙는 것 같았다. 밤은 꽤 깊어 있었다. 건물의 창문들에서 빠져나온 불빛의 그림자와 가로등의 불빛의 그림자가 그녀와 나의 몸에서 각각 다른 각도로 희미하고 길게 드리워져 있었다. 골목은 조용했고 때때로 젊은 남녀가 서로 어깨동무를 한 채 또는 남자가 여자의 등을 떠밀면서 보다 좁은 골목으로 들어가고 있었다.

"동소 씨는 두려워하지. 그, 그것을……."

그녀가 말했다. 그녀는 이미 내 속을 빤히 들여다보고 있는 것만 같았다. 나는 심각한 표정을 지었다. 나는 그녀에게 쏘아붙였다.

"다른 여자……창녀라면 나도 주저하지는 않아. 그렇지만 나는 너를 그렇게 하고 싶지는 않단 말이야."

"거짓말! ……나도 앞으로는 다시는…… 이러지 않을 거야."

그리고 그녀는 갑자기 울음을 터뜨렸다. 나는 그녀의 울음소리를 듣고 있었다. 나는 그 울음소리를 들으면서 차츰 냉정을 회복할 수 있었다. 나는 왠지 들떠 있었던 것이다. 나는 그녀의 어깨에 팔을 둘렀다. 그리고 걸음을 옮겼다. 그녀가 몇 걸음 따라오다가 갑자기 돌아섰다.

"나 집에 갈께. …… 사실은 얘기하고 싶은 게 있었어. 아버지가 일주일 전에 돌아가셨어. 그것뿐이야. 장례식이 끝난 날부터 난 동소 씨를 만나야겠다고 생각했어. 오늘 이런 일이 아버지의 죽음 때문에 생겼다고 생각하진 마……난 무서워서 무서워서 어디로 도망치고 싶었어."

그리고 그녀는 바삐 걸어가고 있었다. 나는 그녀의 모습이 골목을 도로 빠져나가 모퉁이를 돌아 사라질 때까지 덤덤히 서 있었다. 나는 그녀의 모습이 사라지고 나자 냅다 그녀 쪽으로 뛰기 시작했다. 그녀는 막 택시를 세우고 차에 올라타고 있었다. 내가 차를 급히 세우자 그녀는 차가운 시선으로 앞만 바라보고 있었다.

"내가 바래다줄게."

나는 차의 문을 열고 올라타려 했다.

"시간이 늦었어."

"괜찮아. 내 걱정은 말고, 너희 집에 나도 같이 들어가면 되잖아."

"안 돼. 다음에 만나……."

"……어떻게 돌아가신 거야? 갑자기."

"자살이야."

택시는 떠났다. 그녀의 뒷모습이 택시의 뒤창문으로 조금 보이고 있었다.

나는 천천히 걷기 시작했다.

참 제기랄…… 나는 아무것도 모르고 있었다. 그녀의 겉모습만 들여다보고 있었던 것이다. 입으론 '별일 없었어?'라고 물으면서 나는 그녀의 피부만, 그나마도 건성으로 보고 있었다. 도대체 내가 무엇을 볼 수 있단 말인가? 나는 무엇을 '보려고' 했었던 것인가.

기껏 R의 어릿광대 솜씨를, 숙정의 숨겨진 섹스의 환영을 나는 보았던 것인가. 내 속에는 내가 진실이라고 믿는 거짓의 진실들만이 간직되어 있지 않은가. 나는 눈앞에 보이는 형태, 그것을 그대로 진실(眞實)의 목록에다 플러스시켜온 것이 아닌가.

월 일

아무래도 그녀의 일이 마음에 놓이지 않는다. 밑도 끝도 없이 불안하다. 나는 그녀에게 나를 있는 그대로 보여주는 것을 두려워해왔는지 모른다. 확실치가 않다. 그러나 정직하지 못했던 점을 나는 가지고 있었다. 나는 그녀를 가지고 싶었으면서도 제스처를 부렸다. 그러면서도 내가 그녀를 아끼고 있음을 극적으로 강조하려 애썼다. 그리고 적나라한 그 무엇에 사실은 겁을 먹고 있었던 것이 분명하다.

나는 오 년 동안이나 그 불안스런 연기(演技)를 해왔다. 무려 오 년 동안이나. 뿐만 아니다. 나는 나를 믿지 못해왔던 것이다. 이십팔 년, 이십팔 년이나 자기 내부에서 자라온 영혼에 대해서 나는 불신하고 있었던 것이다.

.
월 일

나는 녹음테이프를 틀었다. 그녀의 무대 대사가 흘러나온다. 나는 그녀의 표정을 본다. 그녀는 묵묵히 앉아 있다. 테이프에서 그녀의 소리가 흘러나온다. 나는 의미는 듣지 않고 소리만 듣는다.

"저 소리 지워버렸으면 좋겠어."

갑자기 나는 눈을 뜬다. 숙정이가 창백하게 질린 얼굴로 말하고 있다. 그녀가 진저리를 치는 것이 보인다. 나는 녹음기를 끈다.

"갑자기 환멸이 느껴져."

"새삼스럽게……."

"응, 갑자기 그런 생각이 들어. 저 목소리는 존재하고 있지 않아. 그냥 유령의 목소리나 다름없어. 허깨비의 그것 같아……. 저 소리를 듣다 보니까 갑자기 겁이 나."

"밥통 같으니……."

"아냐. 나는 거짓뿌렁을 하는 게 아냐. 내가 남의 옷을 입고 남의 목소리를 흉내 내고 남의 몸을 빌려서 살고 있는 것 같아……. 녹음기에 담긴 내 목소리가 갑자기 그것을 깨우쳐주고 있어."

"연극은 연극이지."

"아냐. 나는 진짜 연극은 한 번도 해보지 못했어. 동소 씨, 난 어떻게 해!"

"……"

나는 무어라 대답할 수 없었다. 나는 그녀에게 결코 아무런 도움이 될 수 없다는 것을 잘 알고 있었다.

"나 얘기하고 싶은 게 있어."

아, 드디어 말하려 하는구나. 나는 그녀 쪽으로 상체를 기울이고 그녀의 말을 기다렸다.

"사실은 나 어떤 사람한테서 청혼을 받았어."

나는 잠자코 있었다.

"나는 거절하지 않았어. 그리고 응낙을 하지도 않았지만 상대방은 승낙으로 해석하고 있어."

"네가 좋아할 수 있는 사람인 모양이구나."

"그래요. 그럴 것같이 생각됐어요. 그렇지만……난 역시 거절해야 할 것 같아……"

"그건?……"

"몰라. 아직은 잘 모르겠지만 차츰 설명할 수 있게 될 거야……. 난 아무에게나 나를 던져줄 수 없을 것 같아."

나는 거의 숨도 쉴 수 없는 상태에 몰려버려 있었다. 나는 그녀의 말뜻을 잘 알 수 없었다. 그녀는 내게서 이제 떠나겠다는 뜻인가. 떠나려고 결심했으나…… 잠시 보류하겠다는 것인가. 과거에도 그녀의 집안에서는 그녀에게 여러 차례 결혼을 권유하고 그녀에게 선을 보게 했다. 그러나 그녀는 그것에 불응했다. 그녀를 유난히 몰아세운 것이 바로 그녀의 부친이었다. 그녀의 부친은 성실하고 유능하고 사회에서 환영할 만한 그런 신랑감을 조건으로 세웠다. 그러나 이제 그는 자살했다. 엄격하고 성실한 초로(初老)의 신사가 자살을 한 것이다. 그의 자살 이유는 아무도 알 수 없을지도 모른다. 이제 그의 시체는 무덤 속에 누워 있다. 이제 그는 존재하지만 무의미하게 존재하는 것이다. 그의 육체는 나의 어머니의 그것마냥 자의(自意)로 움직일 수 없다. 다만 시체로서 누워서 잠을 자고 있다. 그는 살아 있지 않다. 살아 있다면 그것은 환상(幻想)으로서 살아 있을 뿐이다. 나는 그에게 애도할 용의를 갖고는 있지만 그 이상은 아니다. 그는 아무런 가능성도 갖지 못한 채 죽음의 땅속에 갇혀 있다. 그 속에서만 존재가 가능하다. 그는 그의 딸에 대해서도 더 이상 말할 수 없다. 더 이상 딸에게 구속을 주지는 않을 것이다. 그런데 그녀는 갑자기 결혼을 결심했었다는 사실을 고백하고 있다. 그녀가 나로부터 떠날 생각을 하고 있는 것은 사실일 것이다. 그러나 혹은……그녀는 지금이야말로 의도적인 연기(演技)를 하고 있는 것인지 모른다.

그녀는 자기의 자존심을 되도록 상하지 않으면서 내게 프러포즈하는 것일지 모른다. 그녀의 말투와 눈빛에서 그것이 드러난다. 그녀는 한층 교묘한 연기를 하고 있는 것인지 모른다. …… 그러나 숙정은 고집스러운 표정으로 말하고 있다.
"결혼은 그리 대수롭게 생각되지 않아."
라고.
도대체 그녀는 무엇을 말하려는 것일까. 그녀는 나를 탓하고 있는 것일지 모른다. 그래 그것이 맞다. 그녀는 나를 나무라고 있는 것이다. 나는 그녀에게 단 한 번도 구혼해보지 않았던 것이다. 나는 결혼에는 자신이 없었다. 나는 결혼 같은 것은 도대체 대수롭지 않은 문제로 여기도록 애써왔다. 그런데 그녀는 영리하게도 그것을 눈치 채고 있는 것 같다.

나는 내 자신이 피할 수 없는 상태에 몰려 있음을 알고 있다.
"그래. 그것은 생각하기에 달려 있을 거야."
그러나 나는 그렇게 말했을 뿐이었다.

월 일

나는 요 며칠 새 한 편의 시를 만들어왔다. 처음에는 문득 내가 쓰고 싶은 어떤 충동 또는 내 내부에 넘치는 어떤 충만감 같은 것을 느끼면서 내가 무언가 말하고 싶은 것이 있다고 믿었다. 그리고 나는 쓰기 시작했다. 나는 몇 줄 써보았다. 그것은 시적인 것으로 느껴졌다. 몇 년 전에 써보곤 하던 그런 것과 유사한 형태였다. 나는 한자리에 앉아 계속 써댔다. 아마 서너 시간 또는 그 이상의 시간이 지났으리라. 나는 한 일백 행쯤의 시…… 같은 것을 만들었다. 그것을 나는 쭉 읽어보았다. 감정을 넣고 운을 살려 읽어보면서 어휘와 행의 연결을 유연하게 또는 극적으로 가다듬어보았다. 그리고 다음 날부터는 매일 그것을 가다듬었다. 그러나 자꾸 손질할수록 첨가되는 구절은 별로 없고 깎이는 어휘와 지워지는 구절만 늘어갔다. 어쩐지 과장된 그런 기분에 젖어 있고 극적으로 감동의 굴곡을 계산하고 있는가 하면 테마 자체도 너무 자주 낯짝을 내밀고 있는 것 같았기 때문이다. 나는 마침내 그것에 걸고 있던 희망을 포기하지 않을 수 없다는 점을 깨닫는다. 결국 시는 한 인간에서 솟아올랐다가 그렇게 가라앉고 마는 것이다. 그것으로 시의 구실은 끝나는 것일지 모른다. 그것을 굳이 발표하려 한다든가 하는 것은 그 시의 감동성을 누군가에게 나누어주고 싶은 욕망뿐만 아니라 ──아니 그것보다는 오히려──자기가 시인이라는 것을, 자기가 좀 더 보람 있는 일을 하고 있다는 것을 누구에겐가 알리고 싶은 생각에서일 것 같다. 그래서 많은 시인들은 시 연습보다는 시인 연습에 더 열중하는 것 같다. 아! '시인'이라는 이름에 저주 있으라. 제기랄, 누가 시인이 되려고 하는가. 그는 먼저 시인이 되겠다는 생각을 포기하고 나서 비로소 시인에 좀 더 가까워지리라……. 시는 자기 존재에 대한 응시(凝視)를 위한 렌즈에 불과하다. 스피노자의 렌즈와 같을 것이다. 그것은 결코 메시지도 아니며 더구나 장난질은 아니다. 더구나 어릿광대의 소유는 아니다. 시를 포기하지 않으려거든…… 시적인 것을 포기해라. 시적인 구성, 시적인 주제, 시적인 발상, 시적인 어휘, 모두를 팽개쳐라. 시가 모든 존재를 비쳐주는 렌즈가 되지 않으면 안 된다.

  우선 응시해야 한다. 무엇인가 뚫어지게 바라보자. 뚫어지게 지켜보자. 그러고서야 확인이 가능하다. 그때까지는 나는 아무런 행동도 할 수 없을 것이다. 창문의 유리를 통해서 초가을의 밝은 햇살이 들어와 눈을 부시게 한다. 햇살의 미립자들이 마룻바닥과 유리 재떨이에 부딪치며 쉬임 없이 꼼지락거리고 있다.

존재의 덫

1

 붉은빛에 가까운 밝음이 그의 눈앞에 퍼져 있었다. 천장 복판에 달린 백열등의 빛이었다. 그것이 촛불빛처럼 다소 불그레한 빛깔을 띠고 있었다.
 서동군(徐東君)은 잠시 눈을 감았다가 다시 떴다. 그 불빛 아래 몇몇 얼굴들이 있었다. 자기를 둘러싸고 내려다보는 얼굴들이었다. 누군지 알아볼 수 없는 모습들이었는데 어두운 판화같이 음울한 인상이었다. 그는 자기가 선명한 의식으로 깨어난 것이 아니라 반대로 어떤 기이한 꿈속으로 빠져들어간 것이나 아닐까 했다. 동군은 몸을 뒤채면서 뭐라고 소리를 냈지만 그것은 또렷한 말이 되어 나가지 못했다. 그의 입만 우물우물 움직였을 뿐이다. 팔다리를 움직여보려 했으나 그것들도 그의 지배를 벗어났는지 제대로 움직여주지 않았다. 그는 기운을 내어 먼저보다 큰 소리로 이렇게 말했다.

"여기가 어디죠?"

그러자 그들이 지껄이는 소리가 들리기 시작했다.

동군은 그 소리들을 쉽게 알아들을 수 없었다.

그들의 말은 서로 엉키고 엉켜서 잡음의 덩어리로 귀에 들어왔던 것이다. 조금 시간이 지나고서부터 동군은 그들의 말을 알아들을 수 있었다.

"깨어났다. 깨어났어!"

"이제 정신이 드는구나!"

그들은 동군의 물음엔 대답하지 않았다.

"하하하, 우리 식구 하나 늘었다."

"전기 충격을 먹였던 모양이지?"

"아냐, 무슨 주사를 놨는지도 몰라."

그렇게들 저마다 한 차례씩 지껄이는 바람에 동군은 그들의 말을 종잡기 어려웠다. 그는 상체를 쳐들어봤다. 무거운 것에 짓눌린 것처럼 몸이 거북하고 움직이기가 어려웠다. 그는 방바닥에 등을 도로 대고 말았다. 누군가의 손이 동군에게 와 닿았다. 그 손은 동군의 머리칼을 쓸어주더니 이번엔 이마를 짚었다. 부드러운 감촉이었다. 그는 지금 자기가 환각에 사로잡혀 있거나 꿈을 꾸고 있는 것은 아님을 알았다.

"누, 누구요, 당신들은……." 동군이 물었다.

"누구냐고 묻고 있어. 이 사람이 누구냐고 묻는데?" 하고 누군가 말했다.

"누구죠? 당신들은……."

"나는 마리아라고 해요. 남들이 나를 마리아라고 불러요" 하고 젊은 여자의 음성이 대꾸했다.

"마리아!"

"네, 마리아예요." 그 여자가 다시 대답했다.

"그래, 이 여자는 진짜 마리아지" 하고 한 남자가 말했다. "우리들의 성모. 배반당하고도 슬픔을 모르는 마리아. 고통받고도 미소 짓는 마리아."

마리아라고 자기를 소개한 여자는 동군의 머리맡에 앉아 있었다. 가슴까지 내려오는 긴 머리칼을 한 그녀의 손길은 다시 동군의 이마를 부드럽게 쓰다듬었다. 동군은 이 낯선 무리들을 확실히 살펴보고 싶었다. 그런데 아직도 몸은 뜻대로 움직여주지 않는 것이었다. …… 하지만 머릿속은 차츰 맑아지고 조금씩 무엇을 생각해볼 수 있게 되었다는 것이 그를 다소라도 안도시켜주었다.

동군을 둘러싸고 있던 사람들은 이리저리 흩어지는 모양이었고 마리아라는 여자만이 동군의 머리맡에 남아 있었다. 그녀에게서 조금은 향기로운 냄새가, 거부하기 어렵고도 은근한 냄새가 풍겼다.

동군은 숨을 깊이 들이쉬면서 그녀의 체취를 가슴속 깊이 삼켜보았다. 아직 얼굴조차 제대로 알 수 없는 여자의 그것이었지만 그는 이 여자에 대하여 어떤 친화감(親和感) 같은 것을 느꼈다.

"귀여운 우리 아기……." 여자가 중얼거렸다.

동군은 그것이 자기를 일러 하는 말이라곤 생각하지 않았다. 그렇지만 동군은 그 말을 듣는 순간 문득 엉뚱한 느낌에 빠졌다. 자기가 알지 못하던 어떤 세계에 처음으로 태어나고 있는 것 같은……. 한 번도 와본 적이 없는 장소에서 갓난아이처럼 제 몸조차 뜻대로 움직이지 못하고 누운 채 여자의 부드러운 손길로 애무를 받고 있다는 사실이 그런 엉뚱한 느낌을 불러일으켰는지 모른다. 그러나 동군은 우선 자기가 왜 이런 곳에 누워 있는 것인지부터 알아봐야 한다는 점을 상기했다.

그때 마리아가 몸을 일으켜 그의 곁에서 떠났다.

그는 상체를 일으켜봤다. 이번에 그는 머리를 제법 치켜들 수 있었다. 아직도 몸은 불편했고 머릿속에서 마치 자기 자신과는 상관없는 어떤 물체가 크게 움직이는 듯한, 둔중하면서도 뻐근한 느낌이 들었다. 머릿속은 지끈지끈하는 통증으로 가득 차버리고 말았다. 동군은 뒤통수를 방바닥에 대고 다시 누웠다. 통증이 계속됐다. 그는 두 손으로 자기의 머리를 휩싸안고 몸을 뒤틀어댔다.

동군은 몸을 일으켰다. 심한 두통이 계속되고 있었다. 그렇게 심한 두통은 전에 겪어본 적이 없었다. 동군은 한쪽 벽을 바라보고 몇 걸음인가 내디뎠다. 그는 두 손으로 벽을 짚고 이마로 벽을 들이받았다. 그는 몇 차례고 같은 짓을 되풀이하다가 벽 가까이 주저앉고 말았다. 벽은 견고한 시멘트로 되어 있었고 그 위에 단순한 무늬가 찍힌 도배지가 입혀져 있었다. 그는 제 이마를 몇 차례고 벽에 부딪침으로써 새로운 고통으로 먼저의 고통을 둔화시킬 생각이었다. 그렇게 하고 나자 얼마쯤 두통이 줄어들면서 동시에 의식이 흐려지는 듯했다. 동군은 큰절을 하는 것마냥 무릎을 꿇고 옴팍 엎드렸다. 누군가가 동군의 옆에 다가와서 등을 두드렸다.

"그대에게 축복 있어라. 그대에게 축복 있어라."

그것은 나직하고 부드러운 음성이었지만 극적으로 과장한 듯한 말투였다. 동군은 방바닥에 댄 이마를 쳐들지도 않고 있었다. 소리는 계속되었다.

"이제부터 그대는 이 언덕에서 깨달음을 얻고 축복받으리라. 자, 머리를 쳐들어. 머리를 쳐들고 나를 보아……."

키가 크고 몸이 수척한 사나이가 옆에 서 있었다. 마흔서넛으로 보였지만 어쩌면 몇 살 더 먹었을지도 모른다. 그는 아래위로 잠옷 비슷한 복장을 하고 있었다.——그러고 보니 다른 사람들도 세로줄이 간, 유니폼 같은 것을 입고 있었다—— 웃옷의 단추를 풀어헤친 그 남자의 가슴에 맨살이 드러나 있었다. 그 남자는 한 손으로는 자기의 심장께를 짚고 다른 한 손으로는 동군을 가리키면서 굽어보고 있는 참이었다. 동군은 상체를 곧추세웠다. 희미한 불빛 아래 서 있는 그 남자는 마치 엄숙한 종교 의식을 거행하려는 성직자처럼 보였지만 그 보잘것없는 복장 탓이었는지 오히려 희극적인 느낌을 자아내고 있었다.

"자, 일어서라. 몸을 일으키고 가슴을 열어. …… 가슴을 내게 보이라니까."

저쪽 구석에서 "가슴을 열어, 옷을 벗든지……" 하고 거드는 소리가 들려왔다. 음산한 느낌을 주는 방의 이곳저곳에는 몇 사람인가가 누워 있었고, 아직 한두 명은 벽에 기대어 앉아 있었다. 그들이 아까 자기를 둘러싸고 앉아 있던 무리일 것이다.

"놀고 있네. 시시한 짓 집어쳐!" 하고 한 여자가 말했다. 그때 또 누군가의 소리가 들렸다. "아니, 우리 장로님을 도와드리자. 장로님은 지금 멋진 행사를 하려는 참이야." 또 누군가가 "아암, 그렇구말구. 장로님을 위해서 우리도 좀 거들자꾸나" 하고 끼어들었다.

그 말들에 뒤이어 동군은 어떤 손들에 의해서 일으켜 세워졌다. 동군은 그 손길을 뿌리쳐버리지는 않았다. 한 사나이가 그의 웃옷을 헤치고 가슴팍을 드러내놨다. 장로라고 불리는 그 남자는 동군보다 머리 하나만큼은 더 큰 키였다. 동군은 장로의 눈빛을 쳐다보았다. 그 눈빛은 침침한 전등 아래서 기이하게 번득이고 있었다.

장로는 이윽고 팔을 뻗쳐서 동군의 가슴에 댔다. 그는 한 손가락으로 동군의 심장께를 짚으면서 나지막한 소리로 말했다.

"이제 네 심장에 내 손길이 미쳤다. 이는 그대에게 이르러 기쁨이며 내게 또한 기쁨이라. ……네 이름은 무엇이더라? 이름은?"

"네 이름을 대, 네 이름을."

동군은 그때야 자기를 둘러싼 남자들의 얼굴을 둘러봤다. 한 남자는 무표정했고 한 남자는 웃음을 머금고 있었다. 그들은 동군에게 재촉하는 시늉이었다.

"나는 서동군이오." 동군이 말했다.

"서동군……. 이제 그대는 주의 은총을 입으리라. 그로 해서 그대가 뜻을 얻으리라. 그리고 이 누추한 거처에서 희로애락을 우리와 함께하리라."

그렇게 말한 뒤 장로는 알아들을 수도 없는 나직한 소리로 잠시 동안 중얼댔고 문득 무릎을 꿇더니 동군의 발에 입을 맞추었다──그는 자기의 발이 맨발임을 깨달았다──동군은 그것을 덤덤히 내려다봤다. 장로는 도로 일어나더니 동군의 가슴을 더 헤치고 살을 드러냈다.

아래턱이 유난히 발달한 사나이가 동군에게 일렀다. "자, 장로님의 가슴에 입을 맞추렴. 빨리. 그러면 세례가 다 끝나는 거야."

동군은 고개를 가로저었다. 이들의 기이한 행사에 말려드는 게 내키지 않았다.

"왜 그렇게 하지 않겠다는 거야?"

턱뼈가 유난히 발달한 사나이가 탁한 음성으로 말했다.

"그렇게 해야 구원받을 수 있어. 그렇지 않고선 당신은 지옥에서 살게 돼" 하고 얼굴이 토실토실해 보이는 젊은 남자가 말했다. 그때 날카로운 여자의 웃음소리가 들렸다.

"구원받은 것 좋아하네. 천당 좋은 줄만 알고 지옥이 좋다는 건 모르는구나."

그렇게 말하는 조그만 몸매의 여자가 동군의 곁으로 재빨리 다가들더니 뺨에 입술을 댔다. 동군은 여자의 입술이 닿았던 뺨을 손으로 씻었다. 그 여자가 동군의 팔을 잡아끌었다. 턱뼈의 사나이가 그녀를 냅다 떼밀었다.

"이 훼방꾼 같으니라구."

"야, 이 혜실이 년을 손 좀 봐야겠다."

동군에게 입술질을 했던 여자는 혜실이라고 불리고 있었다. 마리아의 소리가 들렸다. "안 돼요! 그렇게 혜실이를 몰아붙이지 말아요. 이젠 그만 잠들이나 자요."

"여인들이여 조용히, 조용히……" 하고 장로가 말했다.

"이봐요! 동군 씨라고 하는 분! 그 깡마른 북어포 같은 가슴에 키스하려거든 차라리 나한테 와요" 하고 혜실이라는 여자가 말했다.

여자들의 훼방으로 일을 그르친 남자들은 서성거리다가 제각각 방바닥에 앉거나 드러누웠다.

동군은 방 한구석으로 가서 앉았다. 한쪽 구석에서는 갑자기 드르렁 하고 코고는 소리가 났다. 그 구석에는 한 사나이가 드러누워 있었다.

"저놈의 잠보는 지옥 속에서도 잠만 자고 천국에서도 잠만 잘 텐가!" 하고 누군가 쏘아붙였다. 물론 잠보는 그런 말을 듣고 있지도 않았다.

"혜실이, 너는 너무했어." 턱뼈가 말했다.

"너무했다고? 내가 뭘!"

"그럼 덜했단 말이야! 저 사람한테 키스했잖아!"

"저 사람한테 키스했다고? 그게 어때서? 그는 멋있는 남자인걸. 고상해 보여."

"고상한 것 좋아하는군."

"그는 멋있어요."

"함께 춤이라도 추지그래."

"키스나 제대로 했는 줄 알아? 떠밀쳐버린 건 누군데."

헤실이는 턱뼈에게 지지 않았다. 이번엔 얼굴이 토실토실한 남자가 나섰다.

"아 제발들, 그만. 난 미칠 것 같아."

그때 도어가 열리고 한 젊은 남자가 들어섰다. 그는 마치 기계체조 선수처럼 단단한 몸집이었고 표정이라곤 없는 무뚝뚝한 얼굴이었다. 그가 방 안을 휘둘러보며 말했다.

"뭣들 하고 있는 거야? 자, 이제 시간이 됐어. 마리아하고 헤실이는 일어서."

마리아와 헤실이는 그 젊은 남자를 따라 방을 나갔다. 방은 조용해지고 잠보의 코 고는 소리가 높아졌다.

"제기럴, 잠 복도 큰 복이지. 저 잠보 녀석은 거시키 생각도 없는 모양이야" 하고 턱뼈가 말했다. 턱뼈는 어딘지 음울한 인상을 풍겨내고 있었는데 그의 말투는 처음 듣는 사람에겐 거슬리는 데가 있었다.

"자네도 잠자코 잠이나 자" 하고 장로가 말했다.

희고 토실토실한 얼굴의 젊은이가 동군의 곁으로 왔다. "저 턱뼈 녀석은 영 색골예요. 저치는 내가 먼저 잠들면 내 엉덩이를 만지려 들어요. 저 녀석 말로 거시키라는 게 바로 그 짓을 말하는 거예요."

그 토실토실한 젊은이는 동군의 곁으로 바싹 다가누웠다. "그럼 좋아하지 않으세요?" 하고 토실토실한 젊은이가 물었다.

턱뼈가 말참견을 했다. "이 자칭 화가야. 넌 또 그림 얘기야?"

토실토실한 젊은이가 말했다. "난 그림을 그렸어요. 난 전시회에도 몇 번 출품했죠."

"그럼 화가시군요?" 하고 동군이 말했다.

"벌써 오래됐어요. 난 키리코풍(風)을 좋아하죠. 국전 따위는 거들떠보지도 않았어요. ······혹시 덕수궁 돌담에 그림을 걸고 하는 벽전(壁展)을 본 적 없어요?"

그의 목소리엔 갑자기 생기가 돌았다.

"아, 그렇지는 않습니다, 미안합니다만" 하고 동군이 말했다. "그런데 지금은 그림을 그릴 수 없겠군요."

화가가 갑자기 흐느끼기 시작했다. 그러나 잠시 뒤엔 울음을 거두고 동군을 쳐다보았다. 소나기처럼 갑자기 시작되고 갑자기 끝난 울음이었다.

"외숙부가 나를 이해하지 못했어요. 아버지처럼 나를 살펴오던 외숙부가요. 외숙부, 나는 당신을 사랑해요. 당신은 가짜 그림을 집어쳐야 돼요. 그가 내 뺨을 때렸어요. 나는 그를 떠밀었는데 그가 층계 아래로 굴렀어요. 나는 그분을 해칠 생각이 없었어요. 경멸할 생각도 아니었고요. 다만 그를 위해서 했던 말이었죠. 그는 국전 심사위원이었어요. 그는 나를 사랑했죠. 외숙부는 내가 훌륭한 화가가 될 것이라고 했는데 나중엔 나를 미친놈이라고 꾸짖고 욕지거리를 했던 거예요. 그렇지만 그가 가여워요. 어리석은 인간이니까요. 꼭두각시놀음을 하고 있죠. 그는 나를 배은망덕이라고 몰아붙였어요. ······난 지금 뭐가 뭔지 모르겠어. 그렇지만 나는 나쁜 놈이 아니야. 나쁜 놈이라고 생각하지 마세요, 네?"

"당신을 이해해보도록 노력하죠. 그런데 여기는 어떤 곳이죠?" 동군이 물었다.

"여기는 좋지 않은 곳이에요. 사람들을 멍텅구리로 만드는 곳이에요. 대뇌 속에다가 구멍을 뻥 뚫어놓는 괴상한 실험실 같은 곳이에요."

"왜 그렇다는 거죠?"

"그건 차츰 알게 될 거예요. 이곳은 멍텅구리를 만드는 곳예요. 인제 최가가 선생님을 막 들볶을 거예요."

"최가라는 것은 누구요?"

"그 고릴라, 그 밥통……."

"의사를 가리키는 말입니까?"

"아니요. 우리 마리아를 저 방으로 데려간 놈팽이 말예요. 그치가 간호 보조수인데 그 가여운 여자들을 무섭게 다뤄요. 젖가슴을 만져보기도 한대요. 그런데 혜실이는 그걸 좋아하기까지 하는 모양이에요."

방문이 열리고 기계체조 선수 같은 몸집의 남자가 다시 들어섰다. 방금 화가가 말하던 그 간호 보조수였다. 화가는 간호 보조수와 시선을 마주치게 되자 발딱 드러누워서 눈을 감았다. 간호 보조수는 동군 쪽으로 걸어왔다.

"얌전히 잠이나 자. 딴 짓 하지 말고. 여기만큼 좋은 데도 별로 없을 거야."

"그렇다면 이곳은 어떤 곳입니까?" 하고 동군이 보조수에게 물었다.

"그건 저절로 알게 돼. 아늑한 품속 같은 곳이니까 쓸데없는 걱정을 할 건 없어."

"그런데 난 언제부터 여기 있었습니까? 내가 왜 이 방에 누워 있었죠?"

"그건 나도 잘 모르겠어. 그런 건 알 필요도 없다고."

간호 보조수는 무표정한 얼굴로 동군을 내려다보고 있었다. 눈이 가늘었고 마치 표정 없는 가면같이 상대방을 언짢게 하는 얼굴이었다. 동군은 그 얼굴과 마주하고 있자니까 불쾌한 느낌이었다. 보조수는 방을 한 번 휘둘러보고 나서 방 밖으로 나갔다.

"이제 하루가 또 지났구먼. 자 서동군 씨도 한잠 주무시오" 하고 장로가 말했다. 그 말투는 아까 세례를 내리던 것과는 달리 평범하였다.

화가가 동군의 귀에 대고 낮은 소리로 지껄였다.

"이 방에는 괴짜들 투성이죠. 저 장로님은 싱검초고, 그렇지만 누구보다도 훌륭한 사람이죠. 그리고 이 방의 왕이에요. 예수가 왕인 것처럼 말이죠. 저 괄괄한 턱뼈 녀석은 노상 실속 없이 날뛰죠. 그러나 별것 아녜요. 여자한테 손 버르장머리가 고약하지만. 여자를 몇 명씩이나 강간했대요. 한번은 헤실이의 속옷을 언제 빼냈는지 그것을 가지고 개새끼처럼 킁킁거리다가 보조수한테 들켜서 망신을 당했어요. 그렇지만 이 방에서는 망신당해봐야 그게 그거예요. 똥 묻은 개한테 오히려 겨 뿌려주는 격이지. 그리고 잠보, 저 사람은 곰같이 생긴데다가 노상 잠만 자고 있어요. 군대에서 의병제대를 했는데 어린애처럼 불장난이나 좋아하고, 옆에서 벼락이 쳐도 잠만 들면 그만예요. 이번엔 헤실이 얘기를 할까요. 헤실이는 젊은 나이에 결혼에 실패했어요. 부잣집에 시집갔다가 제 남편을 죽였다는 누명을 쓰고 미쳤어요. 영악스러운 여자인데 집안이 너무 불우했던 모양예요. 그리고 마리아, 마리아는……."

쉼 없이 지껄이던 젊은 화가는 문득 말을 멈췄다. 그의 눈엔 또 눈물이 괴었다.

"말해보세요. 그 마리아란 여자는?" 하고 동군이 말했다. 동군은 두통을 다시 느끼고 있었다.

"참, 당신은 어떤 사람이죠?" 하고 화가가 동군의 코 가까이에 손가락을 들이대며 물었다.

"글쎄, 그건 참 쑥스러운 질문인데."

"쑥스럽다고? 어서 얘기해요. 이젠 당신이 얘기할 차례예요."

동군은 당혹감을 느꼈다. 입에서 나오는 대로 적당히 얼버무려도 좋을 테지만 그는 어느 때고 자기 자신이 납득할 수 없는 태도는 취하고 싶지 않았다. 사소한 일이라도 또렷이 밝혀두지 않으면 꺼림칙했다. 그런데 화가의 물음에 좋은 대답이 떠오르지 않았다.

"글쎄……. 내가 어떤 사람으로 보이죠?"

"뭐라고요? 내가 물었는데 왜 내가 대답해요?"

"당신은 화가니까 사람을 예리하게 보실 거라는 생각이 들어서 그렇게 반문한 거예요."

"참 그래요. 난 화가죠. 그래요. 난 백지 위에 그림을 그리죠. 흰 화폭 위에 그림을 그리죠. 난 벽에도 그림을 그리고 문짝에도 그렸죠. 사람에게도 그림을 그렸어요. 내가 사랑하는 여자의 몸 위에 그림을 그려본 적이 있어요." 젊은 화가는 동군이 듣는가 따위는 상관도 않고 자기 이야기에 열중하기 시작했다. "그 여자는 아주 아름다웠죠. 살갗이 유난히 희었어요. 우윳빛이라고 말하는 건 시인들의 표현이죠. 아주 고요한 시간에 검은색을 몰아내고 붉은색을 몰아내고 푸른색을 몰아내고 회색을 몰아내고……그리고 남은 색이 내가 말하는 여자의 흰색에 가까울 거예요. 그리고……."

화가는 이야기를 계속했다. 종잡을 수 없는 이야기에 동군은 짜증을 느끼고 있었다. 두통이 계속되었다. 그가 누운 방바닥에서는 서늘한 기운이 올라오고 있었다. 후텁지근한 날씨였으므로 찬 바닥에서 올라오는 서늘한 기운이 좋았다.

동군은 "당신은 어떤 사람이죠?" 하고 묻던 질문을 생각하고 있었다. 과연 나는 어떤 사람일까? 아니 이 화가는 내게 무엇을 묻고 있는 걸까? 내가 무엇을 해왔느냐고 묻고 있는 걸까? 그것이라면 간단히 대답할 수도 있다. 어떤 기업체의 직원이었고 학교 다닐 때의 전공은 연극(演劇)이었다. 그리고 지금은 한 기업체가 부당하게 다른 기업체의 책략으로 위험에 빠지는 것을 막아내기 위해 안간힘을 쓰고 있던 참이다. 그것 이상으로 무엇을 말할 게 있을까? 이런 생각에 이르렀을 때 머릿속에 문득 어떤 영상이 스치는 것이었다. 그러나 확인하기도 전에 그 영상은 사라지고 말았다. 그것은 무슨 글자인지 읽기도 전에 사라진 영화 자막(字幕)처럼 아스무레했고 되돌이켜지지도 않았다. 그러면서도 그것은 지금의 동군에게는 어떤 귀중한 암시가 되어줄 것같이 여겨졌다. 그가 이 방에서 깨어난 순간부터 줄곧 가져온 의문을 풀 단서가 되어줄 듯싶었다.

그때 쩌렁하는 고함 소리와 함께 누군가가 벌떡 일어나서 허공으로 주먹질을 하였다. 화가가 얼른 동군에게 달라붙었다.

"저 잠보가 또……."

알아들을 수 없는 고함을 지른 것은 잠보라고 불리는 사나이였다. 그는 마치 연기 속의 질식 상태로부터 뛰쳐나가려는 것 같은 몸짓으로 팔을 휘둘렀다. 잠시 뒤에 그는 문득 주변을 두릿두릿 둘러보고 있었다. 자기를 쳐다보는 사람들을 의식했는지 멋쩍은 듯한 표정으로 머리통을 긁으며 도로 자리에 드러누웠다.

"휴, 이제 보신 게 저 잠보 녀석의 십팔번이랍니다. 아닌 밤중에 홍두깨처럼 곧잘 저런 발광을 해요." 화가가 설명했다.

동군은 그동안 두통을 잊고 있었다. 그의 두개골 사이에 틈입해 있던 형리도 잠시 한눈을 팔았는지 모를 일이었다.

화가는 어느새 잠든 것 같았다. 그는 토실토실한 얼굴을 동군 쪽으로 향한 채 단꿈을 꾸는 소년처럼 포근한 표정이었다. 동군은 고요해진 방안을 둘러보다가 일어났다. 그는 창가로 다가갔다. 창이 높이 나 있어서 무엇을 괴기 전엔 바깥을 제대로 내다볼 수 없었다. 창의 문틀 안쪽엔 연필 굵기의 쇠창살이 밭은 간격으로 가로세로 연결되어 있었다.

……한 가지 사실은 확실한 것이었다. 그는 아까 깨어나면서, 자기를 둘러싸고 있던 사람들에게 이곳이 어디냐고 물었고, 그 물음에 아무도 대답하지 않았지만 그 뒤로 관찰한 사람들의 행태와 저 쇠창살이 주는 인상을 통해서 이곳이 어떤 곳이라는 것쯤은 그리 어렵지 않게 알아챌 수 있었다. 그것은 이제 의문의 여지조차 없는 것이다.

그는 도어 쪽으로 갔다. 방문 손잡이는 헛돌았다. 밖으로부터 잠긴 모양이다. 문틀 위쪽에 작은 단추가 설치되어 있었다. 그는 그것을 눌렀다. 문밖 저쪽에서 버저가 부우부우 하고 저음으로 울렸다. 바깥 복도에 발걸음 소리에 이어 "무슨 일이야" 하는 보조수의 소리가 났다. 그 소리는 두꺼운 나무 문짝을 통해서 들리는 것이 아니라 바짝 귀 밑에서 쏟아대는 것이었다. 비로소 동군은 도어의 한 켠에 조그만 구멍이 나 있는 것을 보았다. 그 구멍은 바깥쪽에서 방 안을 감시하는 장치인 모양이었다. 보조수는 그 구멍을 통해서 동군을 보고 있었다. 동군은 문을 두드렸다.

"말할 게 있으면 어서 해. 잘 들리니까" 하고 보조수가 말했다.

"문 좀 여세요."

"지금은 잠잘 시간이야."

"좀 열라니까."

"……."

"빨리 여세요."

문이 열렸다. 보조수는 뭔지 뻐기는 듯한 자세로 서 있었다. 그는 동군을 훑어보더니 이렇게 말했다.

"화장실에 가려고?"

동군은 그 물음에는 대답하지 않았지만 보조수는 방문을 닫고 나서 동군에게 말했다. "나를 따라와."

동군은 보조수 최를 따라가면서 주변을 조심스럽게 살폈다. 복도의 좌우에는 몇 미터씩의 간격으로 도어들이 있었고 도어마다 번호패가 달려 있었다. 젖빛의 페인트가 칠해진 벽에는 르누아르풍의 복사판 그림이 두어 개 걸려 있었다. 그것이 비록 값싼 장식품이긴 해도 이곳이 그렇게 삭막한 곳은 아니라고 말하고 싶어 하는 것처럼 보였다.

"뭘 꾸물거려? 이곳에선 아무도 도망치지 못해" 하고 보조수가 으름장을 놓았다.

동군은 복도가 다른 복도와 만나는 곳의 한쪽에 있는 조그만 방으로 들어갔는데 그곳은 여느 화장실과는 좀 달랐다. 수세식 변기가 놓은 대변실 문에는 유리가 끼워져 있지 않은 창문이 있어서, 필요하다면 밖에서 안에 있는 사람을 감시할 수 있게시리 되어 있었다. 건물 바깥쪽으로 난 창에는 쇠창살이 부착되어 있었다. 동군이 화장실에서 나왔을 때 보조수는 먼저 있던 방으로 동군을 데려갔다. 동군은 방문 앞에 멈춰 서서 보조수를 쳐다보고 말했다.

"내가 무슨 까닭으로 여기 와 있죠?"

"그런 건……난 대답할 수 없어."

"내겐 아주 중요한 일입니다. 아는 대로 좀…….."

"너는 머리가 돌았거나, 뭐 이상한 일을 저질렀겠지."

"뭐라고?" 동군은 노여움이 끓어오름을 느꼈다. 그러나 그 끓어오른 노여움은 제대로 말이 되지도 못했고 큰 소리로 나오지도 못했다. 노여움 못지않게 심한 부끄러움 같은 것이 뒤얽혔다. 동군은 두 손을 쳐들어 보조수의 두 어깨를 잡았다. 보조수는 그런 일은 대수롭지도 않다는 듯이 덤덤하게 서 있었다. 단단한 근육이 겉으로도 느껴졌다. 동군은 제 안에서 끓고 있는 노여움이나 간절한 의문이 이 사나이에게는 전혀 무의미하게 여겨지고 있다는 걸 깨달았다.

보조수는 제 어깨를 잡은 동군의 팔을 먼지라도 떨 듯 가볍게 밀쳐버렸다.

"이봐요, 당신이 간호원이라면 좀 더 친절해야 할 거요."

"나는 네가 묻고 있는 것은 몰라. 알려고 한 적이 없으니까."

"누가 나를 데려왔는지는 보았을 것 아닙니까?"

"그것은 아래층 사람들의 일이야. 자 어서 들어가."

방문은 벌써 열려 있었다. 환한 복도에서 들여다보이는 그 방 안은, 아까 그 방 안에 있을 때보다 더 어두워 보였다.

"의사를 만나게 해주세요. 난 지금 머리까지 깨질 듯이 아프니까."

"알았어. 내일 아침까지 단잠이나 자면서 기다리고 있어."

동군은 자기가 왜 그 방에 다시 들어가야 한다는 것인지 까닭조차 모르면서 그 안으로 들어섰다. 보조수가 밖에서 문을 잠그고 돌아가는 소리가 났다. 동군은 초조하고 불유쾌한 기분을 억제하느라고 두 손으로 깍지를 끼어 비틀며, 천진한 아이처럼 편안한 웃음기를 머금고 잠들어 있는 젊은 화가의 곁으로 가서 앉았다.

그렇게 앉아 있자니까 자기가 문득 풍속이나 생활양식이 엉뚱하게 다른 낯선 고장에서 하룻밤을 묵게 된 나그네 같은 심정이 들었다. 그렇지만 달콤한 냄새를 풍기는 여수(旅愁)와는 다른 것이었다.

지난 몇 시간 동안에 무엇인지 대단히 잘못된 일이 일어났던 것이리라.

동군은 몇 시간 전까지의 자기에게 밀착해 있던 어떤 습관이 자기 몸속에 있는 하나의 욕망을 일깨워 바삐 그것을 충족시켜달라고 보채고 있음을 깨달았다. 그는 주머니 속을 뒤져봤다. 그는 아까부터 담배를 피우고 싶었던 것이다. 주머니에 담배나 성냥 따위는 있지 않았다. 그러고 보니 젊은 화가와 이야기를 나누고 있었을 때도 자기는 무의식중에 주머니를 뒤져봤던 것이다. 없는 것은 담배만이 아니었다. 어느 주머니나 비어 있었다. 놀라운 일은 자기는 지금 제 것이 아닌 이상한 옷을 입고 있다는 것이었다. 그것을 화장실에 갔을 때도 몰랐다. 자기는 연한 남색의 줄무늬 옷을 입고 있는 것이다. 그런데 자기가 이 옷을 입은 기억이라곤 없다. 누가 이 옷을 내게 입혀놓은 것일까. 동군의 복장은 젊은 화가나 장로들이 걸치고 있는 풀 없는 줄무늬 옷이었다. 나는 이제 저들과 마찬가지 꼴이다! 하는 암담한 생각이 들었다. 그는 복장을 살펴보면서 일이 어디쯤서부터 뒤틀리기 시작한 것인지 어렴풋이 알 것 같았다. ……자기는 김주호 회장(會長)과 언성을 높이면서 한 치의 양보도 없이 따지고 고집하며 주장하고 있었다. 그는 김주호 회장의 부름을 받고 회장실로 그를 찾아가서 긴 시간을 이야기했다. 김 회장의 부당한 탐욕성을 공박하고 해상산업(海上産業)을 옹호했으며 끝내 두 사람의 견해는 커다란 두 개의 빙산이 부딪치듯 충돌했다.

동군은 김주호 회장이 노성을 지르는 것을 뒤로하고 복도로 나왔다. 그리고……엘리베이터를 탔다. 엘리베이터 안이었지만 담배를 새로 꺼내 물었다. 담배를 물고 성냥을 찾는 중에 중년 남자 한 사람의 시선과 마주쳤고 그 노리끼한 안색의 남자가 자기에게 라이터 같은 것을 들이댔던 것 같다. 거기서부터는 기억의 자락이 더 펼쳐지지 않는다. 옷자락의 한 끝이 못에라도 걸린 것처럼 기억의 한 자락은 무엇엔가 물려 있는 모양이었고 그는 더 생각을 움직여볼 수가 없었다.

……그것은 일반 직원들이 퇴근하고 난 뒤의 저녁 시간이었다──지금 그의 손목엔 시계도 있지 않았다. ──지금 시각이 자정쯤 되었을 테고, 그 엘리베이터를 탔던 것은 지금부터 네 시간쯤 전의 일이었을 게다. 그는 한편 자기가 어떤 발작을 일으켰던 것은 아닐까 하는 짐작도 해봤다. 그러자 등덜미에 소름이 끼쳤다. 돌연히 간질 같은 발작을 일으켜 의식을 잃고 쓰러진 뒤에 누군가에 의해서 병원으로 옮겨졌을지도 모른다. 회장실에서 자기는 감정이 몹시 격앙된 상태에 있었던 게 사실이지만 그것이 무서운 병의 기습을 불러왔다고는 믿어지지 않았다. 생각은 또다시 대창(大昌)재벌의 김주호 회장에게 미쳤다. 오십대 중반이지만 나이보다 십 년은 젊어 보이고 넓은 어깨에 다부진 턱을 한 다혈질의 이 남자는 무엇인가 끊임없이 일을 벌이는 호사가였다. "나는 자네의 배신을 결코 용서할 수 없다고, 자네는 지금 반란군의 두목이 되어버렸어. 자네는 잡으라는 쥐는 안 잡고 오히려 쥐 편이 되어서 주인을 할퀴러 온 고양이 격이야! 나쁜

작자 같으니라고!"

동군은 머리를 크게 가로저었다.

"하하하, 무얼 그러고 있어?"

그런 소리와 함께 누군가 동군의 곁으로 다가오면서 손가락질을 했다. 턱뼈의 사나이였다. 그는 고개를 앞으로 숙이고 동군을 내려다보고 있었다. 동군에겐 어쩐지 그것이 몹시 역겨웠다. 그의 얼굴은 그늘져 있었지만 눈이 간교스럽게 반짝이고 있었다. 그는 뾰족하고 긴 턱을 들이대며 동군에게 다가들더니 동군의 손을 잡아다가 냄새를 맡았다. 동군은 제 손을 뒤로 빼면서 "당신 지금 뭣 하는 거야!" 하고 소리 질렀다.

그는 씩 웃었다. 그리고 이렇게 말했다.

"이봐, 네가 지금 가장 원하고 있는 게 무언지 내가 알아맞힐까? 아직 여자 생각 날 때는 안 됐고, ……지금은 담배 맛이 간절하겠지? 그렇지?"

턱뼈는 방 한구석으로 가서 더듬거리는 듯하더니 동군의 앞으로 돌아왔다. 그는 담배를 한 대 물고 있었다. 그는 동글동글한 연기를 뱉어냈다.

"네 손에는 니코틴 냄새가 잔뜩 배어 있어. 어때 이 담배? 한 대 빨아보고 싶지 않아? 아주 기가 막히게 좋군."

동군은 그 담배를 가로채어서라도 한 대 피우고 싶었다. 동군이 탐나는 눈빛으로 턱뼈의 흡연을 지켜보고 있자니까, 문득 턱뼈의 담배 개비가 동군의 입으로 건네어오는 것이었다. 동군은 두꺼운 입술을 깨물어 눈을 감아버렸다.

"피우지 않아도 좋지만, 지금 피우지 않은 일을 나중엔 후회하게 될 거야. 이곳에서는 우리가 담배 피우는 것을 얄궂게 막고 있으니까. 이곳에선 무엇이든지 금지하기를 좋아하거든" 하고 턱뼈가 말했다. "나라면 얼른

존재의 덫

받아 피운다고. 우린 친구니까."

동군의 손가락이 집게벌레처럼 앞으로 나가서 담배를 잡았다. 첫 모금이 목구멍을 넘어갔다. 동군은 눈을 지그시 감고 그 맛을 즐겼다. 적어도 이 시간에 그 한 모금의 담배가 다른 어느 것보다 좋았다. 동군은 그것을 조금씩 빨아들이면서 눈으로는 담배의 길이를 재어보고 있었다. 아껴서 태운다면 몇 분쯤은 그 즐거움을 연장할 수도 있을 게다. 어느새 두 손가락이 뜨거워진다. 동군은 태우던 꽁초를 턱뼈에게 되내밀었다. 턱뼈는 빙긋이 웃으며 마저 피우란 시늉을 했다. 이 사나이에겐 의외로 관용스런 면이 있는가 보다. 동군은 필터가 탈 때까지 모금모금 빨고는 그것을 어떻게 꺼 버려야 할까 주위를 두리번거렸다. 턱뼈는 그것을 동군에게서 받아가지고 더 피울 여지가 없어 보이는 꽁초를 두 차례나 빨며 만족스런 웃음을 지었다. 그리고 두 손으로 그것을 싹싹 비벼서 가루를 내고 나서, 알맹이를 다 먹고 난 뒤에 귤 껍질을 비벼서 그 향기를 맡는 것처럼 코에 대고 담배 냄새를 맡았다.

"당신은 왜 이곳에 오게 됐어?" 하고 턱뼈가 물었다. 그것은 제법 친근한 사이의 말투였다.

"이곳에 왜 왔는지는커녕 이곳이 어떤 곳인지도 모르고 있어요. 도대체 이곳은 어떤 곳입니까?"

동군은 이곳의 주민(住民)에게서 이곳에 대한 설명을 듣고 싶었다.

턱뼈가 제 뾰족한 턱을 손으로 문대면서 고개를 갸웃거렸다.

"이곳이 어떤 곳이냐고? 그건 나도 잘 모르겠는걸. 처음엔 알 것 같았는데 오래 있어보니까 점점 모르겠어. 아니 어쩌면 가축병원인지도 몰라. 하하하, 그래도 괜찮은 곳이지, 밥을 그냥 먹여주니까. 재미있는 만큼은 지겹기도 하고. 제기랄 바깥세상은 뭐 뾰족하게 좋아야 말이지. 아무튼 살 만한 곳이야." 이렇게 말하고 나서 이번엔 다른 사람의 말투로 말했다. "사람이 살기로만 마음먹으면, 사람이 만들어놓은 곳이란 다 몸을 담을 만하지."

동군으로서는 그런 아리송한 대답에 만족할 수가 없었다.

"도대체 이곳은 무엇 하는 데죠? 어떻게 생겨먹은 데인지 그걸 알아야겠어요. 살 만한지 아닌지는 그 다음의 문제입니다."

저쪽 벽에 누군가 기대어 앉아 있는 것이 보였다. 장로였다. 그는 동군과 턱뼈가 주고받는 이야기를 듣고 있는 모양이었다.

"이곳은 돼지를 기르는 곳이죠" 하며 턱뼈가 킬킬거렸다.

"돼지를 기르는 곳이라고?" 하고 동군이 되물었다. 턱뼈는 마치 똘똘한 재담이라도 하는 듯이 "돼지가 사는 데지. …… 이곳도 돼지가 사는 데고, 그리고 저 바깥도 돼지들이 사는 데이긴 마찬가지야. 그렇지, 누군들 돼지가 아니겠어. 처먹고 잠자고 꿀꿀대고 암수컷이 흘레하고, 자 누군들 돼지가 아니냐고?" 하고 나서 다시 킬킬거렸다. "이제 알았어. 여기는 돼지 호텔이야. 이제 생각해보니, 돼지 호텔이라고."

장로가 손을 저으면서 "아니 이곳은 우리가 수난을 받는 장소요. 바꾸어 말하면 축복을 받는 은혜의 언덕이오" 하고 말했다. 동군을 바라보는 장로의 눈은 초롱초롱한 안광을 비치고 있었다.

그가 계속해서 말했다.

"이곳은 영혼을 다친 사람들이 모여 영혼을 깁고 꿰매는 집이며 먼 길을 날아가는 새들이 지친 날개를 쉬는 둥지올시다."

"아니 여긴 수용소지. 우린 죄수들……" 하고 턱뼈가 말했다.

동군은 차츰 목구멍이 갑갑해옴을 느꼈다. 매운 연기가 자욱하게 자기 주위를 감돌고 있는 듯싶은 기분이었다.

"그럼 장로님에게서 들어봐요. 우리는 모두 죄 많은 인생이라니까."

턱뼈는 방바닥에 몸을 눕혔다. 아무래도 그가 사리에 닿는 대답을 해줄 수 있을 것 같지는 않았다.

턱뼈는 홑이불로 머리까지 덮어버렸다.

장로가 동군에게 말했다.

"저 사람이 이곳은 살 만하다고 한 말이 틀린 것은 아니오. 우리들 목숨이 놓인 곳은 그곳이 사리(事理)로 따져서 어떻든 간에 다 살 만한 곳이오. 사람의 사리 이전에 하나님의 섭리가 있음이어서······."

"그곳이 아우슈비츠라 해도?" 하고 동군이 물었다. 동군은 그렇게 묻고 나서 천천히 덧붙여 말했다.

"인간이 얼마나 어리석고 못돼먹을 수 있는지 생각해볼 때면 문득 아우슈비츠의 참극이 떠오르는군요."

"아우슈비츠라고 했소?" 하고 장로는 천천히 말을 이었다. "아우슈비츠는······ 그건 참을 수 없는 모독이지. 그건 용서할 수 없는 죄악이지. 아마 그 일 하나 때문에라도 하나님은 다시 이 땅에 그의 아들을 보내셔야 할 거요. 아우슈비츠······. 거기서라면 나도 뼈와 가죽이 되고 마침내는 한 줌 재로 끝날 테지. ······자, 아우슈비츠를 기억하는 의미에서 기도합시다." 장로는 무릎을 꿇고 앉았다.

그것은 너무도 자연스런 동작이어서 동군으로서는 그의 태도를 장난기 있는 것이라고 생각하기 어려웠다. 아까 자기에게 이상한 세례 의식을 베풀던 때도 그랬던 것이지만.

장로는 기도의 말을 뇌기 시작했다.

"오늘 밤에 내가 아우슈비츠를 또다시 기억하고 그날의 과오와 치욕이 되풀이되지 않기를 간구합니다. 저 미망에 빠진 지배자, 저 철없는 전체주의 두목, 영웅주의자, 저 민중을 기만한 거짓 지도자, 역사의 파괴자, 치욕감과 분노 없이는 떠올릴 수 없는 살인광, 어처구니없는 어릿광대와 그리고 그의 제자, 추종자, 그의 죄 많은 하수인, 미친 이리 떼를 가혹히 벌하옵소서. 나의 하나님이시여, 나의 삶의 까닭[原因]이시며 나의 의미의 구현자이신 분이시여, 저들을 오늘 이 밤에 또다시 모질고 모질게 벌하옵소서. 당신은 무한히 자비로우시되 그 자비는 죄를 가리시도다. 당신의 정원에서 화초를 기꺼워하시되 독초를 가려내시고 인정을 어여삐 여기시되 사악함을 가려내셔 마땅한 벌을 주시도다. 원컨대는 그들을 굶주리게 하시고 그 가죽을 갈가리 찢고 그 살은 점점이 흩뜨려 까마귀의 밥이 되게 하소서. 아우슈비츠에서 가엾게 시달려 시어진 그 사람들을 일일이 그 이름도 부르고 손을 잡아 위안하소서. 또한 제가 이 같은 기도를 올리게끔 한 그 악당들의 영혼을 바다에 띄워 영원토록 풍랑에 떠돌게 하시고 그들을 허공에 띄워 사나운 바람의 만천(萬千) 날카로운 이빨에 찢기게 하소서. 진심으로 원하옵건대 이처럼 가증스런 기도를 올리는 일이 다시 없게 하소서. 이 기도의 말씀이 그릇되지 않음을 확인할 수 있게 하소서. 하나님의 높은 뜻이 오늘 밤도 저 하늘의 별빛처럼 확연하소서."

동군은 장로가 뇌는 기도 소리를 들으면서 차츰 어떤 무거운 감정에 빠져들었다. 장로의 기도는 동군에게 고통스러운 영상을 불러일으켰다.

그의 기도가 열띠고 진지한 것이었음에도 불구하고 인간의 무모한 횡포가 아무런 제재나 업보를 받지 않을 것이라면 그 횡포에 휘말려 억눌리고 찢기는 사람들의 영혼은 어떻게 구제될 것인가. 피해자 자신에 의해서일까. 빈사 상태에 빠진 피해자들 자신에 의해서일까. 사슬에 매인 그들 자신에 의해서일까. 동군은 자기도 모르게 두터운 한숨을 내쉬었다.

장로는 기도를 끝내고 다시 편안한 자세로 고쳐 앉았다. 턱수염을 기른 그의 얼굴엔 한동안 어떤 열기 같은 것이 어려 있다가 차츰 평정스런 눈빛으로 돌아갔다.

"사람이 견디지 못할 일은 많지 않으리라. 나는 이 언덕에서 은총을 빌고 있소" 하고 말하는 장로의 얼굴을 동군은 물끄러미 쳐다보고 있었다. 장로로 불리는 이 남자의 됨됨이를 헤아리기가 수월치 않았다.

"인간이 인간을 저주할 때 그것은 보기에 유쾌하지 않죠? 저주, 증오, 학대의 뜻, 이것은 두렵소. 이것이 인간을 억압하는 것이지. 그러나 자비란 또 무엇이며 관용이란 또 무엇입니까. 자비는 바로 악덕과 횡포와 학대의 반대 개념으로서만 가치를 갖는 건 아닐 것이오. 또한 자비는 자비를 위한 자비도 아닐 것이오. 사람이 사람을 저주하지 않고 억압하지 않고 오히려 인간의 본성을 자유로이 해방시키며 자유로운 의지가 충만하도록 보장해주고 노력해주는 언덕이 내가 이상하는 세계올시다."

동군은 장로에게 비로소 미소를 지어 보였다. "다른 건 모르겠습니다만 나도 아우슈비츠의 참극이 되풀이되지 않기를 기원합니다. 그런 뜻에서 장로님의 건투를 빌겠습니다."

"서 형, 우리는 유토피아를 이룩할 수 있습니다. 여기 이 언덕에서부터 유토피아를 이루어나갑시다."

"유토피아라구요?" 동군이 반문했다.

"나의 유토피아는 꾀꼬리가 스스로 노래하는 것처럼 즐겁게 일할 수 있고, 종달새가 하늘 높이 날아올라서 지지배배하는 것처럼 하나님의 축복을 누릴 수 있는 그런 언덕 말입니다."

"그것은 동화 속의 얘기 같군요."

동군은 두툼한 입술을 손가락으로 문지르면서 이 사나이는 자기가 주저앉아 있는 땅에서 자기의 낙원을 공상하는 것이 아닌가 하고 생각했다. 장로는 무릎을 꼬아 가부좌의 자세를 하고 눈을 스르르 감아버렸다. 동군은 자기의 머릿속을 짓쑤시던 통증이 장로와 이야기하는 사이에 말끔히 가라앉았다는 것을 깨달았다. 어쨌든 다행한 일이었다. 그가 오늘 밤 뜻하지 않게 머무르게 된 이 집은 그를 불쾌하고 거북하게 하는 곳이면서도 어떤 호기심 같은 것을 부채질하기도 했다. 분노의 감정을 느끼게 하는 한편으로 어떤 몽환의 늪에 잠겨드는 것만 같은 이중적인 정서에 사로잡히고 있었다.

장로의 얼굴이 돌연 고통스럽게 일그러지기 시작했다. 눈을 부릅뜨고 시선을 허공으로 산란하게 흩뜨리는가 하면 차츰 온몸을 뒤틀어대는 것이었다. 그는 무어라고 중얼거리고 있었다. 신음에 가까운 소리였고 알아듣기 어려운 말이었다.

"저주…… 저주…… 나한테 저주가…… 가혹한 하나님……."

겨우 그런 어휘를 알아들을 수 있었다. 장로는 몸을 뒤틀었다. 동군은 그를 위해 어떻게 해주어야 할지 몰랐다. 밖에서 사이렌 소리가 들려왔다. 동군의 등어리에 소름이 끼쳤다. 이미 자정은 넘었을 시각이었다. 어느 집인가 불길에 휩싸여 있는지 모른다. 동군은 그 소리와 함께 심한 갈증을 느꼈다. 차갑고 시원한 물. 메마른 영혼의 지붕 위를 적셔 내리는 빗줄기 같은 물. 조난자의 구명정 위에 내리는 폭풍우의 물. …… 장로는 아직도 몸을 뒤틀며 신음했다. 동군은 심한 갈증을 느끼고 있었다.

2

마른 짚으로 박제를 해넣기라도 한 것처럼 메마른 느낌이 머릿속에 가득 찼다. 낯선 방에서 불면에 시달린 탓이었을 게다. 새벽녘에 이르러 그는 여행을 하였다. 처음엔 새털처럼 가볍고 유쾌한 여행이었다.

안개가 자욱하게 퍼져 있었다. 동군은 안개의 숲 사이로 헤쳐나갔다. 혼자였고 어디로 가고 있다는 의식조차 없었다. 그래도 그는 콧노래를 흥얼거리면서 유유히 걸었다. 그는 숲 사이로 걸었고 안개를 헤집어나가면서 이윽고 물가에 이르렀다. 늪이었다. 그는 그 늪을 걸어들어갔다. 물이 발에 차가웠다. 그러나 싫지 않았다. 이상한 것은 그의 마음 쪽이었다. 물에 걸어들어가려는 생각이 없었건만 그는 물에 걸어들어가고 있는 것이었다. 허리까지 물에 들어갔고, 이어 가슴팍까지 물에 잠겼다. 이윽고 그는 팔다리를 저어나갔다. 수면 위엔 연꽃들이 떠 있었고 그 연꽃들을 헤치면서 그는 헤엄쳐나갔다. 안개가 걷히기 시작했다. 조그만 바위가 수면 위에 솟아 있었다. 그는 그 바위 위로 올라갔다. 바위 위에 오른 뒤 갑자기 놀라운 일이 있었다. 거센 바람이 불기 시작해서 눈을 뜰 수조차 없었다. 모래 가루 같은 것이 얼굴을 따갑게 때렸다. 바람이 가라앉은 듯해서 눈을 떴을 때는 자기가 사막 같은 벌판의 한가운데에 있는 것이었다. 그는 모래 벌판을 걸어나갔다. 뜨거운 햇볕이 마구 퍼붓고 있었다. 목구멍과 입 안은 갈증으로 가득했다. 살갗은 아리고 빡빡한 느낌이었다. 태양이 바로 머리

위에서 내려다보고 있었으므로 눈부셨고 현기증이 일었다. 그 가운데 자기의 몸은 분명히 존재하고 있었으나 아무런 의식(意識)이 없었다. ……희한한 꿈이었다.

그 꿈에서 깨어났을 때 제일 먼저 들려온 소리는 턱뼈의 말이었다. 그는 "하나, 둘, 셋, 넷. 하나, 둘, 셋, 넷" 하고 구령을 붙이면서 맨손체조를 하고 있었다. 그는 요령이 좋은 사나이로 보였다. 잠보는 아직도 일어날 생각을 하지 않고 늘어져 있었다. 장로는 반듯하게 몸을 눕히고 있었는데 이미 잠을 깬 모양이었다. 젊은 화가는 창밖을 내다보고 있었다. 창이 높았기 때문에 그는 이부자리와 베개 따위를 모아다 쌓아놓고 손으로는 쇠창살을 잡은 채 창밖을 내다보고 있었다. 은은하게 밝은 새벽 햇살이 창문을 통하여 새어들어오고 있었다. 그 은은한 햇살이 동군에게 조금쯤 위안을 주었다. 비록 작은 창문이었고 게다가 쇠창살이 안쪽으로 가로막고 있긴 했지만 그 창이 이 음울한 방 안에다가 명랑한 햇살을 전해주고 있다는 게 그로서는 다행스럽게까지 여겨지는 것이었다. 지금 그는 이 방에서 아무것도 위안이 될 만한 것을 달리 찾을 수 없었기 때문이다. 단 몇 시간을 지내더라도 전혀 어떤 위안거리를 갖지 못하고 있다면 그것처럼 괴로운 일은 없으리라. 그래서 감방 안의 죄수들은 단 한 모금의 담배를 피우기 위해서 서로 주먹다짐까지 벌이는 것이리라.

젊은 화가는 뒤로 나동그라지지 않기 위해서 쇠창살을 부여잡은 채 여전히 창밖을 내다보고 있었다. 천진한 아이가 창밖 풍경에 한눈을 팔고 있는 것처럼. 턱뼈는 방문 쪽으로 가더니 문틀 위에 달린 단추를 눌렀다. 버저 소리가 길게 울렸다. 턱뼈는 두어 번 버저 단추를 누른 다음 제 매무새를 손봤다. 줄무늬 유니폼이 잠옷을 겸해 입는 것이라서 손질을 해도 단정한 느낌이란 나질 않았다. 이윽고 도어 저쪽에서 "무슨 일이야?" 하는 소리가 났다. 어젯밤의 그 보조수인 모양이었다. 아직 잠이 덜 깼는지 한층 볼멘 듯한 소리였다. "또 턱뼈지?" 하는 소리와 함께 문이 열렸다. 보조수의 모습이 나타나자 턱뼈는 꾸뻑하고 인사를 올렸다. 턱뼈는 재빨리 복도를 빠져나갔다. 화장실 갈 일이 급했던 모양이다. 화가가 어느 틈에 창가에서 내려와 보조수를 보고 상냥한 말씨로 인사를 건넸다.

"안녕하세요. 나, 집에 갈 거예요. 집에 보내주세요."

보조수는 그 말엔 대꾸도 않고 방 안으로 성큼성큼 들어와 휘둘러보았다. "오줌 싼 놈은 없지?" 하고 보조수가 말했는데 그것이 농담의 말인지 어쩐지를 알 수 없었다.

잠보는 겨우내 자고 깨어난 곰처럼 굼뜬 동작으로 기지개를 켜고 꾸물거리면서 일어섰다. 장로는 단정하게 무릎을 꼬아 가부좌 자세로 있었다.

방 안이 아주 짧은 동안에 밝은 빛으로 가득 찼다. 창문을 통해서 먼저보다 밝은 빛이 몇 삼태기쯤 밀려들어온 것이었다. 방 안의 한가운데는 맑은 물이 담긴 유리그릇처럼 투명해 보였다. 그러나 방 안은 이내 다시 조금 어두워진 느낌이었다.

동군은 보조수에게 다가갔다.

"의사 선생을 만나게 해주십시오."

"아직 안 돼. 그들은 아직 출근하지도 않았어."

"그럼 의사 선생께서 일을 보기 시작하면 바로 말해주십시오. 내가 급히 만나고 싶어 한다고."

"그런 건 너무 신경 쓰지 않는 게 좋아. 그이들이 모든 걸 다 알아서 할 테니까."

"그래도 나는 기다려야 할 이유가 없어요. 나는 어젯밤부터 이곳에 있었는데 도대체 무슨 까닭인지 모르겠습니다. 이게 뭔지 일이 잘못되었기 때문이란 말입니다."

하고 동군이 말했다. 그는 보조수에게 그런 말을 하면서도 자기의 심정이 그에게 잘 전달되지 않고 있는 것만 같은 답답한 느낌이었다. 그래서 동군은 미간을 찡그리고 무슨 말을 하여 설득할지 궁리하고 있었는데 보조수는 역시 딴전을 피우고 있는 것 같았다. 보조수는 무표정한 얼굴로 잠보를 향해서 마치 주먹이라도 한 대 먹이는 듯한 장난을 하고 있었다. 잠보는 싱글싱글 웃으면서 몸을 좌우로 움직이며 주먹을 피했다.

"그건 밥통 같은 소리야. 너희들은 대개 그런 식으로 얘기하지. 그리고 모두 바깥으로 나갈 궁리나 하고." 보조수는 잠깐 말을 중단하고 주위를 한 번 둘러본 뒤에 말을 이었다. "그러나 너희들은 바깥에 나가봤자 다시 돌아오게 돼. 그럴 바에야 얌전하게 이곳에 죽치고 있는 게 똘똘한 짓이거든."

"그건 어떻든 나는 사정이 다르잖습니까?" 하고 동군이 말했다. "나는 환자가 아니란 말입니다."

"사정이 다르긴 뭐가 달라? 그 옷을 입고 이 방에 있는 한 내게는 다 똑같이 보인단 말이야."

"……뭐라고요? 그건 말도 안 되는 소리!"

"아무튼 너희들이 이곳에 있는 건 이 방에 있어야 할 까닭이 있기 때문이야" 하고 보조수가 말했는데 그것은 으쓱거리는 말투였다.

화장실에 갔던 턱뼈가 돌아왔다. 그는 보조수에게 엄살을 피우며 말했다. "저 큰일 났어요." 보조수는 듣는 둥 마는 둥 했고 턱뼈는 다시 말했다. "똥이 안 나와요. 마렵기는 아까부터 마려운데 가서 앉아 있으면 안 나와요."

"그걸 왜 나한테 말하는 거지?" 하고 보조수가 성가시다는 듯이 툭 쏘았다.

"미스 오한테 말하면 될까요?" 턱뼈가 말했다.

"그래, 그 여자한테 말해."

"좀 있으면 미스 오가 올까요?"

"좀 있으면 올 거야."

"미스 오가 좋은 약을 주었으면 좋겠는데."

"약을 먹어도 안 듣거들랑 방법이 하나 있지. 말해줄까?" 하고 화가가 말하며 씩 웃었다.

"넌 가만있어!" 하고 턱뼈가 화가에게 성을 냈다.

"자기 위해서 하는 말인데 왜 골을 내고 야단이야?" 화가가 말했다.

턱뼈가 화가를 노려봤다.

보조수는 소리도 없이 씩 웃는 듯하더니 두 손으로 턱뼈와 화가를 각각 잡고 흔들어댔다. 그러나 보조수는 그들을 이내 놓아주었다. 보조수는 엉거주춤히 서 있는 턱뼈를 남겨두고 밖으로 나갔다. 턱뼈는 얼른 장로에게 다가갔다.

"장로님, 나는 똥을 눌 수가 없는데요." 턱뼈가 말했다.

"오 간호원이 곧 올 테니까 조금 참아." 장로가 말했다.

"하하, 그렇지. 미스 오가 오면 엉덩이를 까고 관장을 해달라고 해. 그러면 미스 오가 잘 해줄 거야" 하고 화가가 말했다. 화가는 목을 꼬아가면서 수선스럽게 웃어젖혔다. 턱뼈는 화가를 향해 달려들었다. 둘은 금시 한 덩어리가 되어 방 안을 뒹굴었다. 화가는 턱뼈를 밀치고 빠져나오려 애쓰고 턱뼈는 상대방의 허리를 꽉 끌어안고 죄어들었다.

잠보는 뒷짐을 지고 그들을 멍하니 내려다보고 있었고 장로는 명상에 들어 있었다. 동군은 갑자기 그들에 대한 혐오감 같은 것을 느끼고 창 쪽으로 고개를 돌렸다. 화가의 소리가 났다. "나는 말할 거야."

턱뼈의 탁한 음성이 뒤이었다. "맘대로 해. 여우 같은 자식."

"나는 말할 거야. 보조수한테도 말하고 여자들한테도 말할 거야."

"맘대로 해. 맘대로 지껄여!"

"네가 지금 꾀병을 부리고 있다고 말하고 개새끼처럼 무슨 짓을 하려는지도 말할 거야."

그때 도어가 열렸다. 흰 가운에 간호원 모자를 머리에 얹은 젊은 여자가 들어왔다. 그녀는 손에 약봉지함과 물주전자를 들고 있었다. 그녀는 방바닥에 뒹굴고 있는 두 사나이를 보자 "뭣들 하는 거예요. 빨리 일어나요" 하고 꾸짖었다. 그때야 턱뼈가 화가를 풀어주고 일어나면서 열쩍게 웃어 보였다. "내가 변비증예요. 운동 부족 때문일 거예요."

"그래서 운동하느라고 그 야단들이군요?"

"미스 오, 잘 왔어요. 나 약 좀 줘요."

"알았어요. 잠자코들 있어요."

미스 오라고 불리는 그 간호원은 유난히 흰 피부에 가냘픈 체격이었으나 눈매는 매서워 보였다. 미스 오와 시선이 마주친 젊은 화가는 소년처럼 얼굴을 붉혔다.

간호원은 환자들에게 약봉지를 나눠주고, 그들의 약 먹는 일이 끝나자 동군을 눈여겨보면서 말했다. "서동군 씨죠?"

동군이 고개를 끄덕이자 그녀는 동군에게 다가서며 말했다. "잠은 잘

잤어요?"

"아니오. 어떻게 잠을 잘 수 있겠습니까?"

"그럼 제가 잘못 물었군요. 단순한 아침 인사였을 뿐이니까 그렇게 책잡지는 마세요."

미스 오는 물주전자의 반원형 손잡이를 손가락에 걸고 좌우로 조금씩 흔들었다. 그녀는 동군이 이곳에 온 뒤로 본 낯선 사람들——모두가 낯선 이들이었지만——가운데서 가장 명랑하고 활기 있는 사람으로 보였다. 동군은 이 여자라면 자기에게 어떤 도움이 되어줄 수 있으리라 믿었다.

"아는 대로 얘기해줘요. 누가 나를 이곳에 데려왔던가요?" 하고 동군이 그녀에게 다가서면서 물었다.

"그건 나도 모르는걸요."

"모른다고 하지 마세요."

"그건 내가 정말 모르기 때문에 모른다고 하는 거예요."

"그럼 엊저녁에 병원에 안 계셨던가요?"

"엊저녁에 병원에 있었어요. 분명한 건 서동군 씨가 엊저녁에 이곳에 들어온 게 아니란 점예요."

"엊저녁이 아니라고요?"

동군이 반문했다.

"어제저녁이 아니라 그저께 저녁이었어요."

"그저께 저녁이라고······."

동군은 놀라운 느낌을 금할 수 없었다. 김주호 회장과 만났던 일이며 김 회장의 방을 뛰쳐나와서 엘리베이터를 타던 일까지가 어제의 일이 아니었다는 것은. 그렇다면 어제와 그제 사이의 이십사 시간은 어떻게 된 것일까. 그것은 어떤 심연으로 빠져버린 것이 아닐까. 아니면…… 자기는 그동안을 완전무결하게 죽어 있었던 것이 아닐까. 그럴 것이다. 그 하루 동안 자기의 존재는 아무런 지각이나 감각도 갖지 못한 채 마치 하나의 물건처럼 어느 골방에 던져져 있었으리라. '마치 하나의 물건처럼'이란 생각이 들자 동군은 등에 소름이 끼쳤다.

미스 오가 방을 나가려 했다. 동군은 그녀에게 잡을 듯이 다가갔다. 이 여자라면 이곳에서 일어난 자기의 신상 일을 당자인 자기보다 더 잘 알고 있을 것이다.

"미스 오, 나는 지금 왜 여기 와 있는 것입니까? 나한테 무슨 일이 일어난 겁니까?"

"그건 나도 잘 몰라요. 그렇지만 차츰 알게 될 거예요."

"아니, 지금 얘기해달라니까!"

간호원은 "지금은 말할 게 없는걸요" 하고 말하면서 방에서 나갔다. 동군은 방 한구석에 가서 주저앉았다. 그는 골똘히 기억을 더듬었다. 기억의 영상들이 혹은 또렷하게 또는 흐릿하게 서로 엇갈리면서 눈앞에 드러났다 사라졌다 하고 있었다. 그는 마침내 하나의 영상을 짚어냈다. 자기는 베드에 누워 있었는데 두런두런하는 말소리가 들렸다. 말은 알아듣지 못했다. 언뜻 안경이 떠올랐다. 그밖의 것들은 흐릿했지만 그 안경만은 비교적 확실하게 떠오른다. 무테안경이었다. 안경 뒤의 눈, 눈빛……. 그러나 그 눈빛은 기억해낼 수가 없다. 검은 눈동자가 자기를 내려다보고 있었다는 것만 생각난다. 물속에서 보는 것처럼 명료하지 못한 영상이었다. 엘리베이터에서 마주 본 사람도 무테안경을 쓰고 있었다. 아니 그렇지 않았을지도 모른다. 그것은 아주 잠깐 동안의 일이었고 주의를 해서 본 것도 아니었다. 그리고 그 안경은 다른 영상에 연관되어 떠오르지 않고 독립되어 떠올랐던 것이어서 언제쯤의 일이었는지 알 수가 없었다.

   3

  여덟 시쯤 된 것 같았다. 조금 전에 이 방의 식구들은 제각각 스테인리스 쟁반 위에 받쳐 온 아침 식사를 끝냈다. 동군은 식욕을 느끼지 못하고 있었다. 그리고 아직도 이 낯선 곳에 대한 거부감 때문에 그 식사를 할 생각이 들지 않았다. 다른 이들의 식사 광경을 물끄러미 쳐다보다가 고작 우거짓국 국물을 한두 모금 마시고 갈증을 달랬을 뿐이었다. 밥그릇들을 거두어간 뒤에 마리아와 혜실이가 들어왔다. 그들은 마치 안방에서 건넌방으로 오는 것처럼 자연스런 거동이었다. 그 여자들은 밤이면 다른 방에서 자고 낮에는 이 방에 와서 지내는 모양이었다.
  마리아는 지난밤에 봤을 때는 서른두어 살쯤으로 알았는데 지금 환한 햇살 아래서는──방은 지금 눈부시도록 환한 햇살로 가득 찼다──서너 살쯤은 더 젊어 보였다. 그녀는 신선하게 상기된 혈색을 하고 있었으며 이 여자가 어떤 불건강한 면을 지니고 있으리라고는 여겨지지 않았다. 키가 큰 편이고 풍만한 몸매였다. 그녀는 동군에게 익히 아는 사이처럼 친근하게 미소를 지어 보였다. 혜실이는 조금 작은 키에 야윈 몸이었다. ──그녀를 가리키는 혜실이라는 이름이 좀 이상했으나 아무에게도 묻지는 않았다──이 여자의 눈빛은 차가운 듯하면서도 예민하게 무엇을 살피는 기색이었고 그것이 마리아의 서글서글한 눈매와는 대조적이었다. 뿐만 아니라 두 사람의 몸매부터가 이 두 여자의 이질적인 면을 잘 나타내주는 듯했다.

그럼에도 불구하고 이 여자들은 동군에게 누이들 같은 연민감을 주고 있었다. 동군 자신은 형제나 자매를 갖지 못했건만 그들이 문득 동기간처럼, 가까운 인연의 사람들처럼 여겨지는 것이었다. 전에 이와 비슷한 경험을 한 적이 있었다.

그는 어떤 여행길에서, 기차 좌석에 나란히 앉았던 한 여자와 우연히 같은 역에서 내리게 됐다. 둘은 기차에서 한마디 말도 나누지 않았고 역에 내려서도 그랬다. 여자는 어느 식당으로 들어갔다. 동군도 달리 식당이 보이지 않아서 그 여자가 들어간 식당으로 들어가 식사를 하게 됐다. 둘은 다른 테이블에 앉아 식사하면서 더러 시선을 마주 건네었다. 그녀는 동군을 경계하지는 않는 것 같았다. 여자가 생각하기에 따라서는, 기차에서부터 한 남자가 자기를 '유심히' 쳐다보았고, 자기를 '일부러' 따라 내렸고 식당까지도 '일부러' 따라 들어온 것으로 지레짐작할 수도 있었으니까. 그리고 그 여자가 동군에게 설령 호감을 가졌다 하더라도 남자의 유혹 따위엔 엄격히 자제하는 것처럼 처신했을 것이다. 그렇건만 그 여자는 조금도 자기를 꾸미거나 내세우지 않았다. 다만 자연스러웠을 뿐이다. 어떤 여자들은 이럴 때 지나치게 신경을 썼을 것이다. 그 여자가 그렇게 했다면 동군도 불쾌감을 느꼈을 것이다. 동군은 비로소 이 여자에게 약간의 호의어린 관심을 갖기 시작했다.

그녀가 식사를 마치고 식당을 나설 때 이번에는 그녀를 놓치지 않도록 재빨리 따라나섰다. 어떻게 해보자는 따위의 생각은 없었다. 그녀를 좀 더 보아두고 싶었을 뿐이었다. 동군은 그녀와 나란히 걸으면서 그녀에게 트

렁크를 들어줘도 좋겠느냐고 말을 건넸다. 그녀는 한 번 사양하다가 짐을 맡겼다. 동군은 그것을 들고 아무 말 없이 걷다가 자기가 볼일을 보러 가야 할 지점에 이르러 그녀에게 짐을 돌려주었다.

그가 혼자 걷고 있을 때 갑자기 하늘이 시커메지고 거센 비가 퍼부어댔다. 이어 천둥이 치고 번개가 시야를 어지럽혔다. 천지가 일시에 깨어져 버리는 것 같았다. 그 순간 땅이 갈라지고 자기가 갈라진 땅의 틈바귀를 하찮은 돌덩이처럼 굴러 떨어지는 환각을 보았다. 그 같은, 순간적이고 두렵고 혼란스러운 시각에 그는 조금 전에 헤어진 그 여자를 동시적으로 생각하고 있었다. 그 여자가 자기처럼 나락으로 굴러 떨어지는 모습이 생생하게 비치는 것이었다. 그는 자기만이 나락으로 굴러 떨어진다고 생각하지 않고 한 여인이──겨우 그 모습을 한 번 봤을 뿐인──자기처럼 그 재앙에 휩쓸리고 있다는 환각에 사로잡혔던 것이다. 그는 자기가 그 미지의 여자와 함께 휩쓸려내리고 있다는 그 환각을 통해 한층 큰 비감(悲感)을 맛보았다.

그런 일이 있은 뒤로 그녀의 모습은 때때로 핏줄을 나눈 오누이의 그것처럼 회상되었다. 동군은 지금 마리아와 헤실이를 보면서 그 미지의 여자에 대해 느끼던 것에 유사한 감정을 갖게 되는 것이었다.

마리아가 동군에게 가까이 와서 말했다. "아침밥 맛있었어요?" 동군은 고개를 끄덕였다. 동군은 이들 두 여자에게만 아니라 이 방의 다른 식구들에게도 다정스럽게 대해주어야 하리라는 생각이 들었다. 동군은 미소를 지어 보였다. 그러나 그는 자기의 얼굴 표면이 굳어 있음을 느꼈고 과연 자기 얼굴에 부드러운 미소가 떠올라서 상대방에게 전달된 것인지 의심스러웠다. 자기는 적어도 지난밤 이후로 표정 하나 짓는 일에까지 어떤 구속감 같은 것을 느끼게 되었음을 알았다. 그래서 말로라도 자기의 감정 표현을 보충할 필요를 느꼈다.

"두 분은 어떠세요? 즐거워 보이십니다만."

"네, 우리도 기분이 좋아요. 그리고 오늘은 햇볕이 좋군요" 하고 마리아가 말했다. 그러나 마리아의 얼굴 옆에 있는 또 하나의 얼굴이 삐쭉하면서 동군을 흘겼다.

"난 지금 기분이 나쁜데요. 선생님은 기분 좋다고 했죠? 난 그러니까 기분 나쁘다고요. 얘가 기분 좋다고 했죠. 아이구 참. 날씨가 좋다고! 난 날씨가 좋으면 기분이 나쁘더라. 기분 더럽다구. 비나 막 쏟아지면 얼마나 좋을까. 요샌 천둥 번개도 없단 말야."

"저런 번개의 딸년 같으니라구. 그 아가리에 지퍼를 채웠으면 좋겠구나" 하고 턱뼈가 쏘아댔다.

턱뼈가 변죽을 올리자 혜실이는 더 큰 소리로 떠들어댔다.

"바람아 불어라. 대추야 떨어져라. 뚝뚝 뚝뚝. 바람아 불어라. 시원시원 불어라. 누가 누가 잘 줍나. 하하하. 내가 많이 줍지. 누가 많이 줍겠어. 혜실이 치마폭이 제일 넓으니까. 내 가랭이가 더 많이 벌어지니까 내가 더 많이 줍지."

"이봐요. 이 혜실이 년은 보통 솜씨가 이렇다고요. 가여운 계집. 바람을 맞아도 보통 맞은 게 아니라구요. 번개씹을 당해서 그런지 툭하면 번개, 바람을 된통 맞아서 그런지 씽하면 바람을 찾거든요" 하고 턱뼈가 말했다. 턱뼈는 자기가 재담이라도 한 것으로 생각하는지 으스대며 좌우를 돌아보고 킬킬거렸다.

동군은 턱뼈의 멱살이라도 잡아 동댕이치고 싶었다. 그는 그들로부터 조금 비켜 앉았다.

창문을 통해 들어온 밝은 햇빛의 첨단이 그의 무릎께에 이르러 있었다. 그는 손바닥을 펼쳐 밝은 햇살의 미립자들을 받아보았다. 따스한 여름 햇볕이었다. 그것이 며칠 전쯤 자기 사무실 책상의 한 귀퉁이에 와서 노닐고 있던 햇살과는 어쩐지 다르게 느껴졌다.

손바닥을 오므려서 그 햇살을 들여다보고 있자니까, 마치 먹을 물을 찾아 헤매다가 간신히 찾아낸 샘의 물을 손바닥으로 담아 들고 있는 것처럼 소중하게 느껴지는 것이었다.

장로는 단정히 앉아서 무슨 생각엔지 골몰해 있었다. 그의 머리칼엔 희끗희끗한 오라기들이 섞여 있었다. 그는 얌전하게 길들여진 턱수염을 이따금씩 매만지곤 했다.

잠보는 한구석에 몸을 눕히고 있었는데 자고 있는 것인지 알 수 없었다. 동군이 그의 말소리를 들어본 것이라곤 그가 잠결에 지른 외마디 소리 같은 것뿐이었다. 그는 거슴츠레한 눈을 하고 있었고 그의 몸에선 맥도 뛰고 있지 않은 것처럼 보였다.

그래도 앞으로 많이 나온 이마는 고집스러운 인상을 주고 있었다. 단순하고 우직해 보이는 그의 얼굴 속에서 한 영혼이 무슨 병으로 시달리는 것인지, 달고 편안한 잠의 울타리 속에서 졸고 있던 닭이 짓궂은 쥐에게 놀라 후다닥거리는 것처럼 비명을 내지르는 것이다.

젊은 화가는 손가락을 붓처럼 뻗쳐가지고 방바닥에다가 무엇인가 그리고 있었으나 무엇을 그리는 것인지는 알 수 없었다. 그는 꾸준히 그 같은 우스꽝스런 짓을 계속하고 있었다.

4

 "어제 동생이 찾아왔었어요. 동생은 날 보고 많이 좋아졌다고 하더군요" 하고 마리아가 말했다. 그녀는 그렇게 말하면서 한 손으로 긴 머리칼을 빗어 넘겼다. "동생은 내 걱정을 많이 하거든요. 동생은 나를 자주 찾아와요."

 "거짓말. 동생이 언제 찾아왔다고. 나는 못 봤어. 그건 거짓말이야" 하고 헤실이가 참견했다. 그러나 마리아는 헤실이에 대해서 괘념치 않고 이야기를 계속했다. 헤실이는 어디서 구했는지 조그만 손거울을 들고 제 얼굴을 요모저모 들여다보고 있다가 마리아가 하는 말에 불쑥 참견을 하곤 하는 것이었다.

 "난 그 애가 가여워 죽겠어요. 이제 스물두 살밖에 안 됐어요. 학교도 다니다가 그만뒀어요. 대학에 다니다가 돈 마련이 어려워서였는데 그 애는 자기가 돈 때문에 그만둔 것은 아니라고 해요. 돈 아니고도 까닭은 있겠지요. 그런데 그 애는 내가 제 걱정을 하면 오히려 짜증을 내면서 내 걱정만 해요. 나도 처음엔 대학을 다니다 중퇴했었죠. 없는 돈에 대학을 꼭 다녀야 할 이유가 없지 않을까 하고. 그러다가 취직을 해서 사회생활을 하다 보니 역시 대학을 졸업할 필요를 느꼈거든요. 그래서 야간대학을 다니고 졸업을 했어요. 나는 처음에 무역회사를 다니다가 대학을 졸업한 뒤 어떤 잡지사의 기자로 일하게 되었어요. 나는 거기서 열심히 일했고 상사들로부터 귀염도 받았어요. 그런데 지방 출장을 나갔다가 다치고 말았어요. ……아, 그 애긴…… 나도 잘 알 수가 없어요. 자동차가 전복됐대요. …… 사장님과 함께 타고 있었는데 사장님은 무사했어요. 아, 그분이 무사한 것은 다행이었어요."

혜실이가 다시 참견하였다.

"이 여자 말은 믿지 마세요. 그게 아니고 사장이 이 여자한테 싫증이 나서 죽여버리려고 꾸몄던 거예요. 차 사고를 일부러 꾸몄던 거예요. 그러니까 사장은 무사하죠."

마리아는 혜실이의 참견에는 아랑곳하지도 않았다.

"나는 차 사고로 다쳤지만 내 잘못이었어요. 내가 차를 태워달라고 졸랐거든요. 사장님은 그때따라 운전사도 부르지 않고 자기가 손수 운전해주었어요. 내게는 언제나 친절하고 다정한 분이었어요. 그분도 조금은 다쳤대요. 팔을 좀 다쳤다는데 그만하길 다행이죠."

"그건 마리아의 말보다 혜실이의 말이 옳아요" 하고 턱뼈가 끼어들었다. "마리아는 너무 착한 여자라서 자기를 해치려던 사람을 감싸주고 있는 거예요. 마치 성모 마리아처럼 착한 여자예요. 그래서 반쯤 죽었다가 저렇게 살아날 수 있었던 거지요."

동군은 그들의 이야기를 종잡기 어려웠다. 다만 마리아와 함께 차에 타고 있었다는 사장이 마리아와는 어떤 특별한 관계에 있었을지 모른다는 짐작이 들었다.

그는 자기를 중심으로 둘러앉아 있는 일행을 떠나서 방문 쪽으로 갔다. 그때 마침 도어가 열렸다. 간호원 미스 오와 간호 보조수 최가 나타났다. 동군은 대뜸 그들에게 말했다.

"의사를 곧 만나게 해주십시오."

"네. 지금 그렇잖아도 서동군 씨 때문에 온 거예요. 우리를 따라오시죠."

미스 오가 앞서 나가자 동군은 보조수와 함께 따라갔다. 그때 등 뒤에서 혜실이의 목소리가 들렸다.

"그 사람들 말을 잘 들어야 돼요. 안 그러면 캄캄한 골방 속에 갇혀서 혼나요! 보호실에 집어넣을 거예요."

동군을 흘깃 뒤를 돌아보았다. 혜실이가 방문에서 내다보며 팔짓을 했다. "아마 전기 충격을 먹일 거예요."

보조수가 동군을 밀었다. 그리고 고개를 돌려 혜실이를 향해서 "시끄러워!" 하고 소리쳤다. 동군은 순간 긴장했다. 전기 충격이라니!

그들은 복도 한쪽에 있는 도어를 열고 들어갔다. 거기엔 또 하나의 복도가 있었다. 동군은 작은 방으로 안내되었다. 그 방엔 침대 하나와 조그만 탁자가 있었다. 미스 오가 동군에게 침대에 앉으라고 권했다. 낮은 목 침대였다. 동군은 거기 앉으면서 주변을 살폈다. 벽의 한쪽엔 작은 창문이 있었으나 역시 창문 안쪽으로 쇠창살이 쳐져 있었다. 보조수는 창문 쪽으로 가서 발돋움을 하고 창문을 살폈다. 보조수는 방의 이 구석 저 구석을 살피고서는 가슴을 떡 버티고 서서 동군과 미스 오를 쳐다보고 있었다. 미스 오는 손에 들고 있던 장부에 무엇인가 적어넣더니 동군에게 말했다.

"오늘부터 당분간 이 방을 쓰세요. 이 방은 먼젓 방보다는 지내기가 좋을 거예요. 화장실이나 욕실을 사용하는 것도 훨씬 자유로워요. 사용하고 싶을 때는 버저를 누르세요. 침대 옆에 버저가 있습니다."

"그건 어떻든 좋아요. 내가 앞으로 얼마나 이 방에 있어야 된단 말입니까?"

"나는 대답해드릴 게 없어요. 지시와 규칙에 따를 뿐예요" 하고 미스 오가 대답했다.

"뭐라고요? 그렇다면 그 지시를 내리는 사람을 불러와요!" 하면서 동군은 미스 오에게 바싹 다가섰다.

"귀찮게 굴지 말고 얌전히 구는 게 좋아." 보조수가 말했다. 미스 오는 동군의 어깨에 손을 얹었다. "자, 앉아요" 하고 그녀는 말하면서 가볍게 동군의 몸을 침대 쪽으로 밀었다. 동군은 침대에 앉아서 그녀를 봤다. 그녀의 손은 마른 편이었으나 희고 예쁜 여자다운 손이었다. 동군이 침대에 걸터앉자 간호원은 보조수에게 눈짓을 했다. 보조수는 동군을 쓱 훑어보고는 방에서 나갔다.

"자, 나를 어쩌려는 생각인지 말해주시오."

"그렇게 언짢아하지 마세요. 마음을 푹 놓고 기다리시면 돼요."

"기다리라면 무엇을 기다리는 것인지 알아야겠어요."

미스 오는 눈을 동그랗게 떴다. 그녀는 손가락으로 안경테를 만지작거리면서——그것은 그녀의 단순한 버릇인 듯했지만——동군을 똑바로 쳐다보았다.

"그렇게 못마땅하게 여기시면 안 돼요. 그렇게 이곳을 나쁜 곳으로 생각하셔선 안 돼요. 물론 언짢은 기분은 이해할 수 있죠. 더러 그런 식으로 생각하는 사람들이 있다는 건 우리도 알고 있습니다. 그러나 그렇다 하더라도 병원 당국으로서는 달리 어쩔 도리가 없을 거예요. 자, 이젠 좀 쉬세요. 시간이 지날수록 많이 좋아질 거예요."

미스 오는 웃음을 지어 보이고 방문 쪽으로 갔다.

5

"이봐! 일어나! 일어나란 말야" 하고 외치는 소리가 났다. 이 병장(兵長)의 음성이었다. 키가 작고 얼굴이 약간 얽은 사내였다. 이 병장은 동군이 군대 생활 경험을 통해서 가장 견디기 어려웠던 상급자의 하나였다. 같은 병(兵)이었지만 이 병장은 동군보다 반년쯤 입대가 빨라서 군번의 서열이 6계단 정도 앞선 고참이었다. 동군이 일어나자 이 병장은 다짜고짜로 "차렷, 열중 쉬엇, 차렷"을 구령했다. 동군은 고픈 잠을 겨우 들려 하던 참에 자기에게 까닭 모를 기합을 넣고 있는 이 병장을 증오의 눈초리로 노려보고 있었다. 그러나 잠은 깨었고 몸은 자기도 모르게 잘 조련된 동물처럼 구령을 따라 움직이고 있었다. 동군은 하잘것없는 이유로──낮에 그는 이 병장의 개인적인 부탁 하나를 들어주지 않았던 일이 생각났다──기합을 주는 이 병장에게 대한 노여움보다 그에게 쉽게 순응되어버리는 자기 자신의 비굴성에 대한 노여움을 느꼈다. ──지금 이 병장의 그 음성과 모습이 꿈인 듯 아닌 듯하게 떠오르는 것이었다.

동군은 침대에서 몸을 일으켰다. 그는 의사가 나타나지 않는 이유를 알 수 없었다.

아, 그렇군. 김주호 회장과의 일이 다시 머리에 떠올랐다. 그러나 그 일만 해도 결코 궤도를 벗어난 일이라고 단정할 객관적 근거는 없다. 회장이 회장 자신의 생각에 따라 판단하고 행동하는 것처럼 동군은 그 자신의 판단에 따라서 행동했을 따름이다. 아니 틀린 것은 오히려 회장 쪽이다, 라고 그는 생각했다. 회장이야말로 사회의 보편적인 척도를 거부하고 그 자신의 극히 개별적인 척도에 의해 모든 일을 재단한다. 해상산업에 관한 태도만 해도 그렇다. 그는 해상산업을 돕는다는 명분을 내세우고 실제로는 자기의 산하로 합병시키려는 작전(作戰)이었던 것이다. 결국 강자가 약자를 교묘한 방법으로 식민지화하려는 속셈이 거기 있을 뿐이었다. 그러나 김 회장에 대한 불복(不服)과 지금 자기가 여기 갇혀 있어야 되는 일은 쉽게 결부시켜 풀이할 수 없었다.

동군은 버저를 눌렀다. 버저가 울리는 소리가 길게 울렸으나 보조수는 얼른 나타나지 않는다. 동군은 주먹으로 문짝을 몇 차례고 두드렸다. 한참 만에 보조수의 발걸음 소리가 들려왔다.

보조수는 도어 밖에서 감시 구멍을 통하여 무슨 일이냐고 묻고 있었다. 동군은 얼굴을 잔뜩 찌푸리고 신경질적으로 문을 마구 두들겼다.

"의사, 의사를 불러달라니까!"

동군은 좀 더 큰 소리로 말했다.

"의사를 오라고 해!"

그러나 보조수는 문도 열지 않았고 대꾸조차 하지 않았다.

동군은 침대 위로 올라가서 창문 밖을 내다봤다. 손수건보다 조금 커 보이는 창문은 오랜 비바람과 먼지로 유리가 더럽혀져 있었다. 그 얼룩진 유리를 통해 희미하게 바깥 풍경을 내다볼 수 있었다. 그나마도 이쪽 건물의 지붕 때문에 차도를 지나가는 버스나 덩치가 큰 차량 들의 윗부분이 조금씩 보일 뿐이었다. 그 위쪽으로는 조그만 산이 있었다. 그 산엔 보잘것 없는 주택들이 중턱까지 들어찼고 그 뒤로는 바위산이 절반쯤 깎인 채 큰 벼랑을 이루고 있었다. 동군에게 위안이 되어줄 것이라곤 단 한 가지도 눈에 띄지 않았다. 그래도 바깥은 지금 밝은 햇살이 내리비치고 있었다. 햇살의 밝음 그 자체가 햇살이 비춰주는 정경보다도 그에게 자그마한 위안이 되어주기 시작했다. 아까 간호원은 '오늘부터' 이 방에 있으라고 했는데, 그렇다면 그것은 우늘부터 언제까지인지도 모르게 갇혀 있게 되는 것을 의미하는 것이 아닐까. 아니 이미 나는 오랜 부자유의 생활에 익숙해 있는 그런 태도를 취하고 있는 것은 아닐까.

그는 새벽에 꾸었던 꿈을 생각해냈다. 그런데 그 꿈은 도대체 무슨 의미를 띨 수 있을까. 볼을 비비는 안개, 온몸을 적시던 늪의 물, 그 물속을 헤엄치던 운동의 감각, 이어서 모래밭, 모래밭을 걸을 때의 갈증, 몸속에 퍼져가던 타는 듯한 목마름, 피부를 찢는 것만 같은 따가운 햇볕…….

갑자기 방 안이 후텁지근하고 무더운 느낌이 들었다.

동군은 침대 위에 몸을 눕히고 마음을 다져먹으려 애썼다.

왜 자기는 느닷없이 이곳에 있게 된 것일까? 아니, 이 일들마저 꿈속의 일은 아닐까. 아주 확실하게 자기의 심신을 사로잡고 있는 하나의 큰 환각 상태는 아닐까.

지금 이곳에 갇힌 일이 환각이나 꿈속의 일이라면…….

6

대낮이었다. 자기가 근무하는 회사가 있는 도심지의 대로였다. 그는 회사 현관을 나서서 걷는 중이었다. 이윽고 낯선 이들의 놀라워하는 시선이 자기의 몸뚱이에 쏠리는 것을 깨달았다. 그는 많은 행인들의 모습을 둘러보았다. 개중엔 자기의 갈 길을 바삐 가는 이들도 있었지만 보다 많은 사람들은, 남자들, 여자들, 늙은이들, 젊은이들은 자기를 히죽거리며 쳐다보거나 저희끼리 수군거리기도 하면서 그를 쳐다보고 있는 거였다. 개중에 어떤 얼굴은 경멸과 노여움까지 나타내고 있었다.

그는 비로소 자신의 모습을 살폈다. 그는 몸에 옷이라곤 걸치지 않은 자신의 모습을 보았다. 우선 그들의 시선으로부터 몸을 숨겨야 했다. 어디에도 몸을 숨길 데가 보이지 않았다. 부끄럽다는 느낌 이전에 절망적인 감정이 그를 괴롭혔다. 그는 마구 달리기 시작했다. 마구 달리기 시작했어도 거리는 또 하나의 다른 거리로 이어질 뿐이고 행인들은 그를 손가락질하고 웃고 소리치고 있었다. 그는 어느 골목길로 접어들었으나 골목에서도 자기의 나체를 숨길 수는 없었다. 왜 나는 벌거벗는가.

그는 행인들의 시선에서 해방될 수만 있다면 그 무슨 일이라도 해낼 것이라고 생각했다. 그는 또다시 달렸다. 벌거숭이 맨몸이라는 것이 인간에게 이처럼 고통이 된다는 것! 그렇다면 인간이란 그 자신이 모체에서 태어날 때부터 갖고 있는 그 몸뚱이만으로는 너무도 부족한 것이 아닌가. 개나 말, 소나 고양이라면 그들이 모체에서 태어날 때부터 갖고 있는 그것만으로 완벽한 것인데 인간은 그의 모체에서 갖추고 나온 것만으로는 불완전한 것이다. 옷을 입지 않은 알몸을 대낮의 햇살 아래 드러내놓는 일, 그것은 거리에서 관용될 수 없는 것이다. 사람들은 치부를 드러내놓지 않고 그리고 걷는다. 그들은 여유 있게 걷는다. 그리고 그들은 그렇지 않은 자를 경계한다. 그들은 개처럼 걷지 않는다. 그들은 옷을 입고, 그 옷을 뻐겨 보이며 걷는다. 옷 뒤에 자기의 몸뚱이를 교묘하게 숨기고서 말이다.

그렇다면 옷이란 무엇일까. 옷이란 그들을 완전하게 인간화시켜주는 그런 힘과 구실을 갖는 것일까. 말이나 소의 살갗이 갖는 감각조차 가지고 있지 않은 저 무기물에 불과한 옷이 말이다. 어떤 의미로는 거리를 걷는 것을 용서하면서 맨몸뚱이 그대로인 인간이 걷는 것을 경멸하고 증오한다.

맨몸뚱이의 인간을 추방한다──그것이 인간의 상궤인지 모른다. 그것이 그들의 지혜로 만들어낸 인간의 울타리이다.

동군은 마구 달리다가 가로수를 들이받고 쓰러졌다. 행인들이 그의 몸을 발로 걷어차는 것 같았다. 불쾌한 꿈이었다.

그는 그 꿈이 자기가 이곳에 갇혀 있음의 원인을 암시해줄 실마리가 되지 않을까 궁금했다. 하지만 자신은 모두 입게끔 되어 있는 자리에서 옷을 벗고 나체가 된 일을 한 번도 없었던 것 같다.

그러나 세상은 나 서동군이가 거리에서 옷을 벗어부치고 나체가 되는 짓을 한 적이 없다는 점에 동의해주지 않을지도 모른다. 오히려 짓궂은 웃음을 머금고 나를 맨 구석받이까지 몰아 처넣을지도 모르잖는가.

동군은 무언지 꼬집어 말할 수 없는 불길한 감정이 집요하게 들러붙는 것을 느끼면서 초조해졌다. 다른 어떤 음모가 자기를 둘러싸고 죄어올지도 모른다는 생각과 함께 ㅁ의 일이 머리에 떠올랐다. ㅁ은 김주호 회장에게 반기를 들었다는 이유로 피해를 입은 회사 간부였다. ㅁ이 피해자라는 것은 ㅁ측의 주장이었지만 그것은 그것대로 어떤 근거를 가진 것이었다. 그 근거 중의 하나는 김주호 회장의 냉혹성과 음험한 공격성이었다. 회장은 군의 어느 지휘관 시절에 규율을 어긴 부하──그 부하는 당시 그가 내렸던 금주령을 어기고 취한 걸음새로 부대 근처의 길을 걷고 있었다──를 향하여 운전병에게 차를 몰게 했다는 소문도 있었다. 그를 아는 사람들은 그의 엄격성을 얘기함에도, 그의 냉혹성을 얘기함에도 이 일화를 말하곤 하는 것이었다. 때문에 회장이 ㅁ의 배반──이 배반이라는 것은 회장 측의 논리였지만──에 대해서 가혹한 제재를 가했으리라는 점은 어렵지 않게 납득되는 것이다. ㅁ은 회의 석상에서 회장의 발언을 비판한 그 다음 날 저녁 자동차 사고로 중상을 입었다. ㅁ측의 증언에 따르면 어떤 차가 그들이 탄 차를 길옆으로 밀어내고 그대로 질주했는데 그 차는 U커브 지점에서 ㅁ이 탄 차가 회전할 때의 속도와 각도까지 미리 계산해 넣고 있었던 모양이다. 차량에 대한 조사 결과 회장 측은 상당히 불리한 처지에까지 몰리게 됐다. 결국 사건은 ㅁ측이 회장 측에서 두둑한 대가를 받음으로써 무마된 모양이었다. ㅁ은 퇴원 뒤——다리 하나를 절게 되었지만——한 업체를 차렸는데 김주호 회장이 상당한 자금 지원을 해주었으리라는 몇몇 근거가 있었다. ㅁ의 사건 아니라도 어느 중간 보스는 정체를 알 수 없는 깡패에게서 압력을 받거나 폭행을 당한 일도 있었다. 이 같은 점들로 비추어 볼 때 동군은 자기 자신이 김 회장에게서 어떤 제재를 받을 가능성을 결코 배제할 수 없음을 깨달았다. 누구일지라도 김 회장에 거슬리는 자는 글러먹은 것이 된다…….

7

…… 동군이 잠들었다가 깬 것은 보조수가 점심밥을 가지고 온 때였다. 보조수는 동군의 어깨를 잡아서 일으켰다. 동군은 이 짓궂은 사내를 걷어차버리고 싶었다. 보조수 최는 천성이 정신병원의 간호 보조수로 타고났는지도 모르겠다. 오만 무례하고 무뚝뚝한 행동거지는 간수의 그것과 별로 다를 것이 없지 않은가. 그는 몹시 시장했다. 그는 보조수가 방에서 나간 뒤에 곧 밥상에 달려들었다. 좁쌀이 조금 섞인 쌀밥과 오이지, 꽁치구

이, 그런 것들이 간이 식판에 담겨 있었고 미역을 넣은 냉국이 국그릇에 담겨 있었다. 동군은 우선 국을 들어 국물부터 후루룩 들이켰다. 냉국이라지만 별로 차갑지도 않았고 정성 들여 만든 것 같지도 않았다. 그러나 그것을 한 모금 마시고 나니까 식욕이 한결 당기는 것이었다. 그는 바쁘게 밥술을 떠넣고 이어 이것저것 찬을 입에 넣고 씹었다. 이렇게 맛있는 식사를 해본 일은 근래에 없었던 것 같았다. 그는 몇 분도 안 되어서 식사를 끝마치고 말끔하게 비워진 식기를 내려다봤다. 아무튼 이같이 불유쾌한 곳에서지만 제법 맛있게 식사를 끝낸 것이 다행이었다. 동군은 이번엔 물을 마시고 싶어져서 버저를 눌렀다. 보조수 녀석이 자기를 마치 죄수 취급하듯 하는 것이 증오스러웠지만 밉게 구는 놈에겐 그런대로 요령을 내어 대처할 수밖에 없다는 생각이 들기도 했다. 거칠게 구는 놈은 그대로 내버려두자. 그리고 경우에 따라서는 이쪽에서 더 거칠게 굴어서 놈의 야코를 죽여주자. 동군은 이번엔 버저를 계속 눌러댔다. 보조수가 나타났다.

"왜 귀찮게 구는 거야?" 하고 보조수가 말했다.

"이봐, 밥그릇 가져가라고. 그리고 난 지금 물을 마시고 싶단 말야. 시원한 것 좀 가져와" 하고 동군은 씩 웃어 보였다. 여태까지와는 달리 호기 있는 말투를 지껄였지만 보조수는 역시 덤덤한 표정일 뿐이었다. 그는 조금 뒤에 주전자와 컵을 가져다주었다.

동군은 두어 컵 연달아 마신 뒤 "물은 두고 갔으면 좋겠어" 하고 말했다. 보조수는 "안 돼. 규칙이야" 하고는 식기와 물 주전자를 가지고 나갔다.

동군은 잠시 뒤에 버저를 다시 눌러댔다. 보조수가 나타났다. "이번엔 화장실이야."

동군은 변기 위에 오래 앉아 있었다. 사방을 둘러보자니까 벽에는 글씨라곤 몇 번 써보지 않은 사람의 그것처럼 서툰 솜씨로 '하고 싶다', '혜실이 ××'라고 씌어 있는 낙서가 보였다. 그 낙서들은 긁어서 지웠지만 워낙 형식적으로 지웠기 때문에 글자는 알아볼 수 있었다.

또 한쪽 벽엔 얼른 보면 낙타나 타조 같은 짐승의 눈 같은 그림도 있었다. 자세히 보니 그것은 여자의 성기를 제법 정성 들여 그려놓은 것임을 알 수 있었다. 다시 한 군데엔 손톱자국 같은 것으로 '죽자'라고 새겨진 낙서도 보였다.

화장실 문을 밖에서 두드리는 소리가 났다.

"안에서 뭣 하고 있는 거야." 보조수였다.

저 무례한 작자가 문을 열어볼지도 모른다. 화장실 안엔 안으로 잠그는 장치가 되어 있지 않았다. 이곳에서는 사람의 하루 생활 가운데서 가장 비밀스러워야 할 시간마저 허용되어 있지 않은 모양이다. 그런 모든 조치와 배려 들이 이 병원을 효과적으로 통제하는 수단이긴 하겠다. 그러나 그 같은 통제는 신경과 마음 또는 영혼이라고 이름 지을 수 있는 신비로운 기관에 확실하게 병이 발생했을 때에 한해서 가해져야 하리라. 만일에 내게 그런 통제가 주어져야 할 까닭이 있다면 그들은 당사자에게 그것을 밝혀주어야 할 것이다. 가령 중증의 암환자가 있을 때 효과적인 치료를 위해서 당자에게는 병명을 숨길 수도 있겠다. 그러나 그를 진단조차 하지 않고서 중증의 암환자라고 선고한다면 그것은 엄청난 횡포일 수밖에 없다.

이곳에 몇 년씩 묵어 있는 환자가 있는가 하면 두 차례, 세 차례째 입원하고 있는 환자도 있는데 이 만성 환자들은 누가 가르쳐주지 않더라도 마침내는 그 스스로가 이 병원의 환자다운 병명을 자기의 신분증처럼 휴대하고 그것을 가진 이상 안도하고 있는 것 같았다. 동군은 자기도 나중엔 그 같은 만성 환자가 되어버리는 모습을 생각해보기에 이르자 견딜 수 없었다. 그는 벌떡 일어났다.

"왜 내가! 왜 내가 여기 있어야 돼?" 그러나 그 질문엔 아무도 대답해주지 않고 끝내 아무도 대답해주지 않으리라는 생각이 드는 것이었다. 만일 내가 이곳에서 몇 달이라도 있게 된다면? 도대체 나를 이곳에 처넣은 건 누구일까? 그 엘리베이터에서는 도대체 무슨 일이 있었던 것일까?

어느덧 서쪽으로 난 창문을 통해서 저녁 햇살이 들어와 침대의 한쪽에 배를 깔고 엎드려 뒹군다. 그는 한동안 눈을 감고 있었는데 햇살이 그의 얼굴과 눈꺼풀에까지 이르렀다. 햇살을 눈두덩에 받고 누워 있자니까 자기가 이곳에 있는 일이 전부터 낯익은 곳에 와 있는 것 같은 느낌에 빠져버렸다. 실지로 그는 자기가 어떤 장소에 가서 그곳이 분명히 처음 가본 곳임에도 불구하고 전의 어느 때 가봤던 것 같은 기이한 느낌을 경험할 때가 더러 있었다. 그것은 논리적으로는 설명하기가 어려운 것이지만 그런 때면 감상적이고 우울한 감정이 뒤따르곤 했다.

왜 이 장소에서 그런 느낌이 들었을까.

동군은 지금 자기의 마음의 샅에 끼어들어서, 고양이의 혓바닥으로 핥듯 하는 그 우울을 자기도 모르게 달콤하게 받아들이려는 태도를 스스로 경계해야 했다. 그 우울은 한밤중 경계근무를 서고 있는 병사를 달콤한 잠 속으로 끌어들이는 수마와도 같은 것이다.

자기는 강자(強者)가 되고자 하는 야심으로 노력을 바쳐왔지만 자기의 내면 깊은 바닥에는 병실 침대에서 다른 환자의 침대를 꿈꾸던 소년 시절의 연약한 영혼의 숨결이 아직도 살아 있는지 모른다.

그때 누군가 방에 들어왔다. 간호원인 미스 오였다. 동군은 이마에 깊은 주름을 지으며 그녀에게 말했다.

"아직도 나를 그냥 내버려두고 있군요?"

"네, 의사 선생님께서 무슨 말씀이 있을 거예요. 너무 초조해하지 마세요."

"초조해하지 말라구요?"

"그냥 편안하게 쉬고 계세요."

"이봐요, 미스 오. 나는 지금 충분히 쉬고 있고 이젠 너무 쉬었습니다. 나는 지금 일을 하고 있을 시간이란 말예요. 되풀이하는 질문이지만 도대체 내가 지금 왜 여기 있는 거죠?" 하고 동군은 그녀의 어깨를 잡아 흔들기라도 할 듯이 간호원에게 바싹 다가섰다. 미스 오는 약간 당혹해하는 것 같았다. 이내 그녀는 미소를 띠고 상냥하게 말했다.

"갑자기 이런 데 와 계시니까 갑갑하실 거예요. 그러나 저도 서동군 씨에 대해서는 별로 아는 게 없어요. 다만 이곳은 그렇게 나쁜 곳이 아니란 점을 알려드리고 싶어요. 선입견이 좋을 수는 없겠지만 아는 분들은 이곳이 나쁘다고 생각하지 않을 거예요. 뭐라고 할까, 피로한 머리를 쉬고……" 하면서 그녀는 적당한 표현을 찾으려는 듯 말을 끊었다.

"미스 오는 정말 그렇게 믿습니까? 그리고 지금 그런 위로를 해주기 위해 나를 찾아온 겁니까?"

동군은 그녀를 침대에 걸터앉게 하고는 방 안을 오가면서 말했다.

"설령 내가 당신들의 치료를 받아야 할 만한, 그런 괴이한 증상을 가졌다고 합시다. 그래요. 진실로 나는 어떤 마음의 병을 앓고 있는지도 모르죠. 그렇다면 나는 당신들에게 보다 온당한 대접을 요구할 권리가 있어요. 환자 관리는 당신들의 권리라고 합시다. 그러나 병은 환자 자신의 것이죠.

누구보다도 환자 자신이 자기의 병을 알 권리가 있습니다. 그런데 나는 내 자신의 의사로 이곳에 온 것도 아니며 어떻게 이곳에 들어오게 되었는지조차 모르고 있잖습니까. 그래 이것이 합당한 처사일까요? 이것도 당신들의 한 방식입니까?"

"……물론 여러 가지 경우가 있지요. 그런데 선생님의 경우가 어떤 쪽인지는 저도 모르고 있어요. 너무 초조하게 굴지 마세요. 선생님은 다른 분들보다 예민하시기도 하지만 아주 조급하신 것 같아요."

"내가 조급하다고요? 그야 당연한 노릇이죠. 당신들은 내게 식사는 제공합니다. 그러나 보다 내게 빨리 해줘야 할 일이 있단 말예요."

"네, 알겠어요. 의사 선생님께 그렇게 전해드리죠" 하고 미스 오는 침대에서 일어섰다.

"잠깐!" 하고 동군이 그녀의 앞을 가로막았다. 미스 오가 동그랗게 뜬 눈으로 동군을 쳐다봤다.

"이제 미스 오는 이 방에서 나갈 수 없을 겁니다. 거기 도로 앉아요."

동군이 위협적인 어조로 말했다.

"지금…… 저를 놀래주려는 것은 아니죠?"

"왜 내가 당신을 놀래주겠습니까?"

"그럼 왜 그렇게 무서운 눈으로 저를 보고 계세요?"

"무서워할 것은 없어요. 나는 누구를 해칠 사람은 아닙니다. 더구나 그럴 이유라곤 없지 않습니까."

"그럼 왜 제가 못 나가게 하시는 거죠?"

"까닭은 뻔하죠."

"무슨 까닭이죠? 말씀해주세요. …… 서동군 씨도 좀 앉으세요. 그리고 차근차근히 말씀해주세요." 미스 오는 침대에 도로 앉았다.

간호원은 여유를 얻기 시작한 것 같았다.

"이렇게 하시는 건 짓궂은 장난밖에 안 돼요."

"그렇죠. 뿐만 아니라 상식에 어긋나고 나쁜 일이죠. 비신사적인 일이고……."

"그러시담?"

동군은 한동안 묵묵히 미스 오를 쳐다보고 있었다.

"저 이제 나가도 되죠?"

"……."

"나가게 해주세요."

"안 됩니다."

"왜 그러시는 거예요?"

"그것 봐요. 미스 오 자신도 내게 지금 거듭 까닭을 묻고 있지 않습니까. 나도 바로 그 까닭을 알고 싶다는 이야기입니다. 미스 오는 내가 미스 오에게 폭력이라도 행사한다든지 무슨 이상한 일을 벌일지도 모른다고 생각했죠? 나도 지금 이 방에 갇혀서 그와 마찬가지의 심정이란 말예요. ……나는 당신들이 무슨 꿍꿍이속인지 알아야겠단 말예요."

미스 오는 팔짱을 끼고 손가락을 의미 없이 접었다 폈다 하면서, 시선은 동군에게 주고 있었다. 그녀에게서는 자기 일에 정확성을 기하면서 또 한쪽으로는 이 같은 병원에는 어울리지 않을 만큼 강직성에 가까운 어떤 기품이 풍겼다. 동군은 그녀를 미워하지 못하는 자기의 기분을 느꼈다.

"이 점은 말해줄 것으로 아는데요." 동군이 말했다.

미스 오는 안경을 집게손가락으로 고쳐 쓰면서 눈을 동그랗게 뜨고 동군을 응시했다.

"나는 이 병원을 이끌어나가는 책임자가 어떤 사람인지 알고 싶다는 것입니다. 물론 그가 전문 분야에서 널리 알려져 있고 존경받는 분이라고 생각되지만 그것보다는 나 같은 평범한 사람이라도 이해할 만한 어떤 특징을 갖고 있느냐 하는 것입니다."

"미안하지만 그 점에 대해서는 나도 별로 아는 게 없어요. 개인으로서의 그를 얘기하자면 그는 평범한 남자에 불과하겠죠. 내가 알고 있는 것은 그분이 그의 직책에 대해서는 유능하다는 평을 받고 있다는 점입니다. 그의 인물됨에 대해서는 동군 씨가 생각하기에 달렸을 거예요. 우리 아버지는 이렇게 얘기하시곤 했어요. 사람에 대해서는 함부로 평가해서는 안 된다, 더욱이 사회생활에 있어서는 인격보다는 직책이 보다 중요한 구실을 하는 것이란다, 하고요. 원장님은 내게 직장의 장일 뿐이지요. 그 이상은 그에 관해서 알려고 한 적도 없어요. 설령 우리 아버지가 이 직장의 장이라 해도 나로서는 동군 씨에게 설명할 만한 사실이 없을 거예요. 그것은 동군 씨가 생각하기 나름이죠. 그가 누구인가는 이 병원에서 한 번도 문제된 적이 없을 거예요."

"나는 그가 어떤 사람인지 무슨 생각을 하고 무슨 냄새를 풍기는지 알고 싶어요. 지금 내게는 그가 파충류처럼 차갑고 징그러운 모습으로 상상되기 때문에 미스 오에게서 그가 그렇지 않다는 변호라도 듣고 싶었던 겁니다."

"그건 재미있는 농담이시네요. 파충류 같다고요?" 하고 간호원은 참말 재미있게 생각한다는 듯이 깔깔 웃어 보였다.

"아니 나는 농담을 하고 싶은 심정이 전혀 아닙니다. 나는 뭔가 잘못 생각하고 있는지 모르죠. 가령 내가 미스 오를 악의적으로 깎아내린다든지 상상 속에서나마 더럽히려 든다든지 할 때 미스 오는 결코 유쾌할 수 없잖습니까."

그 말을 마치고 났을 때 동군의 얼굴은 몹시 침울해 보였다. 미스 오가 자리에서 일어나면서 말했다.

"알겠어요. 제게 솔직한 심정을 들려줘서 고맙습니다."

방을 나가려는 간호원에게 동군이 다시 말했다.

"저쪽 방에 있는 사람들은 지금 무엇을 하고 있습니까? 지난밤에 나와 함께 있던 사람들 말예요."

"네, 그 사람들은 지금 오락 시간예요. 제각각 쉬고 있을 거예요."

"그럼 내가 미스 오에게 좀 부탁을 해도 되겠습니까? 신문이라든지 무슨 읽을거리라도……."

"무료하실 거예요. 우리도 그런 점은 생각하고 있어요. 그렇지만 이 방에 계시게 한 건 모든 걸 잊고 편히 쉬시라고 하는 뜻도 있습니다."

"참으로 당신들이 무슨 일을 하려는 건지 이해할 수가 없어. ……당신들은 내 의사와는 상관없이 멋대로 무슨 일인지 저지르고 있단 말이야."

8

밤이 되면서 날씨는 몹시 무더워졌다. 동군은 저녁밥을 간단히 끝내고 욕실에서 물을 끼얹고 끈끈한 피부를 씻어냈다. 그렇게 하고 방에 돌아오니까 기분은 한결 가벼워졌다. 열어둔 작은 창문을 통해서 바람도 조금쯤

기어들어왔다. 비록 작은 창문이었지만 더위를 견디자면 그 창문으로 들어오는 바람을 소중히 여기지 않을 수 없었다. 그래서 한밤중에도 대개 그것은 열어둘 수밖에 없었는데 모기 같은 것이 들어오게 마련이었다.

　동군은 모기를 한 마리 산 채로 잡아서 찬찬히 살폈다. 기가 막히게 작고 연약한 몸을 가진 놈이었지만 그래도 열심히 팔다리를 허우적거리면서 제 한 다리를 누르고 있는 동군의 손가락으로부터 빠져나가려고 애를 쓰고 있었다. 동군은 새로이 눈에 띈 놈을 후려치느라고 한쪽 팔을 휘둘렀는데 그 틈을 이용하여 잡혀 있던 모기는 한껏 빠져나가려고 하다가 다리 하나가 떨어졌다. 동군은 씁쓸했다. 자기의 무료를 달래려는 장난에 모기는 다리를 하나 잃고 제대로 날지도 못하면서 애를 쓰고 있는 것이었다.

　문득 마리아나 장로를 만나고 싶은 생각이 들었다.

　동군은 버저를 눌렀다. 보조수가 나타났다.

　"이봐, 저쪽 방의 누구를 좀 만나고 싶은데 그렇게 좀 해줘."

　"그건 아직 안 돼."

　"왜 안 된다는 거지?"

　"그건 지시가 없기 때문이야."

　"그런 일까지 일일이 지시를 받아야 한단 말이야?"

　"규정이 그렇기 때문이지."

　"그 규정은 누가 정해놓은 건데?"

　"규정은 처음부터 있던 거야. 그리고 누가 정했든 그건 내가 알 바 아니지."

　"이봐, 최 형."

　"……."

"최 형은 이곳에서 일하는 게 좋은 일이라고 생각해?"

"그런 건 묻지 마. 나는 너하고 그런 얘기 하고 싶지 않아."

"저 방의 사람들을 어떻게 생각하고 있어?"

"재미없는 소리 말아. 그들은 밥통들일 뿐이지."

"그렇게 간단히 생각할 일이 아닐 텐데?"

"간단히 생각하는 게 제일이야. 복잡하게 생각하는 건 학자나 밥통 들이 할 일이지. 나는 그들을 복잡하게 생각하고 싶지 않거든."

동군은 말을 돌렸다. "이봐, 최 형. 주머니에 담배가 있으면 한 개비만 나눠줘. 나중에 사례할 테니까."

"그건 안 돼. 난 담배도 피우지 않지만." 보조수가 무뚝뚝하게 잘라 말했다.

"심부름은 해줄 수도 있잖아. 담배를 구해다주면 그 보답은 해줄게."

"보답을 해준다고? 날 어린애로 알지 마. 이제 난 가겠어."

"알았어. 가도 좋아. 그렇지만 이봐, 가거든 너희 대장인지 누구한테든지 간에 내가 저 방 사람들을 만나고 싶다고 해줘. 그러면 지시를 내리겠지."

"성가시게 구는군."

보조수는 방을 나갔다. 동군의 부탁을 잊어버렸는지 한동안 소식이 없었다. 말도 전하지 않았을지도 모른다고 생각하니까 다시 노여움이 치밀었다. 하긴 보조수가 그런 부탁에 귀를 기울일 것이라고 생각하는 것이 잘못이리라.

동군은 다시 버저를 눌렀다.

보조수의 투덜거리는 소리가 들리면서 문이 열렸다. 동군은 피식 웃을 뻔했다. 이 무표정한 사나이가 드디어 그 얼굴에 언짢은 기색을 드러내기 시작했다…….

투덜대긴 했지만 보조수는 동군을 장로 등이 있는 방으로 데리고 갔다. 한구석엔 잠보가 비스듬히 벽에 기대어 앉아 있는데 졸고 있는 것인지 잘 알 수 없었다.

장로는 천천히 방 안을 거닐고 있는 중이었다. 그 유유한 모습은 마치 저녁 산책이라도 하고 있는 것 같은 여유를 보였다. 그는 문소리에 돌아보다가 동군의 눈길과 마주치자 빙그레 웃음을 지었다. 도무지 그가 어떤 병을 앓고 있는 사람이라고는 보이지 않는 그런 얼굴이었다. 동군은 그에게 목례를 해 보였다. 두 사람은 오랜 지기(知己) 사이라도 되는 것처럼 서로를 대하고 있었다.

"자, 여기서 잘 어울리고 있으라구" 하고 보조수가 말했다.

보조수가 나간 뒤 장로가 동군에게 말했다. "잘 왔소, 서 형. 그대는 오늘 어디를 헤매다 왔소? 계곡을 헤매고 숲을 지났던가요? 아니면 나무 없는 산을, 풀 없는 들판을 걸었소?"

동군은 잠시 망설였다. 이 장로의 화법(話法)이 독특했으므로 그에 운을 맞추어 말하는 게 좋을지 어쩔지 몰랐다. 그의 기이한 화법에 맞추어 말한다는 일이 쉬울 것 같지도 않았다.

"벗이여!" 하고 장로가 말했다. "우리는 하루 가운데서도 많은 것을 보고 많은 것을 듣는 것이오. 그리고 먼 길을 걷는 것이오. 그대 오늘 짐승을 만났으되 짐승에게 다치지 않고 험한 굴헝을 건넜으되 거기 빠지지는 않았소. 이는 곧 하나님의 보살핌이 있음이라. 또한 그대 영혼이 어리석지 않음이오. 그러나 또한 그대 숲을 걸었으되 나무 그늘에서 쉬지 못했고 그 가지에서 실과를 얻지 못했으며 들판을 걸었어도 풀을 밟지 못했구나. 이는 그대가 보지 않음이며 듣지 않음이며 구하려 하지 않은 까닭이오. ……서 형, 그대는 바람에 흔들리지 않는 나뭇잎을 아시오? 나뭇잎은 바람이 불 때에 고분고분 흔들리는 것이오. 하거늘 바람에 흔들리지 않는 나뭇잎이 있소. 이를 아시오?"

동군은 그 이야기를 종잡기 어려웠다.

"나는 오늘 작은 방에 줄곧 혼자 있었습니다."

"내가 그 나뭇잎을 알고 있소. 이는 곧 은총을 깨우치지 못한 나뭇잎이지. 그대 오늘 외로움을 만났을 것이오. 이는 그대가 은총을 구하려 하지 않은 까닭, 그대가 바람을 받지 않으려 하는 탓이오."

"도대체 그 바람을 받는다는 것은 무엇이며 은총은 또 무엇입니까?"

장로가 동군의 손을 잡고 한쪽 어깨를 감싸안았다. 장로는 동군을 데리고 유유한 걸음걸이로 앞으로 나갔다. 조금 걷다가 벽을 만나면 방향을 바꾸고 다시 벽에 이르면 발길을 틀었다. 장로는 마치 시를 읊는 것 같은 어조로 말했다.

"벗이여, 날이 저물었다. 이제 나무는 땅 위에서 쉬고 바람은 숲 속에서 쉬며 새들은 제 둥지로 찾아들어 잠을 자는구나. 나무는 흙을 알며 바람은 숲을 안다. 또한 새들은 그 둥지를 안다. 나무가 고마움을 알고 바람이 고마움을 알며 새가 고마움을 안다. 나무가 그 잎새를 흔들어 답하며 바람이 솔솔 불어 답하고 새들이 노래로써 답한다. 이는 모두 주고받음이며 은총을 실현함이라. ……하나님이 은총을 베풀기를 잊지 않으셨음이오."

동군은 장로의 이야기를 들으면서 등덜미에 소름이 오싹 끼치는 것을 느꼈다. 그가 두렵다거나 혐오되어서라기보다는 이 장로에게서 보이는 기이한 삶의 양식이 낯설었을 뿐 아니라 어떤 의구심 같은 것이 일어났기 때문이다. 이 사람과 같은 태도에 부딪쳐보는 것이 처음이기도 했지만 이 사람이 무엇엔가 깊이 현혹되어 있거나 아니면 다른 사람마저 현혹하기 위한 연극을 하는 것일지도 모른다는 의구심이었다. 만일 연기를 하고 있는 것이라면 이 사나이는 그것을 기막히게 잘해내고 있는 것이라 할 수 있었다. 그의 눈은 선량함으로 그득해 보였고 말투는 나직하고 부드러웠다. 그 부드러운 음성은 이따금 어떤 까닭에서인지 한숨짓는 듯하고 가늘게 떨리기까지 하는 것이었다. 꾸민 것이 아니라 있는 그대로의 삶을 이 사나이가 보여주고 있는 것이라면 그 같은 삶을 어떻게 보아야 될까? 이를테면 이 사람이 좁은 방 안을 거닐면서 실제로 저녁 숲을 산책하고 있는 것과 마찬가지의 체험을 하고, 새소리 바람 소리에서까지 은총을 느끼고 있는 것이 사실이라면, 그는 자기를 둘러싸고 옥죄는 현실의 조건을 뛰어넘고 있다고 봐야 할 것인가.

동군은 갑자기 몸을 돌려 키가 큰 장로의 얼굴을 바로 턱 아래에서부터 올려다봤다. 그것이 연기라면 당장에라도 끝내게 하고 싶은 심정이었다. 장로의 두 눈은 흐릿한 불빛 아래서 깊은 물처럼 조용히 반짝이고 있었다. 그 눈에서 눈물이 흘러내리고 있었다. 동군은 더욱 이 장로를 이해하기가 힘들다는 점을 깨달았다. 이미 그 점을 알고 있었지만 장로란 사람이 가지고 있는 어떤 특수한 성질을 자기는 너무 조금 가지고 있거나 아예 가지고 있지 않다고 생각했다.

방문이 열리고 젊은 화가가 들어섰다. 그는 어린 아이처럼 경쾌한 몸가짐이었다.

"그대는 오늘 무슨 그림을 그렸는가?" 하고 장로가 물었다.

"네, 장로님. 나는 오늘 그림을 많이 그렸어요. 나는 비행기를 그렸지요."

"날개가 큰 새를 그렸군그래."

"목욕하는 여자를 그렸어요."

"레다의 백조를 그렸군."

"키가 큰 사람과 키가 작은 사람이 함께 춤추는 것을 그렸어요."

"큰 나무와 작은 나무로군."

"그리고…… 또 고향의 집을 그렸어요. 맨 나중엔 마리아를 그렸습니다."

"어여쁜 백합이로군!"

그들의 문답은 일종의 대구(對句) 놀음처럼 계속되었다. 동군은 방 한구석에 앉아서 젊은 화가를 쳐다보았다. 화가는 키가 작은 편이라서 장로에 비하면 아버지에게 응석을 부리는 어린 아이처럼 보였다.

방문이 열리고 마리아가 들어왔다. 마리아는 동군의 곁에 와서 앉았다. 그녀에게서 순하고도 향기로운 냄새가 끼쳐왔다. 방금 목욕이라도 하고 왔는지 모르겠다.

화가가 이야기를 계속했다.

"장로님, 나는 또 할 이야기가 있어요. 그건 낮에 있었던 일인데, 나는 갑자기 바깥으로 도망쳐나가고 싶다는 생각에 사로잡혔어요. 그 생각이 갑자기 튀어나왔지만 정말 그렇게 하고 싶은 생각으로 가슴이 마구 두근댔죠. 혹시 누가 눈치 챘으면 어떻게 하나 하고요. 그래서 돌아다보니까 나를 지켜보는 사람은 없었어요. 슬며시 복도로 나와 보니까 보조수가 의자에 앉아서 아주 잠들어 있지 않겠어요. 옳다구나, 했죠. 이번엔 복도 끝까지 가서 베란다 문을 열어봤어요. 그러니까 그 문이 그냥 열리더군요. 그게 왜 그냥 열렸을까. 아무튼 내친김에 베란다로 나갔어요. 이젠 거기서

빗물받이 통을 타고 내려가기만 하면 되는 거였어요. 그런데 나는 그렇게 안 했단 말예요. 나는 도망치지 않았어요. 아마 턱뼈 녀석이었다면 단숨에 뛰어내렸을 거예요. 아니 저 잠보라도 그렇고 툭하면 자살하겠다고 울고 불고 하는, 저번에 삼층으로 끌려간 수학 선생도 그랬을 거예요. 그런데 난 그렇게 하지 않았어. 겁이 났던 게 아녜요. 난 이래 보여도 겁쟁이는 아니걸랑요. 나는 사실 보조수들도 겁나지 않아요. 악이 나면 까짓 녀석들이 아무리 힘이 세어도 나는 이길 수 있어요. 그런데 나는 갑자기 달아날 생각이 없어졌단 말예요. 바깥이 그리운 건 사실예요."

"거기서 아래로 내려가지 않기를 잘했어요. 무서운 개가 있는걸." 마리아가 말했다.

"개? 개라고? 그것은 마리아가 모르는 말이야. 개는 며칠 전에 사람을 잘못 물어서 굵은 사슬로 말뚝에 매어놨거든. 아무튼 나는 도망칠 수 있었지만 그러질 않았어. 겁이 나서 도망치지 않은 게 아니야. 나는 다만 그렇게 하고 싶지 않았어요. 나는 방으로 돌아와서 그림을 다시 그렸어요."

"그럼 왜 도망치지 않은 거죠?" 하고 동군이 물었다.

"그건 그렇게 하기 싫었기 때문예요" 하고 화가가 말했다. 그러나 그 까닭은 설명하지 않았다. 듣기에는 집까지든 어디까지든 도망쳤던 환자가 스스로 돌아오는 경우도 더러 있다고 했다. 아무도, 가족이나 친구까지도 그것을 환영하지 않고 다시 병원으로 돌아가도록 타이르거나 억지로라도 돌려보내는 일이 많은 것이다. 완쾌됐다고 인정할 만한 경우라면 다르지만 병원에서 인정하지 않는 퇴원이란 사실상 불가능한 것이다. 화가도 이러한 사리를 알고 있었기 때문에 도망할 생각을 그만둔 것인지 또는 다른 어떤 까닭이 있어서인지 동군은 알 수가 없었다.

9

　방 안에는 턱뼈와 잠보뿐이었다. 잠보는 동군의 시선과 마주치자 어설프게 웃어 보였다. 동군은 잠보의 얼굴에 떠오르는 표정을 처음 보았다.
　잠보가 말했다.
　"성냥 있어?"
　"성냥? 그건 왜?"
　"성냥 줘."
　"내가 성냥이 있어야 말이지. 그게 왜 필요한데?"
　"불을 켜야 돼. 나는 불을……."
　잠보는 느린 손짓으로 무엇인가를 시늉해 보였다. 굼뜬데다가 시늉이 어설퍼서 얼른 알아채기 어려웠다.
　"저게, 간절하다는 표시야" 하고 턱뼈가 턱을 쳐들면서 말했다. 턱이 굉장히 앞으로 뻗어나온 느낌이었다.
　"참, 성냥이 뭣에 필요한지는 몰라도 그거라면 우리가 구해줄 수도 있겠군" 하고 동군이 턱뼈에게 말했다. 턱뼈라면 이 방 어딘가에 성냥 따위를 다만 몇 개비라도 숨겨두었을 게다.
　"쓸데없는 소리 마. 이 친구한테 성냥 주면 무슨 짓 할 것 같아?"
　"글쎄."
　턱뼈가 동군의 귓밥을 손으로 잡아끌어다가 제 입에 댔다. 그의 입내가 역하게 코에 스몄다.
　"이 친구는 이 병원을 불 지르려는 거야. 틀림없어."
　턱뼈는 무엇인가 더 얘기하려 했다. "난 그게 있어야 돼!" 하고 잠보가 말하더니 열려 있는 문 쪽으로 갔다.

그가 복도로 나간 뒤에 턱뼈는 성냥 켜는 시늉을 해 보이며 말했다.

"저 병신은 벌써 몇 차례 그런 짓을 저질렀어. 그래서 가족들이 병원에 집어넣은 거라구. 뭐든지 태우면서 좋다구나 춤을 추는 버릇이 있어. 하긴 이 돼지 호텔이야 한 번 태워버릴 만한 데인지 모르지만. 한데, 이곳이 타게 되면 나는 타 죽지는 않더라도 올데갈데 없어진단 말이거든."

"그럼 너는 이곳에 있는 걸 좋아한단 말이군."

"그렇지. 바깥세상에서 골치 썩히고 사는 것보다 얼마나 좋아."

"그러면 왜 지루해서 쩔쩔매지?"

"바깥이라고 지루하지 말란 법 어디 있어?"

"자네는 여자가 없어서 불편하잖아. 그 점은?"

"체! 화가 녀석이 하는 말은 거짓말이야. 내가 계집을 밝힌다는 건 쑈란 말이야."

"쑈라니? 넌 지금 뭐라는 소리야."

"쑈, 쑈도 몰라? 쑈처럼 즐거운 인생은 없다!고 하는 그 쑈 말야……. 생각해봐. 너도 마찬가지일 거야. 그래 좆이 잘 일어서는 놈이라면 뭣 하러 이 답답한 굴속 같은 데서 답답하게 썩고 있겠어? 응. 보라구. 저 장로가 계집하고 그걸 할 수 있겠어? 그리고 화가 녀석은 고자라구. 제가 고자 부랄이란 걸 내가 알아냈기 때문에 나만 보면 주눅이 드는 거야. 괜찮은 좆대가리 가진 놈이 그래 여기서 그걸 그냥 썩히고 있겠어. 어때?"

"넌 여기 온 지 얼마나 됐어?"

"글쎄 얼마나 됐는지도 잘 모르겠는걸."

"그럴지도 몰라. 내가 벌써 시간 가는 걸 모르겠으니까. 일주일이 됐는지, 한 달이 됐는지……" 하고 동군이 말했다.

"하하, 난, 난 말이야. 삼백오십 년이나 됐어" 하고 턱뼈는 마치 유쾌한 농담이라도 한 것처럼 껄껄 웃었다.

"삼백오십 년이라구? 그렇다면 벌써 여러 사람 몫의 수명을 살고 있는 셈이군."

"맞았어. 지겨운 것으로만 열 명 몫은 내가 맡은 것 같아. 그건 그렇군. 너는 왜 이곳에 왔어? 내가 보기엔 너도 무슨 꾀병인 것 같단 말야. 그렇지 않고선 멀쩡한 친구가 왜 여기서 단 하룬들 썩느냐 이거야."

"네가 보기에 내가 멀쩡해 보인단 말이지?" 동군이 반문했다.

"하긴 멀쩡한 정신병자가 많지. 이 방에도 그런 친구들이 많이 다녀갔으니까. 한번은 허여멀겋구 배가 많이 나온 어느 회사 중역님이 들어왔었다구. 그 친구는 제 마누라 바가지가 지겨워서 제 발로 걸어들어왔대. 그야 물론 이곳에 들어온 걸 절대 비밀로 한다는 조건이었지만 말야. 그런데 재미있는 건 마누라 바가지에 그렇게 시달렸다는 친구가 살은 왜 그렇게 쪘는지 모르겠어. 그런 친구만 해도 세상 살기 좋지. 병원에도 취미로 드나들 형편이니까 말야."

턱뼈는 눈을 거슴츠레 뜨고 동군을 쳐다보고 있었다. 동군에겐 이 사람이 자기의 흉중을 엿보려는 것처럼 생각됐다. 그러나 이 사내가 호기심을 번뜩일 만한 일이 자기에게 있기나 할까. 아무튼 이 사내는 동군이 스스로 이 병원에 온 것이라고 생각하는 모양이었다. 동군은 웃어젖히고 싶었지만 웃지는 않았다.

10

　동군은 밤이 깊도록 잠을 이룰 수 없었다. 한참 뒤척거리다가 설풋 잠이 든 것 같았을 때 느닷없이 개 짖는 소리가 들리기 시작했다. 낮은 소리였으나 굵고 울림이 큰 우짖음이었다. 겨우 잠들려 할 때 그 소리가 들려왔고 오래 계속되는 바람에 몹시 신경이 쓰였지만 그것이 어디쯤에서 나는 소리인지는 알 수가 없었다. 바로 가까이에서인 것 같기도 하고 먼 데서 짖어대는 소리 같기도 하였다. 어쨌든 언짢고 짜증을 돋우는 우짖음이었다. 누워서 지낸 시간이 많아서인지 허리가 아프고 몸이 뒤틀리는 것 같았다. 혼자서 지낸다는 일이 이 시간엔 유난히 지겹게 여겨졌다. 며칠 전만 해도——문득 소정(素貞)의 모습이 그녀의 독특한 몸내와 함께 떠올랐다——며칠 전만 해도 그녀와 마주 앉아서 조촐한 저녁 식사를 하고 술을 한두 잔 나눈다든지 또는 커피를 잘 끓이는 다방에서 차를 마신다든지 그리고 담배를 너무 자주 피운다고 그녀에게 핀잔을 받고 움칫하다가 슬그머니 입에 물고 담배에 재빨리 불을 붙인다…… 동군에겐 그 같은 저녁 시간을 보내던 일이 아득한 옛날의 일처럼 생각되었다. 지금 그는 소정을 생각하는 일조차 힘겨웠다. 차라리 담배라도 한 개비 피울 수 있으면 좋으련만. 오늘 저녁엔 턱뼈에게서도 담배 모금을 나누어 피우는 호의마저 놓치고 말았다. 턱뼈는 무슨 까닭에선지 자기를 꺼려하는 기색이었고 동군이 요구했다 해도 담배를 피우게 해주지는 않을 것 같았다. 동군은 오늘도 신문이나 잡지 따위의 읽을거리마저 구할 수가 없었다. 다만 미스 오의 호의로 연필과 메모지를 구했으나 막상 무엇이고 기록해둘 게 생각나지 않았다.

동군은 침대에서 일어나 방을 거닐기도 했다. 거닐기에는 너무 좁은 방이었다. 예닐곱 걸음만 걸으면 한쪽 벽에서 맞은편 벽에 이르게 되는 것이다. 그러나 동군은 되도록 걸음의 폭을 좁혀서——그렇게 열두어 걸음까지 걸을 수 있었다. ——방 안을 오고갔다. 이번엔 숫자를 붙이기 시작했다. 하나, 둘, 셋, 넷, 다섯, 여어섯, 이일곱, 여어덟, 아아홉, 여어얼, 열하나, 열두울, 열세엣, ……백스물, 스물하나, 스물둘, 스물셋, 스물넷……이백열하나, 열두울……. 그때 복도에 뚜벅뚜벅하는 걸음 소리가 났다. 이제는 그 걸음 소리도 전혀 새삼스러울 것이 없었다. 여자 간호원이나 남자 간호 보조수의 모습이 나타나는 것을 알리는 소리일 뿐이다. 지금의 저 걸음은 최가의 것이리라.

방문이 열리고 보조수 최가 나타났다. 그는 동군을 훑어보고 나서 말했다.

"자지 않고 무엇 해?"

"보는 바와 같지."

"너는 유난을 떠는 녀석이야."

"무슨 일이 생겼어?"

"한 놈이 달아나려다가 다쳤어. 개에게 물렸지."

"그놈의 개!"

"그런데 다른 한 놈이 또 없어."

"그래서 이 방까지 찾아보러 왔군."

"제깟놈이 갈 데가 어디 있겠어. 이곳에 있는 게 낫지. 여긴 나쁜 데가 아닌데 왜 도망치려 할까."

"그건 너희들이 생각해보면 알 거야. 너희들은 애꿎은 사람들을 말리고 있어."

보조수는 그 말에는 대꾸하지 않았다.

"미스 오에게 수면제 좀 부탁한다고 전해줘."

"수면제는 좋지 않은 거야. 하나, 둘, 셋 하고 세어봐."

"말만 전해주면 돼."

"참, 미스 오에게 부탁하면 수면제 말고도 좋은 방법이 있을 거야. 그 여자는 영리하니까 네게 멋지게 해줄 수 있을 거야."

"뭘 말하려는 거야?"

"전기 충격 말이야."

"전기 충격이라구?" 동군이 반문했다.

"이미 너도 그 치료를 받았을 텐데. 그걸 받으면 편히 잘 수 있지. 죽은 듯이 누워서……. 아주 편안하지."

"그런 거라면 다신 안 받겠어. 너희들을 그냥 두지 않을 거야."

"그게 정 싫으시다면 또 다른 방법도 있지. 우주복을 입고 우주여행을 하는 것도 괜찮은 일이야. 그러고 나면 기분도 진정되고, 잠도 잘 올 거야" 하고 보조수가 말했다. 그가 우주복이라고 말한 것은, 발작 환자에게 입히는 특수복을 가리키는 것 같았다. 보조수는 제법 장난기 있는 표정을 지어 보였다. 그에게 개 같은 활기가 감돌고 있었다. 마치 토끼 냄새를 맡은 사냥개 같은. "날 따라와봐. 재미있는 걸 보여준다니까."

동군은 보조수를 따라나섰다. 최는 복도 끝의 방문을 열고 스위치를 넣었다. 두어 평밖에 안 될 비좁은 공간이 희미한 불빛 아래 드러났다. 그 방 전체가 괴이한 장치 같은 느낌이었다. 방의 한쪽에는 사십오 도 각도로 세워진 침대 비슷한 대(臺)가 설치되어 있고 그 대의 좌우에는 폭이 넓은 띠가 지네의 발처럼 매달려 있었다.

방의 한쪽에는 손수건만 한 철창이 하나 있을 뿐이고 천장에는 희미한 등이 달려 있었다. 보조수가 동군을 보고 턱으로 그 방 안을 가리켰다. 자, 어때, 한번 들어가보고 싶지 않아? 하고 말하는 듯했다.

동군은 자기도 모르게 성큼 뒤로 물러서고 말았다. 이때처럼 이곳에 갇혀 있다는 사실이 모독스럽게 느껴진 적은 없었다.

"어때 저 침대에 누워보지 않겠어?"

"저것은 뭐라고 하는 것이지?" 하고 동군은 물었지만 그것은 노여움에서 치미는 소리였다.

"저건 귀여운 아기들을 잠 재우는 침대 같은 것이지. 저기 누워 있으면 마음이 편안해지고 달콤한 꿈이 꾸어진단 말이야."

최는 그렇게 말했는데 그는 뭔지 으쓱거리는 것처럼 보였다. 동군은 혜실이가 말하던 골방이 이 방을 가리킨다는 걸 깨달았다. 최는 팔짱을 끼고서 동군을 경멸하는 듯이 쳐다보고 있었다.

"너는 나를 여기에 개처럼 매달고 싶겠지?" 동군이 말했다.

"아니. 우리는 너한테 잘해줄 생각이야. 아이처럼 말을 잘 듣기만 하면 돼."

"너희들에게 누군가가 부탁한 일이지?"

"아니, 그런 건 알 필요 없어. 알려고 해봤자 알 수도 없을 테구. 그렇지만 이곳이 재미있게 지낼 수 있는 데라는 건 알아두는 게 좋을 거야."

"이렇게 나를 위협하는 까닭은 뭐지?"

우리는 너에게 뭐든지 잘해줄 거야. 우리가 왜 겁을 주겠어."

"난 너희들이 이곳에서 뭘 하려는 건지 알 수가 없어. 쥐 새끼나 기른다면 몰라도."

"그렇게 말하는 건 좋지 않아. 누구라도 이곳에 오면 이곳의 규칙을 따라야 돼. 우린 쥐 새끼를 기르고 있지는 않아. 우리는 귀여운 아이들을 기르고 있지."

"그게 아니라, 어른을 아이로 바꾸는 일을 하는 거지."

"거기서 무엇들 하고 있어요? 미스터 최, 무슨 일이죠?" 미스 오가 물었다.

최는 머리를 긁적거리면서 그 방문을 닫아걸었다.

"혹시 또 엉뚱한 장난을 하려던 것은 아니에요?" 하고 미스 오가 말했으나 보조수는 대꾸하지 않고 복도 저쪽으로 가버렸다.

"너무 언짢아하지 마세요. 저 사람은 너무 미욱해서 탈이에요. 그렇지만 동군 씨를 어떻게 하려는 건 아니었을 거예요."

"……."

"자켓에 묶는 일이나 전기 충격 같은 일은 닥터나 간호장의 지시가 있을 때, 환자가 아주 난폭할 때 외에는 삼가고 있으니까요."

"그만두세요. 이제 당신들이 나를 어떻게 하려는 속셈인지 다 알고 있으니까."

"어머, 그건 속단인 것 같군요."

동군은 미스 오의 눈앞에 자기의 바른손 손가락을 들이대고 말했다.

"확실히 알아두십시오. 지금 당장 나를 이곳에서 내보내주거나 당신네 책임자와 만나게 해주세요. 그렇지 않으면 나는 무슨 방법으로든지 당신네의 부당한 처사를 고발하겠으니까."

미스 오가 동군을 방까지 데려다주었다.

"선생님, 하나 알아두실 게 있어요." 그녀가 말했다. 그녀의 어조는 사무적이고 차가운 것이 되었다.

"이곳은 확실한 목적을 가지고 있고, 그 때문에 규정된 테두리에서 운영되는 곳입니다. 다소 무리하게 보이는 점이 있을지는 모르지만 우리는 우리가 하지 않아도 될 일을 일부러 만들어서 하는 것은 아니에요. 우리 직원들은 확실한 목적과 지시에 따르고 있는 것입니다."

"그럼 나를 이처럼 부당하게 억압하는 일도 그 정해진 목적과 테두리 안의 일입니까? 그것은 누가 생각해낸 일입니까?"

"그것은 내가 말할 성질이 아니에요. 그리고 나는 서동군 씨에게 내 나름으로 친절하게 해드리고 싶었어요. 지금도 그 점은 마찬가지고요. 동군 씨가 이렇게 흥분하면 동군 씨의 입장은 더 나빠져요. 이럴 때일수록 침착하고 냉정하셔야죠. 무슨 뜻인지 아시겠어요? ……자, 침대에 누우세요. 불면증이실 것 같아서 지금 약을 가져오던 길이에요. 기분을 진정하고 약을 잡수시면 한결 좋아질 거예요. 잠을 잘 주무시고 나면 한결 좋아질 거예요."

"아, 지금은 약 먹을 생각도 없어졌습니다. 다만, 나는 내가 이곳에 있어야 되는 이유를 알고 싶고, 그것이 추호라도 당신들의 오판에 의한 것이라면 당신들은 분명히 그 책임을 져야 합니다."

"이건 내 생각인데 동군 씨는 우리 병원에 있다는 사실 자체에 너무 심각한 의미를 부여할 건 없을 것 같아요. 결국 이곳도 한 평범한 병원일 뿐이거든요. 내장이나 눈에 보이는 어떤 부위를 다루는 여느 병원이나 마찬가지이죠."

"참, 부탁이 하나 있습니다. 규칙에 어긋나는 일이겠지만 나는 지금 담배를 한 개비 피웠으면 좋겠어요."

"그건 그렇게 어려운 부탁은 아닌데, 지금 담배를 사올 방법이 없군요. 이미 자정이 되었는데."

그녀가 동정 어린 표정을 지어 보였다.

"혹시 사무실 같은 데 몇 개비쯤……"

"알겠어요. 구해볼게요. 누군가 한두 개비 가지고 있을지도 몰라요."

간호원이 방을 나가고 나서 동군은 문득 이런 생각을 했다. 자기가 아주 큰 것을 터무니없이 빼앗기고 나서 매우 사소한 것을 구걸하고 있는 것이라는. 그렇다. 어쩌면 자기 삶의 전체에 관한 그 무엇을 잃고 나서 담배 한 개비로 메우려 하고 있는 것인지 모른다.

담배 맛은 생각하던 것보다도 더 달콤했고 강력했다. 새끼손가락만 한 부피의, 불과 십 분이면 몽땅 재로 바뀌어버리는 덧없음. 그러나 그는 그것을 소중하게 피워물고 있었다.

미스 오가 동군을 호기심 어린 눈으로 지켜보고 있었다.

"왜 지켜보고 있죠?"

"담배 피우는 일이 보기 싫은 일은 아니잖아요." 미스 오가 말했다.

"그래도 쑥스러운 느낌인데요."

"그럼 잠깐 피해드릴까요?" 하고 그녀가 웃어 보였다.

"그것은 더 쑥스럽군요. 그냥 계세요. 이제 다 피웠으니까" 하고 동군은 쓴웃음을 지었다.

동군은 혼자 남게 되어 침대에 누웠으나 그의 눈앞엔 아까 보조수 최가 보여주었던 작은 골방의 영상이 떠올랐다. 아무래도 그것은 죄인을 고문하기 위한 특수 장치같이 여겨졌다. 그 인상은, 누군가 기요틴을 처음 본 사람이 불길한 느낌으로 기요틴을 떠올리지 않을 수 없는 것처럼 떠오르는 것이었다.

자켓이 있는 골방의 전체적 인상이 불길하게 뇌리 속에 파고든 이상, 그는 자기가 이 병원에 있다는 사실이 보다 더 곤혹스럽고 치욕스러운 일로 생각되는 것을 어쩔 수 없었다.

그는 이 시간에 분명한 명제를 떠올릴 수 있었다. '나는 죄명조차 밝혀지지 않은 채 투옥된 죄수와 같다'는 것이었다. 만일 끝내 병원 측에서 자기의 병에 관한 문제——도대체 나는 무슨 병을 가졌단 말인가——를 뚜렷이 밝혀주지 않는다면 그것은 끝내 자기의 죄명조차 모르고 감옥에 갇혀 있어야 되는 죄수——도대체 그런 죄수도 있을 것인가!——와 마찬가지이다.

그 죄수가 할 수 있는 일은, 해야 할 일이란 무엇일까. 탈옥? ……아니면 형벌을 받고 있는 사실에 값하는 죄를 스스로 만들어내는 일일까. 그렇잖으면 끝내 억울한 피해자의 입장에서 자기의 무죄를 밝히고 고집하는 일일까. 동군은 결론을 내릴 수 없었다.

11

동군은 몹시 시장했다. 그런데 오후가 되어서부터는 오히려 그 시장기를 견디기가 보다 수월해졌다. 그가 세 끼의 식사를 건너뛴 뒤에 간호원이 나타나서 식사를 거부하는 까닭을 물었다. 동군으로서는 자기의 요구하는 바가 이미 여러 차례 되풀이되어왔음을 말할 수밖에 없었다.

동군은 저녁녘에 장로를 만날 수 있었다. 장로는 턱수염을 만지작거리며 화가와 마리아에게 이야기하고 있는 중이었다.

"……하나님이 우리를 세상에 내시되 그 의미를 숨기셨음이라. 꽃은 단지 때가 되면 피고 나무는 때가 되면 열매를 거두는 것. 꽃이 꽃으로 피어나면 거기에서 꽃의 의미가 함께 피고, 열매가 열리고 익으면 거기에 열매의 뜻이 이루어지는 것이지. 사람이 세상에 났으되 그 뜻을 스스로 알기 어려운 것도 바로 이 같은 이치라. 세상에 나서 귀를 맑게 하고 눈을 밝게 하여, 그 보고 듣는 것 속에서 배우고 깨우치는 일이 마땅히 사람의 일. 사람이 스스로 깨우치지 않고 제 뜻을 어찌 알까. 새가 하늘을 날지 않고 제 날개의 값을 어찌 알며 스스로 울지 않고 소리를 어찌 자랑할까……."

동군은 장로의 말이 끝나기를 기다려 그들의 한쪽에 앉았다. 장로는 문득 동군에게 시선을 보내며 미소를 지었다.

잠보만은 지금도 한구석에 누워 있었다. 잠보, 그는 이곳에 있는 의미를 잠으로써 증거하고 있는 것 같았다.

"서 형, 서 형은 이 언덕에서 무엇을 보고 있소?" 장로가 동군에게 말을 건넸다.

"나는 아직 나무도 보지 못하며 새 울음도 듣지 못하고 있습니다."

"아, 그런 일은 저절로 되는 일이 아니죠. 이적(異蹟)이 있어서 이적을 보게 되는 것이 아닙니다. 진심으로 이적을 보려 하는 사람만이 이적을 보게 되는 것과 같습니다."

"장로님은 이를테면 이곳에서 가장 문제가 되는 게 뭐라고 생각하십니까? 나는 이곳이 제 아무리 유토피아 같은 곳으로 바뀌어 보인다 해도 역시 하루도 마음 편히 있을 수 없을 겁니다. 왜냐하면 나는 자유를 누리지 못하고 있는 까닭이죠. 나는 아무리 좋은 곳이라 해도 그것이 결여되어 있는 상태에서는 지옥이나 다름없다고 생각합니다. ……그리고 이 점은 아마도 새들이 새장에 갇혀서는 새의 겉모습은 거기 있을지언정 새의 새다움은 없는 것과 같습니다."

동군이 그렇게 대답했음에도 불구하고 장로는 묵묵히 앉아 있었다. 아우슈비츠에 대해서 상기하고 전체주의자 히틀러를 저주하던 장로의 모습이 생각났다.

이 사나이가 인간의 자유가 어떠한 이유로든 간에 억압을 받는 일에 대해서 과연 어떤 태도를 취할지는 알 수 없었다.

장로는 다만 눈을 지그시 감고 앉아 턱수염을 만지작거리고 있을 뿐이었다.

화가가 동군에게 다가앉았다. "그건 이미 우리들에게는 문제가 되고 있지 않다고 생각하는데요." 자신의 통통한 볼을 두 손으로 감싸안고 그렇게 말한 화가는 다른 사람들을 한 번 휘둘러보았다. "우리들은 이곳에서 병을 고치고 있으니까요. 우리는 병을 고치면 그뿐이죠. 우리에게는 의사나 간호원의 보살핌이 있으면 그것으로 족하죠. 우리의 병이 고쳐질 때에 우리는 병원을 나가게 되고 자유는 그때에 문제가 될 것이죠."

"그렇다면……당신은, 그리고 이곳의 모든 사람들은 자기가 환자라는 점을 확실히 의식하고 있는 것인가요?"

"아, 그렇죠. 설령 그렇지 않다 하더라도 이곳에 있는 이상은 어떻든 마찬가지이죠. 자기가 환자가 아니라고 우기는 환자도 적지 않으니까. 또 누군가 다른 사람들이 이곳에 입원시켜 들어온 사람이라 해도, 이곳이 병원임에 틀림없으니까 병원 당국의 방침에 따르는 것이 타당하죠. 나 자신이 병원에 있어야 된다는 점에는, 그러니까 나 자신의 순수한 의사로 결정할 수만 있다면 한시 바삐 이곳에서 나가야 된다고 생각하지만 내 스스로 나갈 수는 없어요. 그것은 우리가 앓고 있는 병이 너무 특수한 까닭이지요. 우리가 앓고 있는 병은 어떤 객관적인 기준이, 그러니까 의사나 병원이 건강을 인정해주지 않을 때 환자의 자유라든지 권리는 무의미한 것이죠. 나는 지금 탈출할 수 있다 하더라도 그렇게 하지 않습니다. 그것은 내 병이 무엇인지 알기 때문입니다. 나는 내 병이 하나의 혐의나 다름없다는 점을 알지요. 그 혐의가 객관적으로 결백하다는 판정이 나기까지는 아무도 그 혐의로부터 자유가 될 수는 없지요" 하고 화가가 말했다.

누군가가 "네가 무얼 안다고 설교냐, 설교가!" 하는 편잔을 먹였다. 턱뼈가 어느 틈에 들어와서 화가의 이야기를 듣고 있었던 모양이다. 턱뼈가 큰 소리로 지껄였다.

"네 얘기대로라면 나는 혐의고 의심이고 받을 나부랭이라곤 가지지도 않았고, 또 병원에 이러고 있느니보다는 재판소에 뛰어가고, 내게 혐의를 두고 있는 작자를 찾아가서 시원하게 한바탕 벌일 거야. 아무튼 난 똥 같은 혐의고 나발이고와는 상관도 없어. 나는 내가 여기 있고 싶어서 있을 뿐이야!"

턱뼈가 방 안 식구들을 둘러보았지만 아무도 그 말을 잡고 늘어지지는 않았다.

장로는 여전히 눈을 감고 앉아 있었다. 화가는 턱뼈의 편잔을 먹고는 얼굴을 붉혔으나 그 일로 더 말을 삼지 않았다. 장로의 맞은편에 앉아 있던 마리아가 눈을 반짝이며 미소를 띠고 있었다. 마리아는 미소를 머금은 채 두 팔로 무엇을 보듬은 것처럼 하고 있었다. 그러나 그녀의 팔에는 아무것도 안겨 있지 않았다.

"아가" 하고 그녀가 말한 것 같았다. 그녀는 한 손으로 아기의 볼이라도 쓰다듬는 듯한 시늉을 하고 있었다.

"아가" 하고 그녀가 다시 말했다. 동군은 그 소리를 또렷이 들었다. 그녀는 지금 아기를 얼러주고 있는 모양이었다.

"마리아가 또 헛것을 보고 있어!" 하고 누군가 말했다. 혜실이었다. 그녀는 언제 들어왔는지 마리아를 내려다보고 있다가 그렇게 소리 질렀던 것이다. 그 소리가 너무 날카롭고 급작스러운 것이어서 동군은 움찔 놀랐다.

"우리 아기, 우리 아기가 어디 갔어!" 마리아가 말했다. 그녀는 마치 누가 자기의 가슴에서 아기를 가로채어가기라도 한 양 두리번거리며 안타깝게 아기를 찾고 있었다. 혜실이가 마리아를 계속 몰아붙였다. "마리아는 아기를 낳지도 않았어. 그런데 자기가 아기를 낳은 것처럼 저 모양이야."

"내 아기를 찾아줘요. 누가 내 아기를 데려갔죠?" 하고 마리아가 말했다. 동군은 영문을 알 수가 없었다. 저 여자는 자기가 낳지도 않은 아기를 눈에 보이는 듯이 품고 있다가 문득 깨어나서는 아기를 찾고 있는 것이다. 차 사고를 당했을 때 그녀는 임신 중이었다고 했다. 그리고 그녀는 유산을 했건만 자기가 온전히 아기를 낳은 것으로 알고 있다는 것이다. 그것을 화가가 동군에게 귀띔해주었다. 그렇다면 그녀에게서 모성애적인 체취가 짙게 풍겼던 것도 그런 일과 상관이 있는 것인지 모르겠다. 자기가 깨어날 때 자기의 머리맡에 앉아 다정하게 이마를 쓸어주던 그 손길도 바로 그 모성애의 한 자락이 노출된 것이었을지 모른다.

차츰 마리아는 본래의 평온한 모습으로 돌아왔다.

12

그 방은 처음 들어가보는 방이었는데 방 안은 어스레했고 음울한 기분을 주고 있었다. 의사가 앉아 있는 자리 쪽에는 밝은 불이 비추고 있었고 전체적인 인상은 연극 무대와 같은 느낌이었다. 의사는 큰 사무용 책상의 저쪽에 앉아 있었고 동군은 그 책상의 이쪽에 앉아 의사를 마주 보고 있었다. 책상 위에는 여러 가지 책자와 서류 같은 것들이 놓여 있었다. 의사는 작은 키에 땅딸막한 몸집이었고 무테안경을 쓰고 있었다. 얼굴 표정은 차가웠고 작고 통통한 손을 마주잡고 동군을 건너다보고 있었다.

"기분은 어때요?" 의사가 물었다.

"좋지 않습니다." 동군은 대답했다.

"잠을 잘 못 잔다고?"

"……"

"꿈은 많이 꾸고 있소?"

동군은 손을 저었다.

"나는 지금 그런 것보다 먼저 알고 싶은 게 있습니다."

"알겠소. 우선 묻는 말에 대답해요. 꿈을 많이 꾸고 있소?"

"……나는 왜 이곳에 있어야 됩니까?"

누군가가 동군의 어깨를 짚으면서 말했다. "묻는 말에만 대답하면 돼." 보조수 최였다.

"나는 왜 이곳에 있어야 됩니까? 무슨 까닭으로?"

"묻는 말에나 대답해." 또 다른 목소리가 등을 툭 치면서 말했다. 동군이 그를 돌아다봤지만 얼굴이 그늘에 가려서 누군지 알아볼 수가 없었다.

존재의 덫

복장으로 봐서 그도 간호 보조수인 것 같았다.

"에또, 이 시계는 롤렉스시계인데 시가로 얼마나 갈 것 같지?"

의사는 시계를 차고 있는 손목을 앞으로 내밀어 보이며 물었다. 동군은 그런 질문에 대답조차 하고 싶지 않았다.

"모르겠어요? ……에또, 꿈은 하룻밤에 몇 차례나 꾸고 있지?"

"이봐요! 지금 당신은 무엇을 하려는 겁니까? 난 지금 그런 얘기를 하려는 게 아네요. 나는 알 권리가 있습니다. 왜 나를 이곳에 처박아두고 있는 거죠?"

"가만있으라니까!"

보조수의 손이 동군의 어깨를 잡아 흔들었다.

방문이 열리고 한 여자 간호원이 방에 들어오더니 의사에게로 다가가서 무슨 말인가 속삭였다. 의사는 그 말을 듣자 통통한 두 손바닥을 마주쳐 딱딱 소리를 내면서 버럭 소리를 질렀다.

"뭐라고? 뭐라구 했어? 누가 탈출했다고?"

여자 간호원이 좀 큰 소리로 대답했다. "삼층의 수학 선생이 창문으로 도망쳤습니다."

"그래 어떻게 창문으로 도망칠 수 있었느냔 말이야!"

"그건 지금 조사하고 있어요."

"조사나마나 쇠창살을 그가 어떻게 뜯어냈다는 거야?" 하고 의사가 말했다. 여자 간호원이 나간 뒤 의사는 다시 동군을 바라봤다.

"당신은 요구가 많다고 하던데 우리의 지시에 따르기만 하면 돼. 그리고 이 여자는 누구지?"

의사는 책상 위에서 사진 한 장을 들어 보였다. 잘 보이지는 않았으나 어떤 여자의 상반신 사진이었다. 의사는 통통한 손가락 사이에 사진을 끼워 들고 조금 방정맞게 흔들어 보였다.

"모릅니다. 본 적조차 없어요."

"왜 몰라? 이 사람이 누구냐니까?"

동군은 속으로 치밀어오르는 노여움을 느꼈다. 그는 소리를 높여 말했다. "도대체 나더러 어쩌라는 것입니까? 당신은 내 얘기엔 대답하지 않고 엉뚱한 것이나 묻고 있어요. 그 여자가 뭐 어떻다는 겁니까?"

동군은 벌떡 일어나서 의사에게 다가섰다. 의사가 작고 통통한 손으로 탕하고 책상을 치면서 말했다. "이봐, 데리고 가!"

동군은 의사의 목을 조리기 위해 손을 뻗쳤다. 그러나 보조수들이 보다 민첩하게 동군을 가로막고 나섰다.

최와 또 한 사람의 보조수가 동군의 양쪽에서 겨드랑이를 낀 뒤에 팔을 잡고 방에서 그를 밀고 나갔다. 동군은 "안 돼!" 하고 소리를 질렀으나 그의 외침에 아랑곳하는 사람은 없었다. 그들의 힘은 완강했다. 동군은 어느 작은 골방으로 끌려갔다. 방의 한쪽에는 사십오 도 경사진 대가 있었다. 동군은 그 대를 보자 곧 자기가 거기에 짐승처럼 묶이리라고 생각했다. 있는 힘을 다하여 그는 보조수들을 걷어차고 밀어내면서 그 방에서 빠져나가려고 했다. 완강한 힘을 가진 두 사나이는 동군을 다시 잡아다가 대 위에 밀착시켰다. 동군은 마구 다리를 내질렀다. 한 사나이가 동군을 어린아이 다루듯 번쩍 들어올리더니 방바닥에 내던졌다……. 동군은 자기가 악몽을 꾸고 있었음을 깨달았다. 그는 침대 아래로 굴러 떨어지면서 그 꿈에서 깨어났던 것이다. 그는 자기의 몸이 땀에 잔뜩 젖어 있음을 알았다. 뿐만 아니라 침대의 시트가 물에 흠뻑 젖어 있었다. 마치 어린아이처럼 잠자리를 오줌으로 적셨던 것이다.

그는 주먹을 들어 자기의 뺨을 쳤다. 자신에 대한 모멸의 감정을 이길 수 없었다. 내가 지금 이곳에 놓여 있다는 것은 그 까닭을 밝히고 그 타당성을 따지기 전에 이미 현실로서 실재하는 것이다. 그렇다면 나는 이곳에 놓여진 나를 어떻게 이끌어나갈 것인가. 비좁은 방을 거닐면서 숲을 산책할 수 있고 새 울음을 들으며 자기의 유토피아를 몽상하는 장로, 또는 그림을 그림으로써 자기의 세계를 끌어가고자 하는 젊은 화가──그는 탈출할 수 있는 기회를 스스로 포기했다고 한다. ──또는 자기가 낳지도 않은 아기를 키워가고 있는 마리아, 잠으로써 자기의 삶을 끌어가는 잠보, 이들처럼 이곳에서 삶을 이끌어간다는 것은?

그는 시멘트 바닥에 무릎을 꿇고 주저앉았다. 벌떼가 웅웅대는 벌집처럼 머릿속이 어떤 열기로 웅웅 울리고 있었다. 그는 허공으로 시선을 보냈다. 무엇보다도 그를 괴롭히는 것은 굴욕감이었다. 그는 다른 누구에 대한 것도 아닌 바로 자기 자신에 대한 부끄러움을 느끼고 있었다. 그는 흑 하고 거친 숨소리를 뿜어냈다. 그는 껄껄대고 웃어젖히기 시작했다. 그 웃음소리는 방 안에 가득 찼다. 그의 모습은 덫에 걸린 한 마리의 짐승이 울부짖는 꼴과도 흡사했다.

그는 그 웃음을 쉽게 그칠 수가 없었다…….

작가 후기(1978)
해설 : 삶의 존재론적 의미에 관한 보고서 | 정영훈(2007)

작가 후기(1978)

우리는 삶의 의미를 실현하는 과정에서 여러 가지 형태의 억압과 마주치게 된다.

어떤 형태를 취하건 그것이 인간의 영혼을 속박하는 한, 문학은 그것에 대해 관심을 게을리할 수 없을 것이다.

1973년의 무더운 여름에 나는 〈파하의 안개〉와 〈돌아온 병장〉의 초고를 잇달아 쓰면서, 한 개인이 강력하고 권위주의적인 사회의 억압*에 대응하면서 어떻게 자기의 존재 의미를 실현하는가를 주목해보았다.

〈코〉, 〈뿔〉 등의 단편에서도 한 개인과 그가 속한 사회와의 대응적 관계를 주목했지만, 무엇보다도 인간은 편견이나 횡포에 의해서 상처받을지언정 사랑받을 만한 가치를 잃지 않는다는 점을 확인하고 싶었다.

---

* 10월 유신 상황 때의 억압을 가리킴

인간은 그의 합리적 사고로는 도저히 뚫고 나갈 수 없는 벽에 부딪힐 때가 있다. 이 같은 억압은 어떻게 극복될 수 있을까?

〈미궁〉의 김영소는 끝없이 계속되는 복도에서 밖으로 나갈 문을 찾지만 출구는 나타나지 않는다.

〈존재의 덫〉의 서동군은 까닭 모르게 정신병원에 수용당한 뒤 끈질기게 해명을 요구하지만 그에게 아무런 해명도 돌아오지 않는다. 이 가운데서 서동군은 존재의 본래적 의미에 대해 각성하기 시작한다. 이는 삶의 양식을 자기의 의지로 선택하려는 것을 뜻한다.

억압에 대한 저항을 통하여, 또는 해명되지 않는 존재 조건에 대한 끈질긴 질문을 통하여 인간이 자기의 영혼의 자유를 지키고 자기의 존재 의미를 확대하려는 노력은 바로 인간이 인간답게 살 수 있는 길을 찾는다는 그것에 다름 아닐 것이다.

1973년에 첫 소설 〈파하의 안개〉를 계간 《문학과 지성》지에 발표한 이후 오늘에 이르는 오 년. 나는 그 오 년 동안에 고작 이 책을 쓴 것이 된다. 먼저 나 자신에 대해서 부끄럽다. 그리고 작가로서 말의 부족을 절실히 느끼고 있다.

책이 많은 이때, 팔리는 것과 상관없이 이 책을 출판해준 문학과지성사의 여러분께 진심으로 고마움을 표한다.

1978년 10월 호영송

수록 작품의 발표 지면과 연대는 다음과 같다.

〈파하의 안개〉(《문학과 지성》 1973년 가을호)

〈돌아온 병장〉(《문학과 지성》 1976년 겨울호)

〈코〉(《문학사상》 1975년 1월호)

〈뿔〉(《문학사상》 1978년 5월호)

〈저쪽 세계〉(《한국문학》 1977년 8월호)

〈미궁〉(《한국문학》 1978년 6월호)

〈응시〉(《문학과 지성》 1974년 봄호)

〈존재의 덫〉(《문학과 지성》 1977년 겨울호)

해설
삶의 존재론적 의미에 관한 보고서 | 정영훈(2007)

1. 소설이 놓인 자리

작가 호영송은 두 가지 점에서 이채롭다. 우선 그의 이력. 그는 1962년 만 스물의 나이에 시집을 출간하고 그해 가을부터 《60년대 사화집》의 최연소 동인으로 활동했으며, 1965년에는 극단 '문예극장'을 창립해 여러 차례 무대에 선 바 있다. 그가 소설가로 전신하여 〈파하의 안개〉를 발표한 것은 이로부터 몇 년의 세월이 지난 후인 1973년이다. 그만큼 다양한 장르에서 활동한 작가도 드물거니와, 그는 소설을 쓰기 전에도 예술가였고 그 후로도 줄곧 예술가였다. 데뷔작인 〈파하의 안개〉에서 이미 그 맹아를 드러내고 있는 예술가와 예술의 존재 방식에 대한 그의 깊은 관심은 그 자신이 살아온 삶 자체에 연원을 두고 있다. 그는 쓰는 행위 속에서만 예술가인 것이 아니라 생활인으로서도 예술가다. 최근작인 《죽은 소설가의 사회》(2007)에 수록된 작품들이 자전적 기록인 동시에 예술가 소설이 될 수 있는 것은 바로 이 때문이다.

다음으로 그의 꾸준함. 호영송만큼 지속적으로 작품 활동을 해오고 있는 작가도 흔하지 않다. 소설을 쓰기 시작한 이후 그는 매년 몇 편씩의 크고 작은 작품들을 발표했고, 이런 그의 행보는 30여 년이 지난 지금까지도 이어지고 있다. 생계비에 보태 쓸 요량으로 라디오 드라마를 집필하거나 강의를 하고 기업 홍보물 작업을 도와준 일은 있지만, 단 한 번도 글쓰기를 중단한 적이 없다. 그는 어느 인터뷰에서 '집필량÷발표량=작가의 충실 지수'라는 공식을 이야기한 일이 있다. 이 공식에 따르면 충실 지수가 높은 작가는 작품이 발표되든 되지 않든 꾸준히 작품을 쓰는 작가다. 호영송 자신이 이 부류에 속한다는 것은 의심할 여지가 없다. 무엇보다 《파하의 안개》(1978)와 《흐름 속의 집》(1995) 사이에 놓인 20년에 가까운 세월이 이를 증명한다. 작가로서의 내적 확신 같은 것이 있지 않은 다음에야 발표 지면을 고려하지 않은 채, 혹은 책으로 묶일 가능성을 염두에 두지 않은 채 지속적으로 글을 써낼 수는 없는 노릇이다. 그가 소설 곳곳에서 다분히 냉소적으로 언급하고 있듯이 더 이상 소설이 읽히지 않는 시대가 되었고 보면 그의 꾸준함은 더욱 돋보인다. 그는 천생 글쟁이다.

이런 그에게 소설을 쓰는 일이 한낱 여기(餘技)일 수는 없다. 특히 고뇌와 절망, 어둠이 짙게 밴 그의 초기 소설들은 소설을 쓰는 일이 그에게는 고통스러운 삶을 견뎌내기 위한 절박한 몸부림이었음을 우리에게 알려준다. 그는 《유쾌하고 기지에 찬 사기사》(1996)의 한 모퉁이에 "나의 소설이 그저 소설로 씌어지고 소설로 읽혀지길 바란다. 앞으로 나는 고도의 상징성을 부여하거나, 치열한 존재 의미 획득의 도구로 소설을 쓰고자 하지도 않으려 한다"고 적고 있다. 《파하의 안개》에 실린 소설들이야말로 그가 더 이상 쓰고자 하지 않으려 한다는 바로 그런 유의 소설일 것이다. 이들은 존재의 의미를 획득하려는 치열한 고투 끝에 나온 부산물이다. 그러니 이들을 "그저 소설로" 읽기란 얼마나 힘든 노릇인지.

2. 참을 수 없는 존재의 무거움

존재는 호영송 초기 소설의 주요한 문젯거리다. 《파하의 안개》에 실린 작품들이 저마다 조금씩은 이에 관해 이야기하고 있다.

중편 〈응시〉를 보자. 〈응시〉는 일기 형식으로 된 소설이다. 동소와 숙정의 권태롭고 지지부진한 사랑 이야기를 제외하면 보름치 일기들을 이어주는 뚜렷한 사건 전개는 찾아보기 어렵고, 다만 동소의 머릿속을 떠도는 온갖 상념만이 소설의 전면에 드러나 있을 뿐이다. 동소의 상념을 따라가다 보면 '존재' 라는 단어와 자주 맞닥뜨리게 된다. 높이를 짐작할 수 없는 기둥에 매달려 나아갈 방향을 알지 못한 채 온몸으로 기둥을 감싸안고 있는 상상에서 핵심적인 것도, 술에 취해 광화문에서 흑석동으로 가는 택시 안에서 잃어버렸다고 생각하는 것도, 그가 "자기의 삶을 떠받치고 있는 그 무엇"이라고 지칭하는 것도 모두 '존재' 다. 동소에게 문제가 되는 이 존재는 레비나스적인 의미에서의 존재, '그저 있음il y a'의 상태에 가깝다. 불면 상태에서 잠을 청하며 잠이 은혜를 베풀어 자신을 찾아와주기만을 기대할 수 있는 상태, 또는 모든 사물을 무(無)의 공간으로 끌어가는 어둠 속에서 두터운 밀도로 현존하는 없음의 상태, 그런 것이 바로 '그저 있음'의 실례다. 소설을 가득 메운 무겁고 질척한 분위기, 거리를 점령하고 있는 뜨거운 폭염, 동소가 느끼는 정체를 알 수 없는 "불안"과 "초조한 '짜증'", 영혼의 분열, 교란된 오관 같은 것들은 바로 이 익명적인 있음의 상태로부터 벗어날 수 없다는 깨달음에서 오는 무력감의 표현이다.

이런 무력감이 보다 구체적으로 드러나는 자리가 있다. 바로 그가 짊어진 육체다. 기억 속의 한 장면이다. 어느 일요일 동소는 부대 뒷산에서 깜빡 잠이 들어 주번 사관에게 기합을 받는다. 주번 사관은 동소를 포함한 다섯 명을 부동자세로 세

위놓는데, 세 시간여가 지나고 한 시간이 더 연장되자 동소는 갑자기 참을 수 없는 요의를 느낀다. 어찌할 바를 모르던 동소의 입에서 난데없는 웃음이 터져나오고, 그는 결국 주번 사관에게 걷어차여 바지에 오줌을 싸고 만다. 아마도 군대 시절의 경험에서 왔을 이 장면이 작가 자신에게 얼마나 인상적이었던가 하는 것은 〈미궁〉의 김영소가 동소와 마찬가지로 담당 장교 앞에서 부동자세로 기합을 받고, 〈존재의 덫〉의 서동군이 땀과 오줌에 젖은 채 악몽에서 깨어나는 장면을 통해서 확인할 수 있다. 역설적이게도 육체의 움직임이 제약받는 순간 육체는 그 육중한 현존을 드러낸다. 부동자세 속에서 의식은 육체를 부리는 대신 자신에게 떠맡겨진 육체의 압도적인 무게에 짓눌린다. 아무리 애를 써보아도 육체로부터 벗어날 수 없는 이 궁지는 존재로부터 벗어날 수 없는 궁지와 상동적이다.

비유컨대 동소는 존재가 쳐놓은 덫에 걸려 있다. '존재의 덫', 이것은 호영송의 다른 소설의 제목이기도 하다. 〈존재의 덫〉은 존재와의 관계에 대한 일종의 알레고리다. 소설은 서동군이 정신병원으로 짐작되는 곳에서 깨어나는 장면에서 시작된다. 김주호 회장과 언쟁을 하던 일과 회장실을 나와 엘리베이터를 타던 일, 담배를 꺼내 문 그에게 한 중년 남자가 라이터 같은 것을 들이대던 일이 기억나지만 그가 왜 그곳에 있게 되었는지는 알 길이 없다. 서술자로서도 서동군을 이곳으로 보낸 사람이 누구며 그 속에 담긴 음모가 무엇인지 굳이 알려주려 하지 않는다. 분명한 것은 서동군이 깨어났을 때 바로 그곳에 있었다는 사실이다. 문득 눈을 뜨니 그곳에 던져져 있더라는 깨달음은 일상 가운데서 타인들 혹은 주변 사물들과 관계를 맺으며 분주하게 살아가다가 이 모든 것이 사라지고 난 후 우리를 엄습해오는 존재의 문제에 직면하게 될 때 얻게 되는 깨달음과 성격이 동일하다. 그렇다면 서동군을 그곳으로 던져넣은 것은 김주호 회장이나 중년 남자가 아니라 존재 그 자체인 셈이다. 그는 존재 속으로 던져져 있는 것이며, 그렇기 때문에 존재 속으로 던져진 자신을 발견할 수 있을 뿐 자신이 왜 그곳으로 던져져 있는지는 알 수 없는 것이다.

〈미궁〉에서 존재는 미궁으로 비유된다. 자신이 관리하는 창고에서 일어난 도난 사건 때문에 궁지에 몰린 김영소는 어느 날 좁은 복도를 헤매는 꿈을 꾼다. 복도는 끝도 없이 이어져 있고, 이따금씩 있는 문은 닫혀 있으며, 발로 깨뜨리고 들어선 문 안쪽에는 또 다른 복도가 펼쳐져 있다. "왜 자기가 걷고 있는지조차 알 수 없는 복도, 끝났는가 하면 새로이 시작되는 복도. 통과하고 거듭 통과해도 끝나지 않고 계속되는 복도. 그 거대하고 기이한 건물의 정체가 무엇인지조차 모른다. 그 건물은 수없이 많은 복도만으로 이루어진 하나의 거대한 미궁 그 자체일지 모른다. 그 복도와 언제까지 싸우고, 언제까지 통과해야 할 것인지 알 수 없었다." 김영소가 의문에 부치고 있는 "그 거대하고 기이한 건물의 정체"야말로 존재 그 자체다. 외관상 그는 자신을 믿어주지 않는 조 중위와 싸우고 있지만, 사실은 면할 길이 없는 존재와 싸우고 있는 것이다.

3. 타인의 시선, 또 다른 궁지

호영송 소설에는 연극을 전공했거나 한때 연극에 몰두한 인물이 많이 등장한다. 〈파하의 안개〉의 바아몽은 "연극에 열정을 바치던 시절"이 있었고, 〈존재의 덫〉의 서동군은 학교 다닐 때의 전공이 연극이었으며, 〈미궁〉의 김영소는 국립극장 무대에 오른 적이 있고, 중학교 교사인 〈응시〉의 숙정은 한때 연극배우가 되려 했다. 그런가 하면 〈존재의 덫〉의 '턱뼈'는 자기 삶을 일종의 연기로 간주하고 ("내가 계집을 밝힌다는 건 쑈란 말이야."), 서동군은 장로를 보며 "이 사람이 무엇엔가 깊이 현혹되어 있거나 아니면 다른 사람마저 현혹하기 위한 연극을 하는 것일지도 모른다는 의구심"을 갖는다.

인간이 진정한 의미에서 주체가 되기 위해서는 자신에게 위임된 배역을 수락해야만 한다. 상징적 자리라고도 할 수 있는 바로 그곳에 자신을 놓음으로써 주체가 되는 것, 이것이 바로 우리가 존재를 떠맡는다는 것의 의미 가운데 하나다. 그렇다고 할 때 연기의 문제는 존재 방식의 문제, 곧 주체화의 과정 자체와 직결된다고 할 수 있다. 아마도 좋은 연기자란 자신이 떠맡고 있는 배역과 완벽하게 일체가 되어 연기 속에서 자기 자신을 잃는 사람일 것이다. 이런 맥락에서라면 소설 속 주인공들은 그다지 좋은 연기자라고 할 수 없다.

〈응시〉의 한 장면을 보자. 야간열차 안이다. 기차가 굴을 막 통과했을 때 젊은이 하나가 몸을 흔들면서 팝송을 부르자 일행인 듯한 젊은이들이 뒤따라 노래를 부르고 아가씨 하나는 신들린 듯이 대담한 포즈까지 취하면서 하반신을 흔들어댄다. 이 모습을 보고 숙정은 "동소 씨는 저렇게 아주 빠져들 수는 없"다고 단정한다. 그도 그럴 것이 동소는 언제나 자신의 추한 내부가 밖으로 흘러나갈까봐 두려워하고 자신을 통제하기에 바쁜 인물이다. 그는 자신이 맡은 배역에 유보 없이 매달릴 수 없다. 그는 "미칠 수" 없으므로. 그의 삶은 "불안스런 연기"일 뿐이므로. 숙정 역시 다르지 않다. 오필리아 역을 맡았던 숙정은 이렇게 말한다. "내가 남의 옷을 입고 남의 목소리를 흉내 내고 남의 몸을 빌려서 살고 있는 것 같아." 동군이 보기에도 숙정의 오필리아 연기는 그다지 만족스럽지 않다. 이들은 자신의 연기를 스스로 바라보고 있고, 자신이 연기를 한다고 자각하고 있기 때문에 어설픈 연기를 할 수밖에 없다.

자신에게 위임된 배역과 온전히 하나가 되지 못한다는 점에서, 이들은 모두 조금씩은 히스테리를 앓고 있다. 이들은 연기 속에서 바라보는 자기와 보이는 자기로 분열된다. 분열되어 있는 한에서 이들은 자신을 응시하고 있으며, 주어진 배역에 몰입하지 못하기 때문에 자신의 삶이 일종의 연기라는 자의식에 시달릴 수밖에 없다. 자신을 응시하는 시선은 순수하게 주체 자신의 것만은 아니다. 상상적 동일시란 상징적 동일시일 수밖에 없다. 주체가 자신을 응시할 때, 사실상 그것은 자신을 바라보는 타인의 위치에서 자신을 응시하는 것이 된다. 시선은 근원적으로는 타인들 것이다. 동소는 이렇게 말한다. "나는 스무 살 때도 스물다섯 살 때도 남의 눈을 두려워했다. 열다섯 살, 열 살 때도 그랬다. 나는 남의 시선 앞에서 방심해본 적이 없다." "나는 문득 다른 누구의 시선이 나를 포착하고서 풀어주지 않고 있음을 느낀다." 〈존재의 덫〉의 서동군은 벌거벗은 채 뭇 사람들의 시선 앞에 노출되는 꿈을 꾼다. 그는 "행인들의 시선에서 해방될 수만 있다면 그 무슨 일이라도 해낼 것이라고 생각"하며 자신의 알몸을 숨기기 위해 도망쳐보지만 어디를 가든 사람들을 만난다. 그는 결국 가로수를 들이받고 쓰러진다. 이들은 모두 타인의 시선에 시달리고 있다. 사르트르가 그렇게 느꼈던 것처럼, 이들에게도 타인이 있다는 사실 자체가 곧 지옥이다.

　타인의 시선 앞에서 이들이 발견하는 자신의 모습은 결코 만족스럽지 않다. 〈코〉는 이에 대한 알레고리다. 이 소설에서 눈여겨보아야 할 것은 두 사람의 코가 지닌 "압도적인" 이미지다. 먼저 마동출 씨의 코. 그의 코는 언제나 어떤 잉여를 남긴다. "파리 한 마리쯤 낼름 삼키고 난 뒤에 벌름벌름, 흐뭇한 포즈를 취하는 왕개구리같이 생긴 코"라거나 "웃고 있는 매의 코", "벌에 쏘인 부처님 코"처럼. 이 잉여를 지우기 위해 그 앞에 아무리 재치 있는 수식 어구를 붙여보아도 마동출 씨의 코는 결코 충분히 묘사되지 않는다. 그의 코에 관한 수사들은 그렇게 대상 주위를 계속해서 맴돌지만 대상을 직접 포착해내지는 못한다. 그의 코는 언제나 흘러넘친다. 다음은 변계량 씨의 코. 마동출 씨의 코가 그 우뚝 솟음으로 인해 흘러

넘침을 표상했다면 변계량 씨의 코는 전적인 결여의 형태로 존재한다. 그의 코는 돌출부가 거의 없고 다만 뻥 뚫린 두 개의 구멍이 있을 뿐이다. 그는 코가 없는 것이 아니다. "코(또는 '코의 없음')", "그 뚜렷한 결여물(?)"이라는 표현에서 알 수 있는 것처럼, 그의 코는 있음과 없음을 동시에 가로지른다. 그의 코는 있음으로서의 무, 또는 무의 현존 자체다. 그의 코는 항상 모자란다. 주체의 욕망이 타인에게 있는 빈 구멍을 메워주기 위해 있는 것이라면, 이 구멍을 메워주기에 두 사람의 코는 너무 크거나 너무 작다. 아니, 사실은 타인의 시선을 만족시켜줄 수 있는 가능성 자체가 우리에게는 없다.

4. 잠자기, 꿈꾸기, 상상하기

어떻게 하면 이 참을 수 없는 존재의 무거움에서 벗어날 수 있을까? 잠이 그 한 방법이다. 동소는 자주 낮잠을 잔다. 그는 군복무 시절 대낮에 보초 근무를 서다가 잠이 들어 철모를 떨어뜨린 일도 있고, 땀방울이 스멀거리는 느낌에 열중하다 싫증이 느껴질 무렵 자기도 모르게 낮잠에 빠져들고, 어느 일요일 부대 뒷산 숲에서 깜빡 잠이 들어 주번 사관에게 기합을 받은 일도 있다. 두 주 이상 비 한 방울이 내리지 않은 채 뜨거운 폭염이 거리를 점령한 어느 날 그는 또다시 낮잠을 잔다. "낮잠 따위는 어떤 병증이나 영혼의 결핍감에 의한 대상 행위"이며 "깨어 있어야 할 때에 졸거나 잠들어 있다는 것은 죄악"이라고 생각하면서도 그는 이런저런 구실을 만들어 낮잠을 잔다. 그는 왜 자는가? 존재로부터 벗어나기 위해서다. 일채와 술을 마시고 취해 택시를 탔다가 거기서 잠이 든 다음 날 그는 이렇게 적고 있다. "택시는 광화문에서 흑석동까지 나를 옮겨다주었다. 나는 그동안 존재하지 않고 있었다." 자는 동안은 어쩔 수 없이 짊어져야 하는 존재로부터 자유로워진다. 이때만큼은 존재가 부과하는 책무를 면할 수 있다.

그러나 잠은 언제까지나 계속되지는 않는다. 잠에서 깨어나는 순간 다시 존재는 그 육중한 몸체를 들이밀고 내 어깨를 짓누른다. "그러나 나는 광화문에서 혹석동까지의 나를 잃어버린 채 다시 존재하는 것이다." 동소만이 아니라 호영송 소설의 수많은 인물이 괴로움 속에서 잠을 깬다. 이들은 수시로 잠에 빠져들지만 정작 깊이 잠들지는 못한다. 〈돌아온 병장〉의 타눔 병장은 라차 중대를 사지로 내 몬 이유가 적국과의 막후 협상 때문임을 알게 된 그날 제대로 잠을 이루지 못하고 다음 날 아침 무렵 잠깐 잠이 들었다가 이내 깨고 만다. 〈존재의 덫〉의 서동군은 불쾌한 꿈을 꾸다가, "군대 생활 경험을 통해서 가장 견디기 어려웠던 상급자의 하나"였던 이 병장이 일어나라고 외치는 소리를 꿈결에 들으면서, 침대에서 굴러 떨어지면서 깨어난다. 그는 기분이 어떠냐는 의사의 물음에 잠을 잘 못 잔다고 대답한다. 자주 낮잠을 자는 동소의 경우도 "법은 내게 그 시간에 거기서 내가 깨어 있기를 명령하고 있었다." "지금은 태양이 내게 깨어 있기를 요청한다"는 자의식이 있는 한 깊이 잠든다고 보기 어렵다. '잠보'라는 별명답게 하루 가운데 거의 대부분의 시간을 잠으로 보내는 〈존재의 덫〉의 한 인물을 제외하면, 호영송 소설에서 푹 자고 일어나는 인물은 거의 없다.

이들이 존재가 부과하는 책무를 면하기 위해, 또는 힘든 현실에서 도피하기 위해 잠을 자는 것이라면, 잠은 결코 이들의 이런 소망을 충족시켜주지 않는다. 그 이유는 이들이 잠을 잘 때 꿈을 꾸기 때문이며, 꿈의 내용이 이들이 피하고자 하는 현실과 너무나도 닮아 있기 때문이다. 이들이 꾸는 꿈은 현실을 반영하는 거울 이미지들로서 현실의 결여를 메워주기는커녕 이를 더욱 도드라지게 만든다. 꿈이 현실과 지나치게 밀착되어 있기에 이들은 깊이 잠들 수가 없다. 그러므로 꿈을 꾸려면 다른 꿈을 꾸어야 한다. 주체를 현실로 다시 소환하는 꿈이 아니라 현실을 잊고 그 속에 머물 수 있게 하는 꿈, 주체의 의지와 상관없이 주어지는 잠 속의 꿈이 아니라 의지적으로 꾸는 꿈.

〈응시〉의 동소가 떠올리는 기억 속의 한 장면을 보자. 잠을 자다 주번 사관에게 걸려 기합을 받는 도중 동소는 눈앞에 칠판을 떠올리고 몇 개의 삼각형과 사각형 그리고 원을 그리는 상상을 하기 시작한다. 〈미궁〉에도 비슷한 장면이 있다. 조 중위의 심문이 끝도 없이 이어지자 김영소는 노여움과 함께 피로를 느낀다. "이젠 더 듣고 있을 필요조차 없다"고 느낀 그 순간 그는 전날 꾼 꿈을 떠올리며 "자기대로의 궁리에" 빠진다. 이들의 시도는 놀랄 만큼 효과적이어서 동소는 주번 사관이 기분 나빠할 정도로 고통에 무감각해지고, 조 중위의 말은 마치 그가 내뿜는 담배 연기가 그러하듯이 그저 사라지고 만다. 상상을 하고 "자기대로의 궁리에" 빠지면서 이들은 변하지 않은 상황을 마치 변한 듯이 견디어낸다. 〈코〉의 변계량 씨가 "감기 환자처럼 마스크를 하고 다니거나 되도록 외출을 삼가"며 자신의 "결여물"을 숨기는 대신 사람들의 시선에 의연해짐으로써 이를 견디는 것도 비슷한 방식의 심리적 조작이다.

〈뿔〉은 좀 더 나아간다. 소설의 내용은 이렇다. 장동세 씨는 퇴근을 앞둔 시각 계장에게서 자기 소관도 아닌 일을 그날 중으로 처리하라는 명령을 받는다. 그날은 태양건설 부사장인 처남의 장인을 찾아가기로 약속이 된 날이어서 장동세 씨는 이런저런 핑계를 대고 상황을 모면해보려 하지만 계장은 요지부동이다. 속절없이 약속 시간은 지나고 심란한 마음으로 일을 하던 장동세 씨는 실수를 연발한다. 계장의 타박에 "머리에 뿔이라도 있었으면 얼마나 좋을까. 그대로 받아치고 말았으면!" 하고 생각하는 찰나 장동세 씨는 자신도 모르게 계장의 가슴을 들이받아 단번에 쓰러뜨리고 만다. 사람이 모질지 못해 늘 피해를 보고, 그러면서 제대로 화도 못 내던 장동세 씨는 그날 이후 불쾌하거나 모욕적인 언사에 대해서는 참지 못하는 "야수처럼 사나운 사내"가 된다.

〈미궁〉의 김영소가 "저 작자의 면상으로 주먹을 날릴 수만 있다면 좋겠다"는 생각을 마음속으로만 품고 있었던 것과는 달리 장동세 씨는 정말로 계장을 들이받는다. 그의 마음속 생각은 현실이 되었고, 심리적 조작을 통해 현실과는 다른 환상을 만들어낼 필요는 없게 되었다. 모든 것은 만족스러워 보인다. 그러나 호영송 소설에서는 예외적인 이 성공담이 그 자체로 환상이라면? 장동세 씨의 머리에 돋아난 뿔이 다른 사람의 눈에는 보이지 않는 것이라면, 이것이야말로 이 소설이 판타지임을 알려주는 분명한 증거다. 그렇다면 여전히 심리적 조작은 사라지지 않고 남아 있는 셈이다. 존재한다는 것은, 이 모든 수고에도 불구하고 여전히 버거운 일이다.

5. 권력과 언어, 그리고 예술

호영송 소설에서 나와 타인의 관계는 비대칭적이다. 타인의 시선 앞에 노출된 자의 궁지가 알려주듯이 타인은 늘 나보다 우위에 서 있다. 이러한 관계를 여실하게 드러내는 것이 바로 말이다.

〈돌아온 병장〉을 보자. 파쿰 국에서 가장 뛰어난 부대였던 라차 중대는 우군의 지원을 받지 못해 중대원 대부분이 전사하고 만다. 패전의 책임을 물어 사령부에서는 라차 소령에게 사형선고를 내리고, 이 사실을 안 타눔 병장은 사령부를 찾아가 판결의 부당함을 알리고 부대와 라차 소령의 명예를 회복하고자 하지만 결국 실패하고 만다. 사령부는 타눔 병장에게 적국과의 막후 협상이 진행 중이었고, 오랜 기간 계속된 전쟁을 끝내자는 대의명분이 다수의 지지를 얻어 결국 라차 중대를 희생시킬 수밖에 없었음을 알리고 제대 명령을 내린다. 명령을 거부하던 타눔 병장은 포로로 잡힌 라차 소령이 자살했다는 이야기를 듣고 제대한다. 파오 소령은 이렇게 말한다. "자네는 사실의 당위성을, 진실을 강조하지만 자네네 라차 부대가 만난 사실들만이 아니라 우리 특전부가 만난 사실도 틀림없는 '사실' 그것이네." 파오 소령이 말하고자 하는 핵심은 특전부가 주장하는 것 역시 온전한 의미에서의 〈사실〉이라는 점, 그러니 타눔 병장 편에서의 사실은 묻혀야만 한다는 것이다. 여기서 분명하게 드러나듯 누군가의 말은 그것이 진실을 담고 있느냐 여부가 아니라 그 말을 한 사람에게 권력이 있느냐 여부에 따라 참 또는 거짓이 된다.

권력의 주인만이 진실의 주인이 될 수 있다. 권력을 가지지 못한 자의 말은 그 의사가 전달될 수 없기에 항상 본의와는 다르게 그 뜻이 실현된다. 타눔 병장의 경우가 그러하듯 이들의 말은 항상 "역효과를 불러"온다. 〈저쪽 세계〉의 주인공 광수에게도 사정은 마찬가지다. 우연히 형이 다니는 공장의 사장과 공장장이 탄 승용차와 맞닥뜨리게 된 광수는 그들에게 해마다 찾아오던 왜가리 떼가 공장이 들어선 작년부터 오지 않는다고 이야기한다. 이야기가 먹히지 않자 광수는 공장 때문에 왜가리 떼가 오지 않는 것이라고, 마을 사람들은 다 그렇게 말하고 있다고 이야기한다. 공장장이 불쾌한 기색을 드러내자 광수는 공장 굴뚝에서 나오는 시커먼 연기 때문에 새가 안 오는 것이라고 재차 이야기한다. 집진기를 설치해주면 문제가 해결되지 않느냐는 이야기도 덧붙인다. 광수의 말은 비경제적이다. 그의 말은 이해되지 않는 정도에 비례해서 증식한다. 그러나 끝내 광수가 말하고자 하는 진실은 충분히 효과 있게 사장 일행에게 전달되지 않는다. 그 다음 날 광수는 자기 때문에 형이 일자리를 잃게 될지도 모르는 상황에 처했음을 알게 된다. 광수는 자기 말이 왜 형에 대한 해고 위협으로 되돌아오는지 이해하지 못한다.

사정이 이러니 말을 문제 삼는다는 것은 일정 부분 권력 비판의 함의를 지닐 수밖에 없다. 다른 어느 작품보다 〈파하의 안개〉가 이를 잘 보여준다. 시인인 바아몽은 어느 날 오토레 수상의 부름을 받는다. 파하에 들끓는 "허튼 소문"을 제거해달라는 것이 수상이 그를 부른 이유다. 수상의 청을 수락한 바아몽은 소문을 일소하기 위해 여러 가지 방법을 시도해보지만 성공하지 못한다. 그는 소문이 생겨나는 이유가 진실이 베일에 가려져 있기 때문임을 깨닫고 그 자신이 직접 진실의 실체를 파헤쳐보려 하지만 그 결과 파하 국에서 추방되고 만다. 진실이 가려져 있기 때문에 소문이 생겨날 수밖에 없고, 따라서 소문이 일소되려면 진실의 실체가 드러나야 한다고 믿는 바아몽의 논리는 말이란 진실을 담는 그릇이라는 전제에서 나온다. 말이 "엉성한 그물"에 불과하여 "그 그물로 행위 또는 행위의 진실을 건지려고 했을 때 잡으려는 고기[魚]는 그물 사이로 빠져나가버리고" 말며, "말의 유희에 떨어지지 않고 혹은 말려들지 않고 행위의 진실, 사실의 사실됨을……전달한다는 일은 불가능"하다고 믿는 그의 믿음은 말을 투명하게 만들고자 하는 노력이 실패하고 난 다음에 주어진 것이지 처음부터 그가 가지고 있던 것은 아니다. 말이 "엉성한 그물"이 되는 것은 말이 오염되어 있기 때문이고, "행위의 진실"을 전달하지 못하는 것은 권력이 그것을 방해하기 때문이다. 그러므로 말을 부려 그 속에 담긴 진실을 캐내는 일은 말을 다루는 문제로만 한정되지 않고, 말을 오염시키고 말에 거짓된 의미를 새겨넣는 권력 작용에 대한 탐구로 귀착될 수밖에 없다. "말과의 싸움"이 시인과 예술가의 업일진대 권력과의 불화는 이들에게 주어진 운명이다. 이후 소설들에서 발견하게 되는 권력과 예술의 관계에 관한 그의 깊은 관심은 실로 이 운명에 대한 수락에 다름 아닐 것이다.

호영송 소설집

파하의 안개

초판 1쇄 펴낸날 | 2007년 8월 10일

지은이 | 호영송
펴낸이 | 김직승
펴낸곳 | 책세상

주소 | 서울시 마포구 신수동 68-7 대영빌딩
전화 | 704-1251(영업부) 3273-1221(편집부)
팩스 | 719-1258
이메일 | world8@chol.com
홈페이지 | www.bkworld.co.kr
등록 1975. 5. 21 제1-517호

ISBN 978-89-7013-659-2 04810
        978-89-7013-633-2 (세트)

© 호영송, 2007

책값은 뒤표지에 있습니다.
잘못된 책은 바꿔드립니다.